DO ESPIRITUAL
NA ARTE

DO ESPIRITUAL NA ARTE
E na pintura em particular
Wassily Kandinsky

Tradução: Álvaro Cabral
Antonio de Pádua Danesi

martins fontes

Título original: DU SPIRITUEL DANS L'ART
LA GRAMMAIRE DE LA CRÉATION
L'AVENIR DE LA PEINTURE
Copyright © by N. Kandinsky, 1954.
Copyright © Éditions Denoël, para o texto francês.
Copyright © Livraria Martins Fontes Editora Ltda.,
São Paulo, 1990 para a presente edição.

Publisher *Evandro Mendonça Martins Fontes*
Coordenação editorial *Vanessa Faleck*
Produção editorial *Susana Leal*
Preparação *Luciana Lima*
Revisão *Eduardo Brandão*
Solange Martins
Ellen Barros
Ubiratan Bueno
Diagramação *Megaarte Design*

Dados Internacionais de Catalogação na Publicação (CIP)
(Câmara Brasileira do Livro, SP, Brasil)

Kandinsky, Wassily, 1866-1944.
  Do espiritual na arte e na pintura em particular / Wassily Kandinsky; tradução Álvaro Cabral, Antonio de Pádua Danesi. – 3. ed. – São Paulo : Martins Fontes – selo Martins, 2015.

  Título original: Du spirituel dans l'art la grammaire de la création l'avenir de la peinture..
  Bibliografia.
  ISBN 978-85-8063-231-6

1. Estética 2. Pintura I. Título.

15-04905   CDD-701

Índice para catálogo sistemático:
1. Arte : Filosofia   701

Todos os direitos desta edição reservados à
Martins Editora Livraria Ltda.
Av. Dr. Arnaldo, 2076
01255-000 São Paulo SP Brasil
Tel.: (11) 3116 0000
info@emartinsfontes.com.br
www.emartinsfontes.com.br

SUMÁRIO

Do espiritual na arte	1
Apresentação, de Philippe Sers	7
Prefácio da segunda edição	15
Prefácio da primeira edição	19

A. GENERALIDADES 23
   1. Introdução 25
   2. O movimento 33
   3. A mudança de rumo espiritual 41
   4. A pirâmide 55

B. PINTURA 61
   5. Ação da cor 63
   6. A linguagem das formas e das cores 71
   7. Teoria 107
   8. A obra de arte e o artista 123

Conclusão 131

A gramática da criação 137
   Sobre a questão da forma 139
   Da compreensão da arte 163
   A pintura enquanto arte pura 169

Conferência de Colônia   177
Um novo naturalismo?   187
Os elementos fundamentais da forma   191
Curso e seminário sobre a cor   195
Ontem, hoje, amanhã   199

O futuro da pintura   203
   Arte abstrata   205
   Análise dos elementos primeiros da pintura   215
   Reflexões sobre a arte abstrata   223
   Pintura abstrata   231
   A arte atual está mais viva que nunca   239
   Tela vazia   249
   Arte concreta   255
   O valor de uma obra concreta   261
   Toda época espiritual   273

Anexo: Alexandre Kojève: por que concreto?   277
Referências bibliográficas   283

DO ESPIRITUAL NA ARTE

À memória de
Élizabeth Ticheieff, sua tia
e sua primeira educadora

Seja-me permitido inscrever no início deste livro o nome de Pierre Volboudt, a quem esta tradução deve o fato de ser a fiel imagem do pensamento de Wassily Kandinsky.

N. Kandinsky

APRESENTAÇÃO

A pintura moderna tem sua sabedoria e sua loucura. Tem seus clássicos e seus barrocos. Eugenio d'Ors opõe Nietzsche a Poe: o primeiro com ideais claros e meio confusos, o segundo com desígnios tortuosos e olhar claro.

Em Kandinsky, tudo é clareza. Ele oferece todas as garantias do grande Sábio da arte moderna, insere-se exatamente na linhagem de todos os que, até Seurat, quiseram responder à angústia com a certeza. É um erudito. É um filósofo. Seu gênio é apolíneo. Não há brechas em seu raciocínio, não há displicência em suas posturas. Seus discípulos, como ele, têm o olhar azul e falam pausadamente, sublinhando seus discursos com gestos precisos, ornando-os com referências exatas. Creem na nova época. Organizam sua arte com método.

Entretanto, o primeiro livro de Kandinsky, que foi uma espécie de manifesto, começa como a obra de um inspirado. O tom é profético, entusiasta, são os escritos de um visionário, elaborado no fogo da iluminação.

E nisso está o primeiro paradoxo desse espírito, que por todos os seus talentos parece um daqueles gigantes do Renascimento de quem por muito tempo ainda teremos saudade, e que, por suas obras, anuncia e prepara o mais desenfreado modernismo.

Do espiritual na arte é um livro com duas faces. É a obra de um taumaturgo do espírito que nela destila as gotas cristalinas de um saber iniciático, mas é também a análise formal e científica das condições da criação artística.

Deve-se ler este livro como o relato de uma verdadeira aventura espiritual, mas também como a investigação mais decididamente objetiva e mais profundamente revolucionária das condições e possibilidades da arte moderna.

Embora moscovita de coração e oriental por sua sensibilidade, Kandinsky também era de cultura alemã. Ele próprio declara: "Cresci meio alemão: a minha primeira língua, os meus primeiros livros eram alemães"[1]. De Moscou, ele conservava o amor pela cor; do Oriente, o sentido da forma pura; da Alemanha, em compensação, recolheu toda uma herança intelectual. Um alemão do final do século xix é, antes de tudo, um leitor de Kant. Isso significa que ele assistiu ao desmoronamento de todo um sistema baseado na exatidão de nossa visão, na coincidência entre o valor e a realidade: o mundo que nossos sentidos nos desvendam é um conjunto de fenômenos que tem poucas relações com a realidade das coisas.

Assim, a arte já não precisa imitar um mundo que sequer possui realidade filosófica e cuja própria realidade material a descoberta da divisão do átomo fará vacilar, para Kandinsky. O pintor já não deve continuar adorando um mundo decadente, mas voltar-se para a única fonte de beleza que lhe resta, ele próprio:

"Quando a religião, a ciência e a moral (esta última pela mão rude de Nietzsche) são abaladas, e quando os apoios exteriores ameaçam ruir, o homem desvia seu olhar das contingências exteriores e dirige-o para si mesmo."

O livro foi concluído em 1910. No mesmo ano, Kandinsky pinta seu primeiro quadro abstrato, uma aquarela.

Cumpre sublinhar essa ligação estreita entre a teoria e a prática, que é uma das características essenciais de toda a sua obra. Do professor de Direito que quase foi, Kandinsky reteve apenas o método. Não os antolhos. Seu pensamento é rigoroso, mas nunca

---

1. Carta de 16 de novembro de 1904 a Gabriele Münter. (Assinale-se que também ocorre a Kandinsky insistir, durante conversas, em suas origens orientais: "Você é um ocidental, eu, um oriental. Não nos podemos compreender".)

completamente independente da obra de suas mãos, muito menos de sua sensibilidade.

Se estabelece e preconiza a aproximação entre a pintura e a música, arte puramente "espiritual", é em primeiro lugar por ter vivido essa relação, pois era dotado de antenas de excepcional sensibilidade. Conta em suas recordações que, ao escutar *Lohengrin*, as cores apresentavam-se a seus olhos. Ele as *via*.

E, se elabora o que virá a ser mais tarde a Gramática da nova pintura, é porque, sendo pintor, era-lhe necessário elaborá-la. Para Kandinsky, paleta e máquina de escrever foram dois instrumentos complementares. Servia-se de uma e da outra com o mesmo virtuosismo.

Essa necessidade de coerência propriamente pictórica, que o leva a procurar uma gramática dos meios da arte, e sua profecia de uma nova era tiveram uma profunda repercussão até nossos dias.

Do Natal de 1911 ao outono de 1912, em um ano, *Do espiritual na arte* teve três edições sucessivas. Sem dúvida, nenhum livro foi mais lido nos ateliês e nas bibliotecas, nenhum foi – e nem é – objeto de discussões tão fervorosas nos meios esclarecidos.

A pintura mudava de fisionomia e Kandinsky estava consciente disso. É a razão desse estilo frequentemente profético, nietzscheano, que vem à luz sobretudo na primeira parte do livro, anunciando o advento de uma nova era espiritual cujos fundamentos são analisados. A causa dessa renovação é a crescente unificação das artes, as quais se orientam cada vez mais para o espiritual. Kandinsky prediz, desde essa época, uma nova Arte Monumental, prefigurando o empreendimento da *Bauhaus*, com a qual colaborou com tanto entusiasmo.

Nesse caminho espiritual, a pintura deve, no que lhe compete, fazer sua própria revolução, aprender a utilizar os meios que lhe são próprios, tal como a música já vinha fazendo há muito tempo. A pintura devia tornar-se abstrata. A mudança de rumo espiritual exige o desaparecimento do objeto. Mas surge então a grande interrogação: substituir o objeto pelo quê? De imediato, Kandinsky recusa toda arte que seja tão só decorativa. Não quer a "arte pela arte", que é filha do seu século e permanece inteiramente exterior.

A arte deve corresponder a uma *necessidade interior*, buscando, por certo, suas fontes em sua época, mas, sobretudo, gerando o futuro. Toda a segunda parte desta obra é ocupada pela resposta de Kandinsky a essa questão fundamental para a arte nova.

Trata-se de um verdadeiro tratado de harmonia mística, em que o autor aprofunda, sobretudo, um dos dois meios privilegiados da pintura: a cor, para ele primordial[2].

O efeito sensorial da cor é de curta duração e de pouca importância. O que conta é a ressonância espiritual, a ação direta da cor sobre a alma:

"A cor é a tecla. O olho é o martelo. A alma, o piano de inúmeras cordas."

Essa ressonância espiritual, essa necessidade interior, constituem o princípio básico de todo trabalho criador. O pintor deve procurar, antes de mais nada, *entrar em contato eficaz* com a alma humana, única garantia de profundidade cósmica da arte.

É necessário, portanto, estudar essa ressonância, o que Kandinsky fará no mais extenso capítulo do livro: "A linguagem das formas e das cores". As reflexões que ele aí nos oferece constituem uma verdadeira teoria das cores, em nítido parentesco com as dos grandes precursores: Turner, Delacroix, Seurat.

Seu ponto de partida permanece clássico: considerando as cores isoladamente, julga-as com suas modalidades, quente-frio, claro-escuro. Determina assim quatro grandes contrastes, formados pelas seis cores fundamentais, enquadradas pelo branco e o preto, que desempenham na pintura o papel das pausas na música.

O primeiro grande contraste, o contraste maior, é para ele o azul e o amarelo, caros a Vermeer. Nisso difere radicalmente da *Farbenlehre** de Goethe, que ele conhecia muito bem, onde se vê apresentado como principal contraste o vermelho com o verde. É que, para Kandinsky, só a visão interior conta, e esta não parte do contraste entre o verde e o vermelho, que se baseia em análises científicas das cores.

---

2. O segundo meio, a forma, será o tema de numerosos artigos e de estudos detalhados em seu livro *Ponto-linha-plano* e em suas aulas na Bauhaus.
* Teorias das cores. (N. T.)

Por outro lado, nessa análise encontra-se uma referência à música em quase todas as linhas. Kandinsky acreditava na síntese das artes, ou seja, não só na correspondência ideal e diacrônica das obras de todas as épocas, o que ele mostra no almanaque do *Blaue Reiter*, mas, além disso, na equivalência absoluta de todas as diferentes artes entre si. Já se esboça o sistema da síntese absoluta que ele desenvolverá em seus cursos da Bauhaus a partir de 1922.

Enfim, através do presente estudo, vê-se que, se deixa de lado todas as questões de espessura, de matéria pictórica, o pintor dá uma outra dimensão à superfície pictórica, ao introduzir as noções de próximo (amarelo) e distante (azul).

A forma e a cor harmonizam-se para criar o quadro, segundo o princípio da necessidade interior. Nasce então a obra de arte autêntica, a composição entra em contato "eficaz" com a alma humana, estabelece-se a ressonância.

Nos dois últimos capítulos, reencontramos o entusiasmo do início do livro, mas um entusiasmo reforçado, comedido, temperado de certeza.

Kandinsky considera a questão do movimento e da composição cênica, síntese dinâmica do plástico e do musical; vê aí uma das formas da Arte Monumental que ele reclama com toda a sua alma de visionário.

Abstração pura e realismo puro entram na dialética da necessidade interior, a arte em desordem atinge, enfim, seu absoluto de pureza.

Ao escrever este livro, que merece figurar ao lado dos maiores textos da história do olhar e da criação estética, Kandinsky situou-se no ápice desse triângulo espiritual que ele nos descreve tão longamente: no ângulo mais alto encontra-se o homem só, a quem é dado preceder o movimento de sua época. Esse homem só, de quem Schopenhauer diz que, como o imperador romano entregando-se à morte, lança suas armas para longe, para o meio das fileiras inimigas, onde mais tarde o tempo irá recolhê-las, esse homem só a quem cumpre restituir seu verdadeiro nome, o de Gênio.

PHILIPPE SERS

PREFÁCIO DA
SEGUNDA EDIÇÃO

Este pequeno livro foi escrito em 1910. Antes de sua primeira edição ter sido publicada (janeiro de 1912), introduzi nele o resultado das experiências que realizei nesse meio-tempo. Seis meses se passaram. Meu horizonte, de muitos pontos de vista, liberou-se e tornou-se mais amplo. Após madura reflexão, preferi abster-me de fazer acréscimos ao meu livro, que só significariam um aprimoramento parcial, limitado a algumas partes. Contentei-me, portanto, em reunir os novos materiais que vinha acumulando havia já alguns anos – observações incisivas e experiências diversas que um dia, talvez, enquanto fragmentos de uma espécie de "Tratado de harmonia da pintura", possam constituir a sequência natural deste livro. A segunda edição, que se seguiu de muito perto à primeira, manteve-se, pois, quase totalmente inalterada. O meu artigo "Sobre a questão da forma", publicado em *Der blaue Reiter*, deve ser considerado um fragmento característico da evolução ulterior de minhas ideias, ou melhor, um complemento deste livro.

Munique, abril de 1912
KANDINSKY

PREFÁCIO DA PRIMEIRA EDIÇÃO

As ideias que desenvolvo aqui são o resultado de observações e de experiências interiores acumuladas pouco a pouco ao longo dos últimos cinco ou seis anos. Eu tinha a intenção de escrever uma obra mais completa. Mas é um assunto que exigiria inúmeras experiências no domínio da sensibilidade. Outros trabalhos de importância não menor me absorveram e tive, por enquanto, de renunciar a esse projeto. Talvez nunca o execute. Outro, sem dúvida, o realizará mais completamente e melhor do que eu. Pois há nessas ideias uma força que inevitavelmente as imporá. Limitarei-me, portanto, a esboçar as linhas gerais da questão, a mostrar somente a importância do problema, e me considerar feliz se o eco de minhas palavras não se perdesse no vazio.

A. GENERALIDADES

1. **Introdução**

Toda obra de arte é filha de seu tempo e, muitas vezes, mãe dos nossos sentimentos.

Cada época de uma civilização cria uma arte que lhe é própria e que jamais se verá renascer. Tentar revivificar os princípios artísticos de séculos passados só pode levar à produção de obras natimortas. Assim como é impossível fazer reviver em nós o espírito e as maneiras de sentir dos antigos gregos, também os esforços tentados para aplicar seus princípios – por exemplo, no domínio da plástica – só levarão à criação de formas semelhantes às formas gregas. A obra assim produzida será sem alma para sempre. Essa imitação assemelha-se à dos macacos. Aparentemente, os movimentos do macaco são os mesmos que os do homem: o macaco senta, segura um livro e o folheia com ar grave. Mas essa mímica é desprovida de qualquer significação.

Existe outra analogia, entre as formas de arte, baseada numa necessidade fundamental. A similitude das tendências morais e espirituais de toda uma época, a busca de objetivos já perseguidos em sua linha essencial, depois esquecidos, e, portanto, a semelhança do clima interior, podem logicamente levar ao emprego de formas que, no passado, serviram com êxito às mesmas tendências. Assim nasceu, pelo menos em parte, nossa simpatia e nossa compreensão pelos primitivos, a afinidade espiritual que descobrimos ter com eles. Como nós, esses artistas puros só se ligaram, em suas obras, à essência interior, sendo por isso mesmo eliminada toda e qualquer contingência. Esse ponto de contato interior, apesar de toda a sua importância, não é, entretanto, mais do que um ponto. Após o longo período de materialismo de que ela está apenas despertando, nossa alma acha-se repleta de germes de desespero e de incredulidade, prestes a soçobrar no nada. A esmagadora opressão das doutrinas materialistas, que fizeram da vida do universo uma vã e detestável brincadeira, ainda não se dissipou. A alma que volta a si permanece sob a impressão desse pesadelo. Uma luz vacilante brilha tenuemente, como um minúsculo ponto perdido no enorme círculo da escuridão. Essa luz fraca é apenas um pressentimento que a alma não tem coragem de sustentar; ela se pergunta se a luz não será o sonho, e a escuridão a realidade. Essa dúvida e os sofrimentos opressivos que ela deve à filosofia materialista distinguem nossa alma da alma dos primitivos. Por mais levemente que se a toque, nossa alma soa como um vaso precioso, que se encontrou rachado na terra. É por isso que a atração que nos leva ao primitivo, tal como o sentimos hoje, só pode ser, sob sua forma atual e factícia, de curta duração.

Salta aos olhos que essas duas analogias da arte nova com certas formas de épocas passadas são diametralmente opostas. A primeira, toda exterior, será sem futuro. A segunda é interior e encerra o germe do futuro. Após o período da tentação materialista a que aparentemente sucumbiu, mas que repele como uma tentação ruim, a alma emerge, purificada pela luta e pela dor. Os sentimentos elementares, como o medo, a tristeza, a alegria, que teriam podido, durante o período da tentação, servir de conteúdo para a arte, atrairão pouco o artista. Ele se esforçará por despertar sentimentos mais matizados, ainda sem nome. O próprio artista vive uma existência completa, relativamente requintada, e a obra, nascida de seu cérebro, provocará, no espectador capaz de experimentá-las, emoções mais delicadas que nossa linguagem é incapaz de exprimir.

Mas, no momento atual, é raro o espectador estar em condições de sentir essas vibrações. O que ele procura na obra de arte é ou uma simples imitação da natureza que pode servir a fins práticos (retrato, na acepção mais banal da palavra etc.), ou uma imitação da natureza que equivalha a uma interpretação (a pintura impressionista), ou, enfim, estados de espírito disfarçados sob formas naturais, a que se dá o nome de *Stimmung*[1]. Todas essas formas, contanto que se trate de verdadeiras formas de arte, alcançam seu objetivo e constituem (mesmo no primeiro caso) um alimento para o espírito, sobretudo no terceiro caso, quando o espectador encontra nelas um eco de sua alma. Por certo, tal consonância (ou dissonância) não pode manter-se vã ou superficial. No entanto, o clima (*Stimmung*) da obra ainda pode aprofundar e sublimar a receptividade do espectador. Seja como for, tais obras protegem a alma de toda vulgaridade. Elas a mantêm em certa altura, à semelhança do que faz uma cravelha com as cordas de um instrumento. Entretanto, a afinação e propagação desse som no tempo e no espaço permanecem limitadas e não esgotam toda a ação possível da arte.

Um edifício de grandes, de enormes, de pequenas ou médias dimensões, dividido em salas. As paredes dessas salas desaparecem sob telas pequenas, grandes ou médias, não raro vários milhares de telas. Nessas telas, por meio da cor, fragmentos de "natureza": animais iluminados ou na sombra, no bebedouro ou perto da água; ao lado, um Cristo na cruz, representado por um pintor que não crê em Cristo; flores, seres humanos sentados, em pé, caminhando, muitas vezes também nus, uma multidão de mulheres nuas (frequentemente em escorço e vistas de costas), bandejas de prata com maçãs, o retrato do Conselheiro de Estado N..., um sol poente, uma dama de rosa, um bando de patos, o retrato da baronesa X..., um voo de gansos, uma dama de branco, bezerros à sombra com, aqui e ali, manchas de sol de um amarelo gritante, o retrato de Sua Excelência Y..., uma dama de verde. Tudo isso cuidadosamente

---

1. Lamentavelmente, esse termo que deve designar as aspirações poéticas de uma alma artística vibrante foi desviado do seu sentido verdadeiro para, finalmente, converter-se em motivo de zombaria. Qual, aliás, a palavra impregnada de um sentido profundo que a multidão não é logo tentada a profanar?

impresso num catálogo: nomes dos artistas, títulos dos quadros. As pessoas, catálogo em punho, vão de uma tela a outra; folheiam-no e leem os nomes. Depois tornam a sair, tão ricas ou tão pobres quanto estavam ao entrar, e imediatamente se deixam reabsorver por suas preocupações, que nada têm a ver com a arte. O que elas vieram fazer aqui? Cada quadro encerra misteriosamente toda uma vida, uma vida com seus sofrimentos, suas dúvidas, suas horas de entusiasmo e de luz.

Para o que tende essa vida? Para quem se volta a alma angustiada do artista quando, também ela, participa de sua atividade criadora? O que ela quer anunciar? "Projetar a luz nas profundezas do coração humano, eis a vocação do artista", escreveu Schumann. E Tolstói: "Um pintor é um homem que pode desenhar e pintar tudo".

Dessas duas definições da atividade do artista, é a segunda que se deve escolher, se se pensar na exposição de que acabamos de falar. Com mais ou menos habilidade, virtuosismo, brio, foram aproximados na tela objetos que tinham entre si relações de valor ora elementares, ora complexas. É a harmonização do conjunto na tela que realiza a obra de arte. Contempla-se essa obra com um olhar frio e uma alma indiferente. Os *entendidos* admiram-lhe a feitura como se admira um equilibrista na corda e saboreiam a pintura como se saboreia um patê.

As almas famintas partem famintas.

A multidão arrasta-se de sala em sala e acha as telas "bonitas" e "sublimes". Aquele que teria podido falar a seu semelhante nada disse, e aquele que teria podido ouvir nada ouviu.

É o que se chama de "arte pela arte".

Essa sufocação de toda ressonância interior que é a vida das cores, essa dispersão inútil das forças do artista, eis a arte pela arte.

O artista busca a recompensa material para sua habilidade, seu poder inventivo e sua sensibilidade. Seu objetivo consiste em satisfazer sua ambição e sua cupidez. Em vez de um trabalho em comum que os aproximaria, é uma rivalidade que se estabelece entre os artistas ávidos de bens materiais. Queixam-se de um excesso de concorrência e da superprodução que ela acarreta. O ódio, a parcialidade, a inveja, as intrigas são as consequências dessa arte materialista que foi desviada de sua finalidade[2].

O espectador distancia-se do artista que, numa arte privada de objetivo, recusa-se a ver a finalidade de sua própria vida e tem maiores ambições.

Compreender é educar o espectador, induzi-lo a compartilhar o ponto de vista do artista. Dissemos mais acima que a arte é filha do seu tempo. Tal arte só pode reproduzir o que, na atmosfera do momento, já está totalmente realizado. Essa arte, que não encerra em si nenhum potencial de futuro, que é tão só o produto do tempo presente e jamais engendrará o "amanhã", é uma arte castrada. Vive pouco tempo e, privada de sua razão de ser, morre assim que muda a atmosfera que a criou.

É uma arte suscetível ainda de outros desenvolvimentos. Também tem raízes em sua época. Mas não é somente o eco e o espelho dessa época; possui, além disso, uma força de despertar profética, capaz de uma vasta e penetrante irradiação.

A vida espiritual, a que a arte também pertence e de que é um dos mais poderosos agentes, traduz-se num movimento para a frente e para o alto, complexo mas nítido, e que pode reduzir-se a um elemento simples. É o próprio movimento do conhecimento. Seja qual for a forma que adote, conserva o mesmo sentido profundo e a mesma finalidade.

As causas da necessidade que nos obriga, "com o suor do nosso rosto", a progredir pelo sofrimento, pelo mal e os tormentos, permanecem para nós envoltas em obscuridade. Quando se chega a uma parada, quando a "estrada é desembaraçada de várias pedras pérfidas, perversamente uma mão invisível lança no caminho novos blocos que o recobrem, por vezes, de forma tão completa que ele fica irreconhecível.

---

2. Algumas raras exceções isoladas não contradizem esse quadro aflitivo e mesmo entre essas exceções encontra-se um grande número de artistas cujo credo é a arte. Por conseguinte, eles servem a um ideal que, por elevado que seja, obriga-os, no fim das contas, a uma dispersão inútil de suas forças. A beleza exterior é um elemento constitutivo da atmosfera espiritual. Mas esse elemento, fora de seu aspecto positivo (o belo e o bem), não esgota todas as virtudes de um talento (no sentido evangélico do termo), do qual certas possibilidades permanecem sempre não empregadas.

Então sempre surge um homem, um de nós, em tudo nosso semelhante, mas que possui uma força de "visão" misteriosamente infundida nele.

Ele vê o que será e o faz ver. Por vezes, desejaria libertar-se desse dom sublime, dessa pesada cruz sob a qual se verga. Mas não pode. Apesar das zombarias e do ódio, atrela-se à pesada carroça da humanidade, a fim de soltá-la das pedras que a retêm e, com todas as suas forças, impele-a para a frente.

Com frequência, já nada do seu "eu" corporal subsiste na terra.

Tenta-se então reproduzir por todos os meios e em tamanho maior que o natural, no mármore, no bronze, na pedra, essa forma corporal, como se ela pudesse ter importância em tais mártires, divinos servidores dos homens, que sempre desprezaram a matéria e serviram apenas ao espírito. Mas esse "mármore" é o testemunho visível de que homens cada vez mais numerosos chegaram ao ponto atingido pelo primeiro deles, aquele que agora se glorifica.

2. **O movimento**

Um grande triângulo dividido em partes desiguais, a menor e a mais aguda no ápice, representa esquemática mas suficientemente bem a vida espiritual. Quanto mais se vai em direção à base, mais essas partes são grandes, largas, espaçosas e altas.

Todo o triângulo, num movimento quase imperceptível, avança e sobe lentamente, e a parte mais próxima do ápice atingirá "amanhã" o lugar onde a ponta estava "hoje"[3]. Em outras palavras, o que para o resto do triângulo ainda é hoje apenas uma lenga-lenga incompreensível, e só faz algum sentido para a ponta extrema, se revelará amanhã, para a parte que lhe está mais próxima, impregnado de emoções e de novas significações.

Por vezes, na ponta extrema, não há mais do que um homem sozinho. Sua visão iguala sua infinita tristeza. E os que estão mais perto dele não o compreendem. Em sua indignação, tratam-no de impostor, de semilouco. Toda a sua vida, solitário, muito longe e acima dos outros, Beethoven também foi alvo dos ultrajes destes[4].

3. "Hoje" e "amanhã" devem ser aqui tomados no mesmo sentido dos "dias" da criação, na Bíblia.
4. Weber, o autor de *Freischütz*, disse da 7ª sinfonia de Beethoven: "Esse gênio acaba de atingir o *nec plus ultra* da extravagância. Beethoven está agora no ponto para o hospício". Ouvindo pela primeira vez, no começo da primeira parte, a passagem em que o mi retorna com uma obstinação tão pungente, o abade Stadler não se conteve e disse para o seu vizinho: "Ainda e sempre esse mi! Decididamente, esse indivíduo é tão pobre de talento quanto de ideias". (August Göllerich, *Beethoven*, p. 1. Coleção "La Musique", editada por R. Strauss.)

Quanto tempo foi necessário para que a maior parte do triângulo chegasse ao lugar onde esse homem estava outrora sozinho? Apesar de todos os monumentos, são tão numerosos assim aqueles que subiram até lá?

Podem-se descobrir artistas em todas as partes do triângulo. Aquele que, entre eles, é capaz de olhar além dos limites da parte a que pertence é um profeta para os que o cercam. Ele ajuda a fazer avançar a carroça recalcitrante. Porém, se seu olhar não é bastante penetrante, se, por uma razão mesquinha, ele fecha deliberadamente os olhos ou deles faz mau uso, seus companheiros o compreenderão e o festejarão. Quanto mais perto estiver da base, maior será o número daqueles para quem suas palavras serão inteligíveis. Essa multidão tem fome – muitas vezes sem que ela própria esteja consciente disso – do pão espiritual que convém às suas necessidades. É esse pão que seus artistas lhe oferecem e é desse pão que, amanhã, quando ocupar o seu lugar, a camada seguinte, por seu turno, se nutrirá.

Esse esquema da vida espiritual nos fornece dela uma imagem bastante incompleta. Despreza todo um lado de sombra, uma grande face obscura, uma mancha morta. Com demasiada frequência, esse pão converte-se no alimento de todos aqueles que se mantêm num plano mais elevado. Mas, para eles, pode vir a se tornar um veneno. Uma pequena dose basta para agir sobre a alma, fazê-la resvalar gradualmente, cada vez mais baixo. Absorvido em dose elevada, esse veneno arrasta a alma em sua queda brutal. Num de seus romances, Sienkiewicz compara a vida espiritual à natação; aquele que não trabalha sem descanso e não luta incessantemente está condenado a afundar. É então que o dom natural do homem, o "talento" (no sentido evangélico do termo), pode tornar-se uma maldição para o artista que o recebeu e também para todos aqueles que comem desse pão envenenado. O artista emprega seu gênio para agradar necessidades inferiores; introduz um conteúdo impuro numa forma pretensamente artística. Atrai a si os fracos, perverte-os em contato com os piores, engana os homens e ajuda-os a se enganarem levando-os a persuadirem-se e a persuadirem os outros de que têm sede do espiritual e de que a fonte onde saciam sua sede é uma fonte pura. Tais obras não ajudam a ascensão aos píncaros, entravam-na; elas fazem recuar aqueles que se esforçam por avançar e empestam o ar em torno delas.

No mundo espiritual, ocorrem períodos estéreis, pobres em talentos, em que ninguém oferece aos homens o pão que dá a iluminação. São os períodos de decadência. Caem incessantemente almas nas partes mais inferiores do triângulo que, em seu conjunto, dá a impressão de estar imóvel. Mas, na realidade, ele retrocede e declina. Nessas épocas mudas e cegas, os homens atribuem um valor especial e exclusivo aos êxitos exteriores. Apenas os bens materiais têm importância; cada progresso técnico que só serve e só pode servir ao corpo é saudado como uma vitória. As forças puramente espirituais passam despercebidas.

Os que têm fome de iluminação, aqueles que enxergam, são marginalizados – zombam deles, rotulam-nos de loucos. Mas essas poucas almas resistem e estão atentas. Têm uma necessidade obscura de vida espiritual, de ciência, de progresso. Gemem, inconsoladas e queixosas, no coro dos apetites grosseiros, dos gozadores ávidos dos bens mais materiais. As trevas tornam-se cada vez mais densas. A dúvida tortura essas almas inquietas, a angústia as esgota. Em redor delas, o cinzento se espessa. Mas esse lento obscurecer causa-lhes medo e, em desespero, elas se precipitam na noite.

A arte degradada dessas épocas visa apenas fins materiais. Extrai sua inspiração dos temas mais ignóbeis, porquanto não poderia haver temas nobres para ela.

Os objetos cuja reprodução é seu único objetivo permanecem imutavelmente os mesmos. De todas as interrogações que a arte pode formular-se só o "como" subsiste. O método que empregará para reproduzir o objeto torna-se, para o artista, o único problema: é o "Credo" de uma arte sem alma.

A arte está em busca de uma resposta. Especializada, ela só ficará inteligível para os próprios artistas, que começam a se queixar da indiferença do público por suas obras. Nessas épocas, o artista, em geral, tem muito pouco a dizer. Basta-lhe uma nuança insignificante para fazer-se conhecer e apreciar por um grupo de mecenas e apreciadores de arte que o exaltam (o que não deixa de se traduzir, se for o caso, em algumas vantagens materiais). Vê-se então uma legião de homens dotados de uma aparência de talento que se lançam, não sem habilidade, sobre uma arte que lhes parece tão simples de conquistar. Em cada "centro artístico" vivem milhares de artistas dessa espécie, a maioria unicamente preocupada em procurar um novo estilo e que cria, com o coração frio, sem entusiasmo, sem empolgação, milhões de obras de arte.

A "concorrência" aumenta. A encarniçada busca de sucesso torna a pesquisa cada vez mais superficial. Pequenos grupos que, por acaso, lograram manter-se à margem desse caos de artistas e de obras entrincheiram-se nas posições que conquistaram. O público olha sem compreender. Semelhante arte não pode interessá-lo e ele volta-lhe simplesmente as costas.

Apesar da cegueira, apesar desse caos e dessa busca desenfreada, o triângulo espiritual continua, na realidade, avançando. Sobe, lentamente, com uma força irresistível. Invisível, um novo Moisés desce da montanha. Vê a dança em torno do bezerro de ouro. Mas ainda assim dá aos homens a fórmula de sabedoria que lhes trouxe.

Sua linguagem escapa às massas. O artista, porém, a entenderá. A princípio inconscientemente, ele seguirá esse chamado. Já o "como" contém um germe oculto de cura. Mesmo que essa pergunta fique em geral sem resposta, há nessa personalidade, ainda que insignificante, uma possibilidade de não ver no objeto apenas a pura matéria do período realista, reproduzido "tal qual", sem imaginação, mas também o que a ultrapassa.

Mais que isso, a partir do instante em que, da maneira que lhes é própria, a experiência íntima do artista e a força de emoção que a torna comunicável aos outros transparecem, a arte entra no caminho ao término do qual reencontrará o que perdeu, o que voltará a ser o fermento espiritual de seu renascimento. O objeto de sua busca não é o objeto material concreto a que o artista se prendia exclusivamente na época precedente – etapa superada –, mas será o próprio conteúdo da arte, sua essência, sua alma, sem a qual os meios que a servem nunca serão mais do que órgãos lânguidos e inúteis.

Esse conteúdo só a arte pode captá-lo, só ela pode exprimi-lo claramente com os meios que lhe pertencem.

3. **A mudança de rumo espiritual**

O triângulo espiritual avança e ascende lentamente. Uma das mais extensas partes de sua base começa a ser afetada pelas primeiras frases do "Credo" materialista. Judeus, católicos, protestantes, aqueles que o povoam são ateus, antes de tudo. Alguns, os mais audaciosos ou os mais bitolados, reconhecem-no abertamente. O "Céu" está vazio. Deus está morto. Em política, são partidários da representação popular ou republicanos. O medo, o horror e o ódio que ontem alimentavam por tais opiniões políticas hoje eles dedicam à anarquia, da qual apenas conhecem o nome e cujo simples nome os apavora.

Do ponto de vista econômico, são socialistas. Afiam a espada da Justiça para desferir o golpe mortal na hidra capitalista e abater o Mal.

Ninguém, entre eles, jamais conseguiu resolver uma única dificuldade. São outros homens, superiores a eles, que sempre fizeram avançar o carro da humanidade. Como poderiam imaginar os esforços e aflições desses outros? Não fazem mais do que sofrer de longe os efeitos destes e acreditam em algum meio simples e infalível.

A parte seguinte é cegamente aspirada pela primeira. Ela tende a colocar-se em seu nível, mas agarra-se a seu lugar, com medo de ser enganada. O medo do desconhecido a paralisa.

Do ponto de vista religioso, as partes superiores não se contentam em professar o mais cego ateísmo. Elas baseiam-no em algumas afirmações que tomam de outrem. Como esta declaração de Virchow, indigna de um cientista: "Autopsiei numerosos cadáveres e jamais descobri neles uma alma". Do ponto de vista político, o ideal republicano ocupa um lugar de destaque. Conhecem-se os usos parlamentares, leem-se os jornais, até mesmo os artigos mais sérios. Do ponto de vista econômico, enfim, os diversos matizes do socialismo são aquinhoados. As convicções apoiam-se de bom grado em abundantes citações, desde *Emma*, de Schweitzer, e *A lei de bronze*, de Lassalle, até *O capital*, de Marx, e muitas mais.

Outras preocupações vêm ainda assediá-los: a ciência e a arte, a literatura e a música.

Do ponto de vista científico, esses homens são positivistas: só reconhecem o que pode ser medido e pesado. O resto, para eles, é apenas uma perigosa loucura do gênero daquela de que tachavam ontem as teorias hoje "demonstradas".

Em arte, são naturalistas. Reconhecem, entretanto, a personalidade do artista, sua individualidade, seu temperamento. Mas só a admitem contanto que ela se encerre nos estreitos limites que lhe foram fixados por aqueles em quem têm fé.

Nessas alturas, entretanto, apesar da ordem evidente, apesar da segurança, apesar dos princípios incontestáveis, reinam uma angústia secreta, uma confusão, uma insegurança e um mal-estar semelhante ao que se apodera dos passageiros de um transatlântico quando, em alto-mar, tendo a terra se dissipado na neblina, grossas nuvens se acumulam e o vento ergue as vagas em negras montanhas. Devem isso ao desvio de sua cultura. Não ignoram que o cientista, o homem de Estado, o artista hoje adorado, não passava ontem de um arrivista, um fanfarrão, um ridículo charlatão que só merecia indiferença.

Quanto mais se sobe no triângulo espiritual, mais duras, mais nítidas e contundentes se fazem as arestas do medo.

Há olhos que podem ver por si mesmos, cérebros capazes de síntese. Esses homens perguntam-se: "Já que a verdade de anteontem foi derrubada pela de ontem, a de ontem pela de hoje, a de

hoje, por sua vez, não o será também pela de amanhã?". E os mais audaciosos respondem: "Por que não?".
Há olhos que podem ver o que ainda não foi "explicado" pela ciência atual. Esses homens perguntam-se: "Chegará a ciência a resolver esses enigmas seguindo pelo caminho por onde se arrasta há tanto tempo? E, se chegar, poderemos confiar em sua resposta?".
Também aí se encontram os homens de saber profissionais que conservaram, sem dúvida, a lembrança da maneira como os meios acadêmicos acolheram pela primeira vez certos fatos agora solidamente estabelecidos, que eles admitem hoje sem contestação. Temos aí especialistas que escrevem profundas obras repletas de apreciações benevolentes sobre uma arte a cujo respeito ainda ontem se dizia que era desprovida de sentido.
Acreditam quebrar assim as barreiras que a arte já transpôs há muito tempo e erguer outras novas, estas irremovíveis. Não percebem que as colocam não diante da arte, mas atrás dela. Amanhã, quando se derem conta de seu erro, sentir-se-ão livres para escrever outras obras e para deslocar precipitadamente suas barreiras. E assim será enquanto não se tiver reconhecido que o princípio exterior da arte só vale para o passado e jamais para o futuro. Sustentar sistematicamente esse princípio no domínio do imaterial é um absurdo. O que ainda não existe materialmente não se pode cristalizar materialmente. Só a intuição permite reconhecer aqueles que serão os guias espirituais no reino do futuro. O talento do artista abriu o caminho. A teoria ilumina, à maneira de uma lanterna, as formas cristalizadas de "ontem" e do que era anteontem (cf., mais adiante, o cap. 7, "Teoria").
Subamos um degrau. A confusão aumenta, como uma grande cidade construída segundo todas as regras da arquitetura e abalada de repente por uma força que desafia todos os cálculos.
Os habitantes dessa cidade espiritual vivem no terror dessas forças, com as quais os arquitetos e os matemáticos não contaram.
Aqui, é um lance de espessa muralha que desmoronou como um castelo de cartas; ali, jazem as ruínas de uma torre colossal, tão alta quanto o céu, feita do elã conjugado de pilares espirituais indestrutíveis. Os abalos arruinaram o antigo cemitério abandonado.

Os velhos túmulos se entreabrem e deles escapam espíritos esquecidos. Esse sol, fabricado com tanta arte e tão laboriosamente, cobre-se de manchas e escurece. Vai-se agora substituí-lo pelo quê? Nessa cidade também vivem homens a quem uma outra verdade ensurdeceu. Não ouvem nenhum desmoronamento. Nada enxergam porque essa verdade os cegou. Dizem: "Nosso sol está cada vez mais radioso, logo as derradeiras manchas terão desaparecido". Um dia chegará em que também eles terão ouvidos para escutar e olhos para ver.

Subamos ainda mais. Aí, a angústia dissipou-se. Aí, prossegue um trabalho que abala ousadamente a ordem estabelecida pelos homens. Verdadeiros homens de ciência aí sondam e exploram a matéria, aí passam a vida, nenhuma pergunta os assusta. Por fim, acabam pondo em dúvida a existência dessa matéria sobre a qual, ainda ontem, tudo repousava, sobre a qual o universo inteiro se apoiava. A teoria dos elétrons, isto é, da eletricidade dinâmica, que deve substituir integralmente a matéria, encontra hoje audaciosos pioneiros. Eles vão em frente, esquecendo toda prudência, e sucumbem na conquista da cidadela da ciência nova, à semelhança daqueles soldados que, tendo feito o sacrifício de suas pessoas, perecem no assalto desesperado a uma fortaleza que não quer capitular. Mas "não existe fortaleza inexpugnável".

Multiplicam-se os fatos que a ciência de ontem qualificava de "blefe". Até os jornais que, a maior parte do tempo, estão a serviço do sucesso e da plebe, e com tudo traficam, veem-se obrigados a moderar o tom irônico quando expõem os "milagres" e, com frequência, até a abster-se dele. Cientistas que eram materialistas puros convertem-se e consagram-se à pesquisa científica de fatos inexplicáveis que não é mais possível negar nem calar[5].

5. Zöllner, Wagner, Butleroff-Petersbourg, Crookes (Londres etc.). Mais tarde, Ch. Richet, mesmo Flammarion. Le Matin reproduziu os depoimentos destes últimos sob o título: "Constato, mas não explico". Enfim, G. Lombroso, o criador do método antropológico em criminologia, assiste com Eusapia Palladino a sessões de espiritismo e reconhece a realidade dos fenômenos. Não só outros cientistas trabalham individualmente nesse domínio, mas também, pouco a pouco, vão se formando sociedades científicas que perseguem os mesmos objetivos (por exemplo, a Sociedade de Estudos Psíquicos de Paris, que organiza inclusive conferências no interior e dá a conhecer ao público, com inteira objetividade, os resultados obtidos).

Por outro lado, enfim, aumenta o número daqueles que perderam toda confiança nos métodos da ciência materialista para tudo o que não é a "matéria" ou para tudo o que não é acessível aos nossos sentidos. Tal como na arte que busca socorro nos primitivos, esses homens voltam-se para épocas semiesquecidas e seus métodos, a fim de lhes pedir ajuda, pois esses métodos ainda estão vivos em povos que estamos acostumados a olhar com piedade e desprezo do alto de nossos conhecimentos.

Acontece às vezes que nossos homens de ciência observam, entre os hindus, por exemplo, fatos inexplicáveis. Na maioria dos casos, não se dignam sequer levá-los em consideração, ou então, como se enxotassem moscas importunas, afastam-nos com palavras e explicações superficiais[6]. A sra. H. P. Blawatzky foi a primeira, após uma longa permanência na Índia, a estabelecer um sólido vínculo entre esses "selvagens" e nossa civilização. É dessa época que data o grande movimento espiritual cuja forma visível é hoje a "Sociedade de Teosofia". Essa sociedade compõe-se de "lojas" que, pelo conhecimento "interior", procuram abordar os problemas do espírito. Seus métodos, em completa oposição aos chamados métodos positivos, são, no essencial, tomados do que já foi, mas traduzidos numa forma relativamente precisa[7].

A teoria teosófica é a base desse movimento. Ela foi exposta por Blawatzky sob a forma de um catecismo em que o aluno recebe respostas precisas para as suas perguntas[8]. Segundo Blawatzky, teosofia é igual a verdade imperecível (p. 248). "Um novo apóstolo da verdade encontrará, graças à Sociedade de Teosofia, a humanidade pronta para escutar sua mensagem; haverá formas de linguagem que lhe permitirão exprimir as novas verdades. Uma organização aguarda sua vinda para desembaraçar seu caminho dos obstáculos e das dificuldades materiais" (p. 250). E Blawatzky – é essa a

---

6. Na presença de fatos dessa espécie, recorre-se de bom grado à palavra "hipnose", essa mesma hipnose que, em sua forma primitiva de mesmerismo, diversos acadêmicos trataram com tanto desdém.
7. Cf., por exemplo, *Theosophie* do Dr. Steiner e seus artigos sobre o caminho da consciência em *Lucifer Gnosis*.
8. H. P. Blawatzky, *Der Schlüssel der Theosophie*, Leipzig, Max Haltman, 1907. O livro foi publicado em inglês em Londres, em 1889.

conclusão de seu livro – pensa que, "no século XXI, a terra será um paraíso, em comparação com o que ela é hoje".

De toda maneira, aliás, mesmo que a tendência dos teosofistas a construir uma teoria e que seu júbilo, talvez prematuro, diante da ideia de poderem responder em breve à imensa e eterna interrogação sejam passíveis de deixar cético o observador, nem por isso esse grande movimento deixa de ser um poderoso fermento espiritual. Mesmo sob essa forma, é um grito de libertação que tocará os corações desesperados, presas das trevas e da noite. É uma mão prestimosa que se estende para eles e lhes aponta o caminho.

Quando a religião, a ciência e a moral são abaladas (esta pela rude mão de Nietzsche), e quando seus apoios exteriores ameaçam desmoronar, o homem desvia seu olhar das contingências exteriores e volta-o para si mesmo.

A literatura, a música e a arte são as primeiras afetadas. É nelas que, pela primeira vez, pode-se tomar consciência dessa mudança de rumo espiritual. A imagem sombria do presente nelas se reflete. A grandeza nelas deixa-se pressentir quando ainda não é mais do que um ponto minúsculo, que só uma ínfima minoria descobrirá e que a massa ignora.

Elas refletem a grande escuridão que se anuncia. Elas próprias se obscurecem e se enchem de sombras. Desviam-se do conteúdo sem alma da vida presente. Apegam-se ao que permite livre curso a suas tendências e às aspirações das almas sedentas de imaterial. Na literatura, Maeterlinck é um desses poetas. Ele nos conduz a um mundo a que se chama fantástico, mas que se poderia mais exatamente qualificar de sobrenatural. Sua Princesa Maleine, as Sete Princesas, os Cegos, etc., não são seres que pertencem aos tempos passados, como são, a nossos olhos, os heróis estilizados de Shakespeare. São, verdadeiramente, almas que buscam, perdidas nas trevas e que as trevas ameaçam sufocar. Uma sombria força invisível paira sobre elas. A obscuridade do espírito e o sentimento de insegurança que a ignorância e o medo dessa ignorância transmitem criam o mundo desses heróis. Talvez Maeterlinck, esse vidente, seja um dos primeiros profetas, um dos primeiros arautos desse desmoronamento. A noite que pesa sobre as almas, a mão que

aponta o caminho e que destrói, o terror que essa mão inspira, o caminho nunca mais encontrado, o guia perdido, repetem-se incessantemente, como motivos fundamentais, em todas as suas obras[9].
É quase sempre graças apenas aos meios da arte que ele logra evocar essa atmosfera angustiada. Os detalhes materiais (povoados sombrios, luares, lagoas, corujas) figuram quase só como acessórios simbólicos destinados a proporcionar um "som interior"[10].
O grande recurso de Maeterlinck é a palavra.
A palavra é um som interior. Esse som corresponde, pelo menos em parte (e talvez principalmente), ao objeto que a palavra serve para designar. Se não se vê o próprio objeto, se apenas é ouvido o nome, forma-se dele no cérebro do ouvinte uma representação abstrata, o objeto desmaterializado, que não tarda a provocar uma vibração no "coração". Assim é que a árvore da campina, verde, amarela, vermelha, constitui apenas um "caso" material, uma forma fortuita, materializada, da árvore que sentimos em nosso Íntimo quando ouvimos pronunciar a palavra árvore. O emprego judicioso de uma palavra (segundo o sentido poético), a repetição interiormente necessária dessa palavra, duas vezes, três vezes, várias vezes seguidas, não amplificam apenas sua ressonância interior: podem ainda revelar outros poderes dessa palavra. Uma palavra que a gente repete, brincadeira com que a juventude gosta de se entreter e que esquece em seguida, acaba perdendo toda referência a seu sentido exterior. O valor, que se tornou abstrato, do objeto designado desaparece; apenas subsiste o "som" da palavra.

9. Entre esses espíritos lúcidos situa-se, na primeira linha, Alfred Kubin. Uma força irresistível nos precipita na horrível atmosfera do Vazio. Essa força emana dos desenhos de Kubin, assim como se manifesta em seu romance *Die andere Seite*.
10. Quando, com sua direção, alguns de seus dramas foram representados em São Petersburgo, o próprio Maeterlinck, durante um ensaio, utilizou, para substituir uma parte do cenário que faltava – uma torre –, um simples pedaço de tela. Um cenário naturalista não tinha para ele a menor importância. Redescobria o procedimento das crianças, que são os maiores imaginativos de todos os tempos. Quando brincam, um pedaço de pau é um cavalo, papéis dobrados são um regimento de cavalaria, e basta-lhes uma dobra a mais ou a menos para fazer um cavaleiro um cavalo (Kügelgen, *Erinnerungen eines alten Mannes*). Essa tendência a estimular a imaginação do espectador desempenha um grande papel no teatro contemporâneo. A esse respeito, o teatro russo exerceu uma influência não desprezível. É a passagem necessária do material para o espiritual no teatro do futuro.

Esse "som puro" talvez seja por nós percebido inconscientemente, ao mesmo tempo que o objeto – real ou que acabou se tornando abstrato. Mas então esse som apresenta-se em primeiro plano para exercer uma impressão direta sobre a alma. A alma recebe uma vibração pura ainda mais complexa, eu diria quase mais "sobrenatural" do que a emoção que pode propiciar-lhe o ruído de um sino, o som de uma corda tensa, a queda de uma tábua etc. A literatura do futuro tem aí belas perspectivas. Em sua forma embrionária, esse poderio da palavra já foi utilizado. *Les serres chaudes* são disso um dos melhores exemplos. É por isso que, em Maeterlinck, uma palavra que, à primeira vista, parece neutra, emite um som lúgubre. Outra palavra, simples e de uso corrente (como cabeleira, por exemplo), pode, se bem empregada, dar uma impressão de desespero, de irremediável tristeza. É o segredo da arte de Maeterlinck. Ele nos ensina que o trovão, os relâmpagos, a lua por trás das nuvens rápidas são apenas meios exteriores que, no palco, mais ainda do que na natureza, têm um efeito semelhante ao do bicho-papão sobre as crianças. Os verdadeiros meios interiores não perdem tão facilmente sua força e sua ação[11]. A palavra tem, por conseguinte, dois sentidos: um sentido imediato e um sentido interior. Ela é a pura matéria da poesia e da arte, a única matéria de que essa arte pode servir-se e graças à qual consegue tocar a alma.

Richard Wagner realizou algo semelhante na música. Seu célebre "*leitmotiv*" tende igualmente a caracterizar um herói, não por meio apenas de acessórios teatrais, de maquiagem ou de efeitos luminosos, mas por um "motivo" preciso, ou seja, por um procedimento puramente musical. Esse motivo é uma espécie de atmosfera espiritual evocada por meios musicais. Precede o herói e, quando este surge, envolve-o numa irradiação invisível[12].

Os músicos mais modernos, como Debussy, fornecem impressões que, com frequência, tiram da natureza e transformam em ima-

---

11. Isso é claramente verificado comparando obras de Maeterlinck e de Poe. E é ainda um exemplo da evolução dos métodos artísticos que conduzem do concreto ao abstrato.
12. Numerosas experiências mostraram que tal atmosfera espiritual não é somente atributo dos heróis, mas pode emanar igualmente de todo ser humano. Assim, as pessoas especialmente sensíveis não podem permanecer numa sala por onde tenha passado, mesmo sem que saibam, alguém com quem antipatizam.

gens espirituais, sob uma forma puramente musical. Por essa razão, Debussy tem sido aparentado aos pintores impressionistas. Tal como estes, livremente, em grandes traços, ele inspira-se, em suas composições, nas impressões que recebe da natureza. Hoje, as diversas artes instruem-se reciprocamente e perseguem, com frequência, os mesmos objetivos. Mas seria excessivo pretender que essa observação seja suficiente para explicar o alcance e a significação da obra de um Debussy. Apesar de suas afinidades com os impressionistas, está tão fortemente voltado para o conteúdo interior que encontramos em suas obras a alma torturada do nosso tempo, vibrante de paixões e de abalos nervosos. Debussy, por outro lado, mesmo em suas imagens impressionistas, jamais se limita à nota captada pelo ouvido, que é a característica da música programática; para além da nota, ele visa à utilização integral do valor interior de sua impressão.

A música russa (Mussorgsky) exerceu grande influência sobre Debussy. Portanto, nada tem de surpreendente que nele se descubra certa afinidade com os jovens compositores russos, sobretudo com Scriabin. É evidente o parentesco de timbre interior. Tanto num como no outro, o mesmo defeito indispõe muitas vezes o ouvinte. Quero dizer que lhes acontece serem subitamente arrastados para longe das "novas feiuras" e deixarem-se seduzir pelo charme de uma Beleza mais ou menos convencional. Muitas vezes o ouvinte fica chocado. Tem a impressão de ser projetado – como uma bola de tênis – por cima da rede que separa os dois parceiros: o partido do "Belo exterior" e o do "Belo interior".

O "Belo interior" é aquele para o qual nos impele uma necessidade interior quando se renunciou às formas convencionais do Belo. Os profanos chamam-na de feiura. O homem é sempre atraído, e hoje mais do que nunca, pelas coisas exteriores, não reconhecendo de bom grado a necessidade interior. Essa recusa total das formas habituais do "Belo" leva a admitir como sagrados todos os procedimentos que permitem manifestar sua personalidade. O compositor vienense Arnold Schönberg percorre sozinho esse caminho, apenas reconhecido por alguns raros e entusiásticos admiradores. Esse "exibido", esse "blefista", esse "charlatão", escreve em seu *Tratado de harmonia*:

"...Toda construção fugada é possível, mas hoje sinto que pelo menos aqui certas condições me impõem o emprego desta ou daquela dissonância".[13]

Schönberg dá-se claramente conta de que a liberdade sem a qual a arte sufoca nunca é absoluta. Cada época recebe seu quinhão dela e o gênio mais poderoso não pode ir mais além. Mas essa medida deve esgotar-se por inteiro de cada vez, e o será sempre. A parelha indócil pode escoicear quanto quiser. Também Schönberg esforça-se para esgotar essa liberdade, e nesse caminho da "necessidade interior" já descobriu os tesouros da "Beleza Nova". Sua música faz-nos penetrar num reino novo onde as emoções musicais já não são somente auditivas, mas, sobretudo, interiores. Aí começa a "música futura".

Na pintura, ao ideal realista sucedem as tendências impressionistas. Puramente naturalistas, essas tendências culminam, sob sua forma dogmática, na teoria do *neoimpressionismo*, no qual já aflora o abstrato. Essa teoria (que os neoimpressionistas consideram universal) não consiste em fixar na tela um fragmento de natureza tomado ao acaso, mas em mostrar a natureza inteira em sua magnificência e seu brilho[14]. Quase na mesma época surgem três escolas muito diferentes: 1º Rossetti e seu aluno Burne--Jones, e seus sucessores; 2º Böcklin e Stuck, que procede dele, e seus seguidores; 3º Segantini, que arrasta em sua esteira imitadores indignos.

Esses três nomes foram escolhidos como os mais característicos entre os pesquisadores em busca de domínios imateriais. Rossetti voltou-se para os pré-rafaelistas e tentou fazer reviver suas formas abstratas. Böcklin escolheu o domínio da mitologia e da lenda, e, ao contrário de Rossetti, revestiu suas figuras abstratas de formas materiais fortemente acentuadas. Segantini é, aparentemente, o mais material desses artistas. Tomou as formas acabadas da natureza, cadeias de montanhas, pedras, animais, e reproduziu--as em seus ínfimos detalhes. Mas soube, apesar dessa aparência

---

13. "La Musique", X. 2, p. 104, Édition Universelie.
14. Cf. Signac, *De Delacroix au néo-impressionnisme*, ed. alemã Axel Juncker, Charlottenburg, 1910.

rigorosamente realista, criar imagens abstratas, o que faz dele o menos material dos três, sem dúvida.

Todos esses artistas procuram nas formas exteriores o conteúdo interior.

Cézanne impusera-se a mesma tarefa. Tal como eles, tentou descobrir uma nova lei da forma, mas sem se distanciar tanto quanto os três artistas citados dos meios exclusivos da pintura. De uma xícara de chá, ele fez um ser dotado de alma ou, mais exatamente, distinguiu um ser nessa xícara. Elevou a "natureza morta" ao nível de objeto exteriormente "morto" e interiormente vivo. Tratou os objetos como tratou o homem, pois tinha o dom de descobrir a vida interior em tudo. Captura-os e entrega-os à cor. Recebem dela a vida – uma vida interior – e uma nota essencialmente pictórica. Impõe-lhes uma forma redutível a fórmulas abstratas, frequentemente matemáticas, das quais emana uma radiante harmonia. Não é nem um homem, nem uma maçã, nem uma árvore, que Cézanne quer representar; ele serve-se de tudo isso para criar uma coisa pintada que proporciona um som bem interior e se chama imagem. É igualmente com esse nome que um dos maiores pintores franceses contemporâneos, Henri Matisse, qualifica suas obras. Também ele pinta "imagens", procura reproduzir o "divino"[15]. O próprio objeto é para Matisse um ponto de partida (homem ou outra coisa, pouco importa). Ele serve-se exclusivamente dos meios da pintura: a cor e a forma. Seus dons excepcionais, seu talento de colorista, que ele deve à sua qualidade de francês, levaram-no a conceder em suas obras um papel preponderante à cor. Tal como Debussy, nem sempre soube libertar-se da beleza convencional: tem o impressionismo no sangue. Embora algumas de suas telas transbordem de vida intensa, efeito da necessidade interior sob cuja injunção o pintor as criou, outras telas, pelo contrário, só devem a uma excitação e a um estímulo francamente exteriores a vida que as anima. (Pensa-se, então, com frequência, em Manet.) A beleza refinada, bem francesa, saborosa, puramente melódica da pin-

---

15. Cf. "Kunst and Künstler", 1909, fascículo VIII.

tura atinge aqui as alturas gélidas, inacessíveis, os cimos gelados do espírito.

O espanhol Pablo Picasso, esse outro grande parisiense, jamais sucumbiu à tentação dessa beleza. Constantemente impelido pela necessidade de exprimir-se, arrebatado por sua impulsividade, Picasso lança-se de um procedimento a outro. Se um abismo os separa, Picasso, de um salto insensato, transpõe-no e logo está do outro lado, para grande susto da legião compacta de seus fiéis imitadores. Eles acreditavam tê-lo alcançado e é preciso recomeçar tudo. Assim nasceu o recente movimento francês do cubismo, que reencontraremos na segunda parte deste livro. Picasso procura, com a ajuda de relações numéricas, atingir o "construtivo". Em suas últimas obras (1911), ele consegue, à força de lógica, destruir os elementos "materiais", não por dissolução, mas por uma espécie de fragmentação das partes isoladas e pela dispersão construtiva dessas partes isoladas na tela. Coisa surpreendente, Picasso parece, ao proceder assim, querer conservar, apesar de tudo, a aparência material. Não recua diante de nenhum meio e se, numa forma, a cor o incomoda, não se embaraça com isso e pinta seu quadro com marrom e branco. É sua audácia que faz sua força. MATISSE: cor. PICASSO: forma. Duas grandes tendências, um grande objetivo.

4. A pirâmide

Assim, cada arte chega, pouco a pouco, ao ponto em que se torna capaz de exprimir, graças aos meios que lhe são próprios, o que só ela está qualificada para dizer.

Apesar, ou melhor, em virtude do isolamento da Arte, nunca as artes estiveram mais próximas umas das outras do que nestes últimos tempos, neste momento decisivo da Mudança de Rumo Espiritual. Já vemos despontar a tendência para o "não realista", a tendência para o abstrato, para a essência interior. Conscientemente ou não, os artistas seguem o "conhece-te a ti mesmo" de Sócrates, Conscientemente ou não, voltam-se cada vez mais para essa essência da qual a arte deles fará surgir as criações de cada um; eles a sondam, avaliam seus elementos imponderáveis.

Segue-se, naturalmente, que os elementos de uma arte veem-se confrontados com os de uma arte diferente. As aproximações com a música são, a esse respeito, as mais ricas de ensinamentos. A música é, há muitos séculos, a arte por excelência para exprimir a vida espiritual do artista. Seus meios jamais lhe servem, fora alguns casos excepcionais em que ela se afastou do seu verdadeiro espírito, para reproduzir a natureza, mas para inculcar vida própria nos sons musicais. Para o artista criador que quer e que deve exprimir seu *universo interior*, a imitação, mesmo bem-sucedida, das coisas da natureza não pode ser um fim em si. E ele inveja a desenvoltura, a facilidade com que a arte mais imaterial de todas, a música, alcança esse fim. Compreende-se que ele se volte para essa arte e que se esforce, na dele, por descobrir procedimentos similares. Daí, na pintura, a atual busca de ritmo, da construção abstrata, matemática; daí também o valor que se atribui hoje à repetição dos tons coloridos, ao dinamismo da cor.

Não basta comparar os procedimentos das mais diferentes artes: esse ensino de uma arte por uma outra não pode dar frutos se permanecer unicamente exterior. Deve ajustar-se aos princípios de uma e de outra. Uma arte deve aprender de outra arte o emprego de seus meios, inclusive os mais particulares, e aplicar depois, segundo seus próprios princípios, os meios que são dela e somente dela. Mas não deve o artista esquecer que a cada meio corresponde um emprego especial que se trata de descobrir.

O que o emprego das formas musicais permite à música é vedado à pintura. A música, em contrapartida, é em numerosos pontos inferior às artes plásticas. A música, por exemplo, dispõe da duração. Mas a pintura oferece ao espectador – vantagem que a música não possui – o efeito maciço e instantâneo do conteúdo de uma obra[16].

Por mais totalmente emancipada da natureza que ela seja, a música não tem necessidade, para exprimir-se, de recorrer às formas de sua linguagem[17].

Quanto à pintura, ela ainda está hoje quase totalmente reduzida a contentar-se com as formas que toma emprestadas da natureza. Sua tarefa ainda consiste em analisar esses meios e essas

---

16. Essas diferenças, como tudo no mundo, devem ser entendidas num sentido relativo. De certo ponto de vista, a música pode dispensar a duração e a pintura empregá-la. Toda afirmação é essencialmente relativa.
17. Uma música programática concebida de maneira por demais estreita é a prova dos resultados a que se chega ao querer que a linguagem musical reproduza efeitos que ultrapassam seus meios. Tais experiências foram tentadas ainda recentemente. O coaxar de rãs, a gritaria no galinheiro, o afiar de facas, são imitações dignas, no máximo, de um palco de variedades. Podem, a rigor, passar por uma brincadeira bastante agradável, mas devem ser banidas da música séria. Tais extravagâncias devem servir de exemplos, de advertências para todos os que tiverem a ideia de "reproduzir a natureza". A natureza tem sua linguagem própria, cuja ação sobre nós é irresistível. Tal linguagem não se imita. Evocar um galinheiro com os meios da música, para dar aos ouvintes uma impressão de natureza, é uma tarefa tão impossível quanto fútil. Cada arte é capaz de evocar a natureza. Mas não é imitando-a exteriormente que o conseguirá. Tem de transpor as impressões da natureza em sua realidade íntima mais secreta.

formas, aprender a conhecê-los, como a música, por sua vez, já o fez há muito tempo, e esforçou-se por integrá-los em suas criações, utilizando-os para fins puramente pictóricos.

Cada arte, ao se aprofundar, fecha-se em si mesma e separa-se. Mas compara-se às outras artes, e a identidade de suas tendências profundas as leva de volta à unidade. Somos levados assim a constatar que cada arte possui suas forças próprias. Nenhuma das forças de outra arte poderá tomar seu lugar. Desse modo se chegará, enfim, à união das forças de todas as artes. Dessa união nascerá um dia a arte que podemos desde já pressentir, a verdadeira arte monumental.

Quem quer que mergulhe nas profundezas de sua arte, em busca de tesouros invisíveis, trabalha para erguer essa pirâmide espiritual que chegará ao céu.

B. PINTURA

5. Ação da cor

Passem-se os olhos por uma paleta coberta de cores. Um duplo efeito se produz:

1º – Do ponto de vista estritamente físico, o olho sente a cor. Experimenta suas propriedades, é fascinado por sua beleza. A alegria penetra na alma do espectador, que a saboreia como um *gourmet*, uma iguaria. O olho recebe uma excitação semelhante à ação que tem sobre o paladar uma comida picante. Mas também pode ser acalmado ou refrescado como um dedo quando toca uma pedra de gelo. Portanto, uma impressão inteiramente física, como toda sensação, de curta duração e superficial. Ela se apaga sem deixar vestígios, mal a alma se fecha.

Ao tocar no gelo, só se pode ter uma sensação de frio físico. Quando o dedo volta a estar quente, a sensação é esquecida. Quando o olho não vê mais a cor, a ação física da pasta colorida cessa. A sensação física do frio do gelo, quando penetra profundamente, desperta outras impressões cada vez mais fortes e pode deflagrar toda uma cadeia de eventos psíquicos. O mesmo ocorre com a impressão superficial da cor e de seu desenvolvimento.

Sobre uma sensibilidade mediana, os objetos familiares têm uma ação superficial, ao passo que aqueles que vemos pela primeira vez logo produzem em nós uma impressão profunda. É assim que a criança, para quem cada objeto é uma novidade, experimenta a realidade do mundo. A luz a atrai, ela quer apanhá-la e queima os dedos. Daí em diante, terá temor e respeito pela chama. Aprenderá que a luz não é somente daninha, mas que expulsa a escuridão e prolonga o dia, que pode aquecer, cozinhar e compor, às vezes, um espetáculo divertido. Após essa experiência, terá travado conhecimento com a luz, e o que a criança ficou sabendo dela será registrado em seu cérebro. Então, a intensidade do interesse declina e acaba desaparecendo. O espetáculo da chama luta ainda contra a indiferença, mas perde insensivelmente seu atrativo. Pouco a pouco, o mundo deixa de ser um mundo encantado. Assim é que se acaba por saber que as árvores dão sombra, que os cavalos correm velozmente, que os automóveis correm ainda mais, que os cães mordem, que a lua está longe, que a pessoa que a gente vê no espelho é apenas uma aparência.

À medida que o homem se desenvolve e se completa, aumenta o círculo de propriedades que ele aprende a reconhecer como próprio dos seres e das coisas. Coisas e seres adquirem uma significação que se resolve, finalmente, em ressonância interior.

Sobre uma sensibilidade grosseira, a cor tem apenas efeitos superficiais que, desaparecida a excitação, logo deixam de existir. Por mais elementares que sejam, esses efeitos são variados. As cores claras atraem mais o olho e o retêm. As cores claras e quentes retêm-no ainda mais: assim como a chama atrai irresistivelmente o homem, também o vermelho atrai e irrita o olhar. O amarelo-limão vivo fere os olhos. A vista não consegue suportá-lo. Dir-se-ia um ouvido dilacerado pelo som estridente do trompete. Os olhos piscam e vão mergulhar nas profundezas calmas do azul e do verde.

2º – Quanto mais cultivado é o espírito sobre o qual ela exerce, mais profunda é a emoção que essa ação elementar provoca na alma. Ela é reforçada, nesse caso, por uma segunda ação psíquica. A cor provoca, portanto, uma vibração psíquica. E seu efeito físico superficial é apenas, em suma, o caminho que lhe serve para atingir a alma. Se essa segunda ação é realmente uma ação direta, conforme é lícito supor pelo que se acaba de expor, ou se, pelo contrário, só é obtida por associação, é difícil decidir. Estando a alma estreitamente ligada ao corpo, uma emoção qualquer sempre pode, por associação, provocar nele outra que lhe corresponda. Por exemplo, como a chama é vermelha, o vermelho pode desencadear uma vibração interior semelhante à da chama. O vermelho quente tem uma ação excitante. Sem dúvida, porque se assemelha ao sangue, a impressão que ele produz pode ser penosa, até dolorosa. A cor, neste caso, desperta a lembrança de outro agente físico que exerce sobre a alma uma ação penosa.

Se fosse sempre assim, seria fácil explicar pela associação todos os outros efeitos físicos da cor, não somente sobre a visão mas também sobre os demais sentidos. Que, por exemplo, o amarelo-claro nos dá uma impressão de azedume e de acidez, porque faz pensar num limão, eis uma explicação que se deve rejeitar.

A propósito do gosto da cor, não faltam exemplos nos quais essa explicação carece igualmente de validade. Um médico de Dresden conta que um de seus pacientes, "homem eminente e muito superior", tinha o costume de dizer, a respeito de certo molho, que o achava com gosto de "azul"[18]. Uma outra explicação talvez seja admissível, vizinha dessa, se bem que diferente. No indivíduo altamente evoluído, o acesso à alma é tão direto, a própria alma está tão aberta a todas as impressões, que qualquer excitação que penetre até ela faz outros órgãos reagirem instantaneamente: no caso que nos ocupa, o olho – reação que recorda o eco ou a ressonância de um instrumento musical cujas cordas agitadas pelo som de outro instrumento vibram por sua vez. Um homem cuja sensibilidade seja tão apurada é como esses bons violinos em que já se tocou muito e que, ao menor toque, vibram com todas as suas fibras.

Naturalmente, se nos detivermos nessa explicação, será preciso admitir que o olho está em estreita relação não só com o paladar, mas também com os outros sentidos, o que, de resto, acha-se confirmado pela experiência. Há cores que parecem rugosas e ferem a vista. Outras, pelo contrário, dão a impressão de lisas, de aveluda-

---

18. Dr. Freudenberg, "Spaltung der Persönlichkeit" (em *Übersinnliche Welt*, 1908, n. 2, p. 64-65). Também se fala aí da audição das cores, e o autor observa que os quadros comparativos não estabelecem uma lei geral. Cf. Sabanejeff, na revista *Musik*, Moscou, 1911, n. 9, que ar anuncia a iminente formulação de uma lei.

das. Sente-se vontade de acariciá-las (por exemplo, o azul-ultramarino-escuro, o verde-cromo, a laca vermelha). É essa sensação que produz a diferença no tom das cores, entre os tons quentes e os tons frios. Certas cores, como a laca vermelha, parecem fofas e macias, outras, como o verde-cobalto, o azul-verde (óxido), sempre duras e secas, mesmo quando saem dos tubos.

Fala-se correntemente do "perfume das cores" ou de sua sonoridade. E não há quem possa descortinar uma semelhança entre o amarelo vivo e as notas baixas do piano ou entre a voz do soprano e a laca vermelho escura, tanto essa sonoridade é evidente[19].

Baseada na associação, essa explicação não é suficiente para explicar os casos mais importantes. Todo o mundo conhece a ação da luz colorida sobre o corpo, ação que é utilizada na cromoterapia. Por diversas vezes tentou-se colocar as propriedades da cor a serviço de fins curativos, em certas doenças nervosas. Assim, observou-se que a luz vermelha é tonificante para o coração e que, ao contrário, o azul retarda os movimentos cardíacos e pode até, pelo menos momentaneamente, paralisá-los. Lamentavelmente, o fato de que semelhantes efeitos possam ser observados em animais e em plantas retira todo valor a essa explicação com base na associação. Nem por isso deixa de ser exato, porém, que a cor esconde uma força ainda mal conhecida mas real, evidente, e que age sobre todo o corpo humano.

Com maior razão, não é possível contentar-se com a associação para explicar a ação da cor sobre a alma. A cor, não obstante, é um meio de exercer sobre ela uma influência direta. A cor é a tecla. O olho, o martelo. A alma é o piano de inúmeras cordas.

---

19. Teoricamente, e também experimentalmente, essa questão já foi muito estudada. Graças a numerosos cotejos e baseando-se no princípio da vibração do ar e da luz, tentou-se demonstrar que a pintura também possuía seu contraponto. Por outro lado, tentou-se fazer com que crianças pouco dotadas para a música retivessem uma melodia coma a ajuda de cores, por exemplo, por meio de flores. A sra. Sacharjine-Unkowsky estabeleceu um método especial que permite copiar a música segundo as cores da natureza, ver os sons em cores e ouvir a cor dos sons. Há vários anos, a criadora desse método aplica-o na escola que fundou e o Conservatório de São Petersburgo reconheceu o seu valor. Scriabin, por seu lado, compôs de maneira totalmente empírica um quadro paralelo dos tons musicais e dos tons coloridos, o qual se aproxima em muitos pontos do quadro preponderantemente físico da sra. Unkowsky. Scriabin aplicou o seu princípio no poema sinfônico *Prometeu* (cf. a revista *Musik*, Moscou, 1911, n. 9).

Quanto ao artista, é a mão que, com a ajuda desta ou daquela tecla, obtém da alma a vibração certa.

É evidente, portanto, que a harmonia das cores deve unicamente basear-se no princípio do contato eficaz. A alma humana, tocada em seu ponto mais sensível, responde.

Chamaremos essa base de *Princípio da Necessidade Interior.*

6. A linguagem das formas e das cores

"O homem que não possui a música em si mesmo,
Aquele a quem não emociona a suave harmonia dos sons,
Está maduro para a traição, o roubo, a perfídia.
Sua inteligência é morna como a noite,
Suas aspirações sombrias como Érebo.
Desconfia de tal homem! *Escuta a música.*"

SHAKESPEARE

O som musical tem acesso direto à alma. E aí encontra, porque o homem tem "a música em si mesmo", um eco imediato.

"Todos sabem que o amarelo, o laranja e o vermelho dão e representam ideias de alegria, de riqueza." (Delacroix)[20]

As palavras de Shakespeare e o comentário de Delacroix atestam a afinidade profunda das artes em geral, da música e da pintura em particular. Também Goethe proclamou a existência dessa afinidade quando escreveu que a pintura devia ter seu "baixo contínuo". Palavra profética que parece anunciar a situação atual da pintura – ponto de partida de sua evolução futura. É desenvolvendo os meios que lhe são próprios que ela se tornará uma arte no sentido abstrato do termo e será, um dia, capaz de realizar a composição pictórica pura.

Para atingir seu objetivo, ela dispõe de dois meios:

---

20. P. Signac, *loc. cit.* Cf. também o artigo de L. Scheffler, "Notizen über die Farbe" (*Dekorative Künst,* fevereiro de 1901).

1º – a cor;
2º – a forma.

Só a forma, enquanto representação do objeto (real ou não real), sendo delimitação puramente abstrata de um espaço, de uma superfície, pode existir por si mesma.

Não se concebe a cor estendida sem limites. Só a imaginação ou uma visão do espírito é que nos permite representar um vermelho ilimitado. A palavra vermelho não pode ter, na representação que dela fazemos ao ouvi-la, nenhum limite. É em pensamento, somente em pensamento, e impondo-o à força, que nós lhe acrescentamos um limite. O vermelho que não vemos, mas concebemos da maneira mais abstrata, desperta, não obstante, uma representação íntima, ao mesmo tempo precisa e imprecisa, de uma sonoridade interior[21]. Esse vermelho que ressoa em nós quando ouvimos a palavra "vermelho" mantém-se vago e como que indeciso entre o quente e o frio. O pensamento concebe-o como o produto de imperceptíveis graduações do tom vermelho. É por isso que essa visão totalmente interior pode ser qualificada de imprecisa. Mas ela é, ao mesmo tempo, precisa, porque o som interior permanece puro, despojado, sem tendências acidentais nem para o quente, nem para o frio, tendências que culminariam na percepção de detalhes. Esse som interior lembra o som de um trompete ou de outro instrumento que pensamos ouvir quando a palavra "trompete", por exemplo, é pronunciada diante de nós. Imaginamos esse som sem nenhuma das modificações que ele sofre segundo seja emitido ao ar livre, numa sala fechada, em solo ou misturado ao timbre de outros instrumentos, segundo o instrumento que o produz, seja tocado por um postilhão, um caçador, um soldado ou um virtuose.

Mas quando se trata de representar esse vermelho sob uma aparência sensível, como faz a pintura, é necessário:

1º – que ele tenha um tom determinado, escolhido na gama infinita de vermelhos, portanto, que seja, por assim dizer, caracterizado subjetivamente;

---

21. Efeito a aproximar do exemplo da "árvore", que veremos mais adiante, onde o elemento material da representação ocupa somente um lugar maior.

2º – que tenha sua superfície delimitada em relação às outras cores. Essas cores estão presentes como dados inevitáveis que delimitam e modificam em torno delas, por sua presença, as características subjetivas e as envolvem em ressonância objetiva.

Essas relações necessárias entre a cor e a forma conduzem-nos ao exame dos efeitos que a forma exerce sobre a cor. A forma, mesmo abstrata, geométrica, possui seu próprio som interior; ela é um ser espiritual, dotado de qualidades idênticas às dessa forma. Um triângulo (não tendo outras caraterísticas que indiquem se é agudo, obtuso ou isósceles) é um ser. Um perfume espiritual que lhe é próprio emana dele. Associado a outras formas, esse perfume diferencia-se, enriquece-se de nuanças – como um som, de seus harmônicos –, mas, no fundo, permanece inalterado. Assim é o perfume da rosa, que jamais pode ser confundido com o da violeta. Assim são o círculo, o quadrado, todas as formas imagináveis[22]. Também neste caso, como há pouco a respeito do vermelho, estamos lidando com uma substância subjetiva contida num invólucro objetivo.

E vemos claramente aparecer a reação da forma e da cor. Um triângulo completamente cheio de amarelo, um círculo cheio de azul, um quadrado cheio de verde, um segundo triângulo também cheio de verde, depois, de novo, um círculo amarelo, um quadrado azul, e assim por diante, são todos seres diferentes, exercendo cada um deles uma ação diferente.

É fácil perceber que o valor de tal cor é sublinhado por tal forma e atenuado por tal outra. Cores "agudas" têm suas qualidades ressoando melhor numa forma pontiaguda (o amarelo, por exemplo, num triângulo). As cores que podemos qualificar de profundas veem-se reforçadas, sua ação intensificada, por formas redondas. (O azul, por exemplo, num círculo.) É claro, por outro lado, que o fato de não combinar a forma com uma cor não deve ser considerado uma "desarmonia". Cumpre ver aí, pelo contrário, uma nova possibilidade, portanto, uma causa de harmonia.

---

22. A direção na qual um triângulo, por exemplo, está orientado, isto é, seu movimento, desempenha igualmente um papel capital. Isso é de grande importância na pintura.

O número de cores e de formas é infinito. Que dizer de suas combinações e de seus efeitos? Esse assunto é inesgotável.

A forma, no sentido estrito da palavra, não é nada mais que a delimitação de uma superfície por outra superfície. Essa é a definição de seu caráter exterior. Mas toda coisa exterior também encerra, necessariamente, um elemento interior (que aparece, segundo os casos, mais fraca ou mais fortemente). *Portanto, cada forma também possui um conteúdo interior*[23]. *A forma é a manifestação exterior desse conteúdo.* Tal é a definição do seu caráter interior. Retomemos o exemplo do piano. No lugar da palavra "cor" coloquemos a palavra "forma". O artista é a mão que, com a ajuda desta ou daquela tecla, extrai da alma humana a vibração certa. *É evidente, portanto, que a harmonia das formas deve basear-se no princípio do contato eficaz da alma humana.* Esse princípio recebeu aqui o nome de *Princípio da Necessidade Interior.*

Esses dois aspectos da forma confundem-se com seus dois objetivos. Compreende-se que a delimitação da forma pelo exterior só possa ser totalmente adaptada à sua destinação quando ela manifesta da maneira mais expressiva o seu conteúdo interior[24]. O exterior da forma, em outras palavras, a delimitação à qual, neste caso, a forma serve de meio, pode ser muito diferente. Entretanto, apesar de todas as diferenças que a forma pode oferecer, ela jamais transporá dois limites exteriores:

1º – ou a forma, considerada como delimitação, serve, por essa mesma delimitação, para recortar na superfície um objeto material, por conseguinte, para desenhar um objeto material sobre essa superfície;

2º – ou então a forma permanece abstrata, isto é, não representa nenhum objeto real, mas constitui um ser puramente

---

23. Se uma forma nos deixa indiferentes, conforme a expressão habitual, "não diz nada", devemos evitar entender isso de uma maneira literal. Não há forma, do mesmo modo que nada há no mundo, que não diga nada. Mas esse "dizer", com frequência, não atinge nossa alma. É o que acontece quando é indiferente entre si, ou, mais exatamente, empregado onde não convém que o seja.

24. Importa compreender bem esse termo "expressivo". Por vezes, a forma velada é a mais expressiva. Para fazer o "necessário" aparecer, da maneira mais cativante, a forma nem sempre necessita esgotar todos os seus recursos de expressão, nem ir até o extremo de seus meios. Pode bastar-lhe ser apenas um sinal vago, meramente esboçado, e mostrar tão só o sentido da expressão exterior.

abstrato. A esta categoria de seres que, por mais abstratos que sejam, vivem, agem e fazem sentir sua influência pertencem o quadrado, o círculo, o triângulo, o losango, o trapézio e as inúmeras formas cada vez mais complicadas, que não têm nome na matemática. Todas essas formas são cidadãs do reino do abstrato e seus direitos são iguais.

Entre esses dois limites pululam as formas em que coexistem os dois elementos, o elemento material e o elemento abstrato, e em que predomina ora um, ora outro. Essas formas são, por enquanto, o tesouro de que o artista extrai os elementos de suas criações.

Raros são hoje os artistas que podem contentar-se com formas puramente abstratas. Elas são, com frequência, demasiado vagas para o pintor que recuse ater-se ao impreciso. Por outro lado, ele receia privar-se de alguma possibilidade, excluir o que nele existe de mais puramente humano e, por conseguinte, empobrecer os seus meios de expressão. Mas, ao mesmo tempo, a forma abstrata é sentida como uma forma nítida, precisa, bem definida, empregada com exclusão de toda e qualquer outra. A aparente pobreza converte-se em enriquecimento interior.

Por outro lado, não existe em arte uma forma exclusivamente material. Uma forma material nunca pode ser reproduzida com uma exatidão absoluta. Queira ou não, o artista deve recorrer a seu olho e à sua mão, bem mais artistas do que ele, porque ousam ir além da simples reprodução fotográfica. O artista que cria em plena consciência não pode contentar-se com o objeto tal qual se lhe apresenta. Procura necessariamente dar-lhe uma expressão. Era o que antes se chamava idealizar. Depois, passou-se a dizer estilizar. Amanhã, sem dúvida, será empregado outro termo[25].

25. A tendência característica da "idealização" foi a de embelezar a forma orgânica. Mas ao esforçar-se por torná-la ideal, o que se conseguiu foi pôr em relevo o que ela tinha de esquemático em detrimento de sua sonoridade interior, e o elemento pessoal foi sufocado. Quanto à "estilização", que prosperou com o impressionismo, não tendia a embelezar a forma orgânica. Apenas destacava o seu caráter próprio, pondo de lado o particular e o acidental. Traduzia um som que lhe era bem peculiar, mas sempre um elemento exterior se intrometia e predominava. O tratamento futuro e a modificação da forma orgânica têm por objetivo pôr a descoberto a ressonância *interior*. A forma orgânica já não serve ao objeto direto, não é mais do que um elemento da linguagem divina, à qual, por se dirigir aos homens, o humano é sempre necessário.

O artista deve adotar como ponto de partida a impossibilidade e, mais do que isso, a inutilidade de copiar o objeto sem outro propósito senão o de o copiar, a tendência, enfim, a tomar do objeto sua expressão. Se ele quer atingir a arte verdadeira, partirá da aparência "literária" do objeto e esse caminho o conduzirá à composição.

A composição puramente pictórica tem, quanto à forma, um duplo fim:

1º – a composição do conjunto do quadro;

2º – a elaboração de diversas formas subordinadas ao conjunto que se combinam entre si[26].

Diversos objetos (reais, parcialmente abstratos ou puramente abstratos) dependerão, assim, no quadro, de uma grande forma única. A transformação profunda que sofrerão os submeterá a essa forma; serão essa forma. A ressonância de uma forma tomada isoladamente pode ver-se muito enfraquecida com isso. Antes de tudo, ela é apenas um elemento constitutivo da grande composição formal. Essa forma é o que ela é. Só existe em relação às exigências imperativas de sua própria tonalidade interna. Não pode ser concebida fora da grande composição e só existe porque deve integrar-se a esta última. A primeira tarefa do artista – a composição do quadro inteiro – deve ser, neste caso, seu objetivo último[27].

26. Uma grande composição pode, é claro, encerrar composições mais limitadas que, exteriormente, pelo menos, podem parecer opor-se entre si, mas que concorrem, por sua própria posição, para o efeito da grande composição de que são parte integrante. Essas pequenas composições, por sua vez, fragmentam-se; e também suas formas terão colorações interiores diferentes.

27. As *banhistas*, de Cézanne, composição triangular (o triângulo místico!), são um exemplo disso. Construir um quadro segundo uma forma geométrica é um procedimento muito antigo. Mas foi abandonado porque acabou degenerando em fórmulas de um academismo rígido e desprovido de toda significação interior – sem alma. Cézanne, pelo emprego que fez dele, dotou-o de alma. Acentuou o elemento puramente pictórico da composição. O triângulo, nesse caso importante, já não serve para agrupar harmoniosamente os componentes do quadro. Ele é a fulgurante razão de ser da obra. A forma geométrica é, ao mesmo tempo, para a pintura, um meio de composição. Vê-se a composição inteira ordenar-se em torno de uma pura vontade artística, atraída pelo abstrato e voltada para ele. Cézanne altera, legitimamente, as proporções dos corpos. Não é só o corpo inteiro que deve tender para o ápice do triângulo, mas cada uma de suas partes. Um irresistível sopro interior parece projetá-las no ar. Vemo-las se tornarem mais leves e se alongarem.

Assim, na arte, vê-se passar aos poucos para o primeiro plano o elemento abstrato que, ainda ontem, receando deixar-se ver, se escondia atrás das tendências puramente materialistas. Nada mais natural do que esse lento crescimento, esse desenvolvimento final do abstrato. Quanto mais a forma orgânica é rejeitada para segundo plano, mais esse elemento abstrato se afirma e amplifica sua ressonância. Mas, como vimos, o orgânico nem por isso é eliminado. O som interior que lhe é próprio pode ser idêntico (simples combinação de dois elementos) ao som interior do segundo elemento (abstrato) da forma considerada, ou de natureza diferente (combinação complexa e talvez necessariamente desarmônica). De toda maneira, o elemento orgânico, mesmo totalmente relegado a segundo plano, faz ouvir, na forma escolhida, sua sonoridade. Portanto, a escolha do objeto real continua sendo essencial. Na dupla sonoridade (acorde espiritual) dos dois componentes da forma, o elemento orgânico pode sustentar o elemento abstrato (por assonância ou dissonância) ou, inversamente, perturbá-lo. O objeto só pode produzir um som acidental. Outro objeto pode substituí-lo sem acarretar qualquer modificação essencial da nota fundamental.

Consideremos uma composição romboidal obtida com a ajuda de certo número de corpos humanos. Nossa sensibilidade a interroga. Ela tem vagamente a impressão de que esses corpos talvez não sejam absolutamente necessários. E pergunta-se se eles não poderiam ser substituídos por outras formas orgânicas quaisquer, com a condição de lhes conservar uma disposição que não ameaçasse alterar o *Som Fundamental Interior* do conjunto. Se isso assim é, como no presente caso, o som do objeto deixa de ser auxiliar do som do elemento abstrato. Antes, incomoda-o e prejudica-o diretamente. Por uma sequência lógica, pode-se dizer que o som indiferente do objeto enfraquece o do elemento abstrato. Essa constatação é comprovada na arte. Por conseguinte, num caso semelhante, deve ser suficiente mudar o objeto, substituí-lo por um outro que se harmonize melhor com o som interior do elemento abstrato (pouco importa que se trate de uma assonância ou de uma dissonância), a menos que a forma inteira seja puramente abstrata. Retomemos, uma vez mais, o exemplo do piano. Substituamos "cor" e "forma" por objeto. Todo objeto (quer tenha sido diretamente criado pela natureza ou produzido pela mão do homem) é um ser dotado de vida própria e que engendra uma multiplicidade de efeitos. O homem está continuamente submetido a essa ação psíquica. Muitas de suas manifestações residem no "inconsciente" (sem que por isso percam o que quer que seja de sua vitalidade ou de sua força criadora). Um grande número de outras atinge o consciente. Para escapar delas, o homem pode fechar-se à sua influência. A "natureza", ou seja, tudo o que cerca o homem e muda sem cessar, transforma de maneira constante, por meio das teclas (os objetos), as cordas do piano (a alma) em vibrações. Essa ação, que muitas vezes nos parece incoerente, é tripla. Há a da cor do objeto, a de sua forma e a do próprio objeto, independente da cor e da forma.

É então que o artista intervém. No lugar da natureza, é ele quem ordena e aciona esses três fatores. Resulta daí que, também neste caso, o que importa é a *eficácia*. *A escolha do objeto (elemento que, na harmonia das formas, dá o som acessório) depende de um contato eficaz com a alma humana.*

Consequência: *a escolha do objeto depende igualmente do Princípio da Necessidade Interior.*

Quanto mais separado for o elemento abstrato da forma, mais seu som é puro, elementar. É possível, portanto, numa composição em que a presença do elemento corporal não é em absoluto necessária, negligenciá-lo em maior ou menor medida e substituí-lo seja por formas puramente abstratas, seja por formas corporais transpostas para o abstrato. Toda vez que essa transferência é possível, toda vez que se presencia a irrupção da forma abstrata numa composição concreta, só o sentimento deve ser seguido, por ser a única coisa capaz de dosar a mistura de abstrato e de concreto. Seria desnecessário acrescentar que quanto mais o artista manipula essas formas abstratas ou "abstratizadas", mais se sente à vontade com elas e mais profundamente penetra em seu domínio. Guiado pelo artista, o espectador, por sua vez, se familiariza com a linguagem abstrata e chega, finalmente, à posse de todas as suas sutilezas.

A questão que então se coloca consiste em saber se, em última análise, não poderá vir a ser necessário renunciar por completo ao elemento objetivo, bani-lo do nosso repertório, quebrá-lo e lançar seus pedaços ao vento, a fim de conservar, despojado, puro e nu, somente o elemento abstrato. Questão grave e premente. A dissociação das duas sonoridades correspondentes aos dois elementos da forma (o elemento objetivo e o elemento abstrato) nos fornecerá a resposta. Cada palavra que é pronunciada (árvore, céu, homem) provoca uma vibração interior, e o mesmo ocorre com cada objeto reproduzido em imagem. Privar-se dos meios suscetíveis de provocar essa vibração equivale a empobrecer nossos meios de expressão. É o que vemos produzir-se ante os nossos olhos. Além dessa resposta muito atual, a questão pode receber outra, a eterna resposta que retorna incessantemente em arte, a resposta que aquele que pergunta provoca: "Será que se deve?" ... Em arte não existe "deve-se". A arte é eternamente livre. A arte foge diante dos imperativos, como o dia diante da noite.

Consideremos agora o segundo fim da composição, a criação das formas *isoladas,* necessárias a toda composição. Observamos que uma mesma forma, quando as condições permanecem inalteradas, produz sempre o mesmo som. Mas as condições não poderiam manter-se imutáveis. E duas consequências decorrem disso:

1º – o som ideal modifica-se ao combinar-se com outras formas;

2º – o som modifica-se igualmente, mesmo que nada do que o cerca mude (na hipótese, pelo menos, de que o que o cerca é estável), quando só a orientação dessa forma vem a ser modificada[28]. Por sua vez, essas consequências acarretam uma terceira: nada existe de absoluto. É verdade que a composição de formas baseada nessa relatividade depende primeiro da variabilidade da montagem de formas, segundo, da variabilidade de cada forma até em seus mais ínfimos elementos. Cada forma é tão instável quanto uma nuvem de fumaça. O deslocamento mais imperceptível de

---

28. É o que se chama de movimento. Por exemplo, um triângulo colocado simplesmente no sentido da altura tem um som mais calmo, mais imóvel e mais estável do que o mesmo triângulo colocado de través.

uma de suas partes modifica-a em sua *essência*. Isso vai tão longe que é mais fácil, sem dúvida, fazer formas diferentes produzirem o mesmo som do que obter o mesmo som por repetição de uma mesma forma. Uma repetição absolutamente exata é inconcebível. Enquanto somos sensíveis apenas ao conjunto da composição, esse fato não tem senão uma importância teórica. Seu alcance prático aumentará à medida que o emprego de formas mais ou menos abstratas e inteiramente abstratas (ou seja, que não mais serão uma interpretação do corporal) tiver, ao mesmo tempo, apurado e fortificado nossa sensibilidade. A arte se tornará cada vez mais difícil. Mas sua riqueza em formas de expressão quantitativa e qualitativa aumentará simultaneamente. Já não haverá "erros de desenho". Outra questão, que concernirá mais à arte, substituirá aquela; então, a preocupação consistirá em saber em que medida o som interior de dada forma pode ser velado ou puro. Um ponto de vista tão diferente acarretará consequências ainda mais distantes. Os meios de expressão ver-se-ão, nesse caso, incrivelmente enriquecidos, porque, em arte, o que é velado é mais forte. Combinar o que é velado com o que se deixa desnudar levará à descoberta de novos *leitmotive* de uma composição de formas.

Sem tal evolução, a composição das formas seria impossível.

Ela sempre parecerá arbitrária àqueles que não são sensíveis à ressonância interior da forma (corporal e, sobretudo, abstrata). É precisamente o deslocamento na tela das formas isoladas, aparentemente sem efeitos, que, neste caso, parece ser um jogo desprovido de sentido. É sempre necessário retornar ao critério e ao princípio que, até o presente momento, encontramos por toda a parte – princípio único, puramente artístico e livre de todo elemento acessório: o *Princípio da Necessidade Interior*.

Que os traços de um rosto, certas partes do corpo, sejam, por uma razão de arte, deslocados ou "mal desenhados" é uma questão puramente pictórica e é também uma questão anatômica que contraria a intenção do pintor e o força a entregar-se a cálculos inúteis. No caso que nos ocupa, tudo o que é acessório cai por si mesmo; resta o essencial – o objetivo artístico. E é precisamente nessa liberdade de deslocar as formas, liberdade aparentemente arbitrária, mas, na realidade, rigorosamente determinável, que se deve ver o germe de uma série infinita de criações artísticas.

Assim, pois, a maleabilidade da forma isolada, por assim dizer, sua aptidão para as transformações orgânicas internas, sua orientação na tela (movimento), o predomínio do elemento objetivo ou do elemento abstrato, de um lado, e, de outro, a composição das formas que constituem os grupos de formas subordinadas, a combinação das formas isoladas com os grupos de formas que criam a grande forma do quadro inteiro, os princípios de ressonância ou de dissonância de todas essas partes, o encontro das formas isoladas, o obstáculo que, numa forma, encontra outra forma, os impulsos recíprocos, a imantação, o deslocamento de uma forma por outra, a maneira de tratar os grupos de formas, de encobrir isto, de desnudar aquilo, de aplicar simultaneamente os dois procedimentos, de reunir numa mesma superfície o que é rítmico e o que é arrítmico, de combinar as formas abstratas puramente geométricas (simples ou complexas) e as que nem mesmo têm nome em geometria, de combinar as diferentes maneiras de limitar as formas entre si (acentuando-as ou atenuando-as), tais são os elementos sobre os quais pode basear-se um contraponto de desenho. Será esse – enquanto estiver excluída a cor – o contraponto da arte do Branco e do Negro.

Mas também a cor oferece matéria para contraponto e possibilidades ilimitadas. Associada ao desenho, ela concluirá no grande contraponto pictórico que lhe permitirá chegar à composição e, enquanto arte verdadeiramente pura, servirá ao divino. O mesmo guia infalível a conduzirá nessa ascensão: o *Princípio da Necessidade Interior*.

Três necessidades místicas constituem essa Necessidade Interior:

1º – Cada artista, como criador, deve exprimir o que é próprio da sua pessoa. (Elemento da personalidade.)

2º – Cada artista, como filho de sua época, deve exprimir o que é próprio dessa época. (Elemento de estilo em seu valor interior, composto da linguagem da época e da linguagem do povo, enquanto ele existir como nação.)

3º – Cada artista, como servidor da Arte, deve exprimir o que, em geral, é próprio da arte. (Elemento de arte puro e eterno que se encontra em todos os seres humanos, em todos os povos e em todos os tempos, que aparece na obra de todos os artistas, de todas as nações e de todas as épocas, e não obedece, enquanto elemento essencial da arte, a nenhuma lei de espaço nem de tempo.)

Através dos dois primeiros elementos, o olho espiritual enxerga a nu o terceiro. Reconhece-se então que a coluna "grosseiramente" esculpida de um templo indiano é animada pela mesma alma que uma obra viva, por mais moderna que seja.

Falou-se muito – ainda se fala muito – do elemento pessoal na arte. Aqui ou ali, cada vez com mais frequência, fala-se do estilo futuro. Por maior que ela seja, a importância dessas questões, após algumas centenas ou milhares de anos, diminui, seu interesse perde-se. Elas acabam por tornar-se indiferentes e como que sem vida.

Só o elemento de arte puro e eterno conservará seu valor. Em vez de enfraquecer sua força, o tempo a aumentará sem cessar e lhe conferirá uma nova. Uma escultura egípcia nos emociona hoje certamente mais do que pôde comover os homens que a viram nascer. Para eles, ela estava por demais submetida às características da época e da personalidade criadora; sua ressonância estava como que abafada. Ao passo que hoje percebemos nela o som nu da arte eterna. Quanto mais uma obra "atual" possui esses elementos particulares ao artista e ao século, mais a obra encontrará com facilidade acesso à alma de seus contemporâneos. Quanto mais o elemento eterno e puro predominar nela, mais os dois outros parecerão recobertos, mais a obra, por conseguinte, terá dificuldade em aceder à alma dos contemporâneos. Séculos são necessários, às vezes, para que esse som puro chegue, enfim, até a alma humana.

Pode-se dizer, por conseguinte, que a preponderância do terceiro elemento numa obra é que constitui o indicador da grandeza dessa obra e da grandeza do artista.

Essas três necessidades místicas são os três elementos necessários da obra de arte. Eles estão intimamente ligados, ou seja, interpenetram-se e exprimem assim, de modo permanente, a unidade da obra. Entretanto, os dois primeiros elementos contêm em si o tempo e o espaço, uma espécie de invólucro relativamente opaco. O processo de desenvolvimento da arte é, em certa medida, a colocação em relevo do elemento arte pura e eterna relativamente ao elemento estilo da época. Assim, esses dois elementos contribuem para a obra, embora entravando-a.

O estilo pessoal e de época culminam, em todas as épocas, em numerosas formas precisas que, apesar de grandes diferenças aparentes, são organicamente tão vizinhas que podem ser consideradas *uma só forma:* sua ressonância interior não é, afinal, senão uma ressonância dominante.

Esses dois elementos são de natureza subjetiva. A época inteira quer reproduzir-se, exprimir *sua* vida pela arte. Do mesmo modo, o artista quer *ele mesmo* exprimir-se e escolhe tão só as formas que *lhe* são próximas.

Forma-se progressiva e finalmente o estilo da época, ou seja, certa forma exterior e subjetiva. O elemento de arte puro e eterno, em contrapartida, é o elemento objetivo que se torna compreensível com a ajuda do subjetivo.

A vontade inevitável de exprimir o objetivo é essa força que se designa aqui sob o nome de Necessidade Interior, a qual requer hoje *uma* forma geral do subjetivo e amanhã *outra*. Ela é a alavanca permanente, infatigável, a mola que impele sem parar "para a frente". O espírito progride e é por isso que as leis da harmonia, hoje interiores, serão amanhã leis exteriores cuja aplicação só continuará em virtude dessa necessidade que se tornou exterior. É claro que a força espiritual interior da arte só se serve da forma de hoje como uma etapa para atingir formas ulteriores.

Em suma, o efeito da necessidade interior, e, portanto, o desenvolvimento da arte, é uma exteriorização progressiva do eterno-objetivo no temporal-subjetivo. É, pois, em outros termos, a conquista do subjetivo através do objetivo.

Por exemplo, a forma hoje reconhecida é uma conquista da necessidade interior de ontem, que permaneceu em certo patamar exterior da libertação, da liberdade. Essa liberdade de hoje foi assegurada por um combate e, como sempre, ela parece dever ser, para muita gente, "a última palavra". Um dos cânones dessa liberdade limitada é: o artista pode utilizar qualquer forma para exprimir-se, desde que fique no terreno das formas tomadas da natureza. Entretanto, essa exigência, como todas aquelas que a precederam, é apenas temporal. É a expressão exterior de hoje, quer dizer, a necessidade exterior de hoje. Do ponto de vista da necessidade interior, tal limitação não poderia intervir, e o artista pode apoiar-se inteiramente na base interior de hoje, excluindo a limitação exterior de hoje. Essa base pode definir-se da seguinte maneira: O *artista pode utilizar qualquer forma para exprimir-se*[29].

Finalmente (esta observação é de importância capital para todos os tempos, em especial para o nosso), a busca do caráter pessoal, do estilo e, acessoriamente, do caráter nacional numa obra não poderia ser, portanto, objeto de nenhum estudo sistemático. Aliás, ela está longe de ter a importância que se lhe atribui atualmente. A afinidade geral das obras entre si, que, em vez de ter diminuído, foi reforçada no decorrer de milênios, não reside na casca das coisas, mas na raiz das raízes, no conteúdo místico da arte. A vinculação a uma "escola", a busca da "tendência", a pretensão de querer a todo custo encontrar numa obra "regras" e certos meios de expressão peculiares de uma época, só nos podem desorientar, levar à incompreensão, ao obscurantismo e, enfim, reduzir-nos ao silêncio.

O artista deve ser cego em face da forma, "reconhecida" ou não, como também deve ser surdo aos ensinamentos e desejos do seu tempo.

Seus olhos devem estar abertos para sua própria vida interior, seus ouvidos sempre atentos à voz da Necessidade Interior.

Então, ele poderá servir-se impunemente de todos os métodos, mesmo daqueles que são proibidos.

Tal é o único meio de se chegar a exprimir essa necessidade mística que constitui o elemento essencial de uma obra.

Todos os procedimentos são sagrados, se são interiormente necessários.

Todos os procedimentos são pecados, se não são justificados pela Necessidade Interior.

---

29. Este parágrafo foi adicionado na terceira edição (1912). (N. T. Fr.)

E se é verdade que se poderia, no momento atual, erigir ao infinito teorias nesse domínio, não é menos certo que essa teoria, no detalhe, ainda é prematura. Na arte, a teoria jamais precede a prática, assim como tampouco a comanda. É o contrário que sempre se produz. Aqui, sobretudo nos começos, tudo é questão de sensibilidade. É somente pela sensibilidade, principalmente no início, que se chega a alcançar o verdadeiro na arte. Embora a construção geral possa ser edificada tão somente por meio da teoria, não é menos verdade que esse "mais", que é a alma verdadeira da criação (e, por conseguinte, até certo ponto, sua essência), nunca será criado nem encontrado pela teoria, se não for, primeiro, insuflado por uma intuição imediata na obra criada. Agindo a arte sobre a sensibilidade, ela só pode agir também pela sensibilidade. Mesmo partindo das proporções mais exatas, servindo-se das medidas e dos pesos mais precisos, nem o cálculo nem o rigor das deduções jamais fornecerão o resultado justo. Tais proporções não dependem do cálculo, tais equilíbrios não existem[30].

Equilíbrios e proporções não se encontram fora do artista, mas nele próprio. É o que se pode chamar de senso dos limites, o tato artístico – qualidades inatas no artista, as quais podem, no entusiasmo da inspiração, exaltar-se até as revelações do gênio. A possibilidade de uma base fundamental da pintura, prevista por Goethe, deve ser entendida nesse sentido. Semelhante gramática da pintura somente pode, por enquanto, ser pressentida. Quando, finalmente, existir uma, ela se apoiará menos nas leis físicas (como já se tentou fazer e como tenta fazer de novo o cubismo) do que nas *leis da Necessidade Interior,* às quais se pode dar o nome de *espirituais*. Assim, o elemento interior se encontra no fundo tanto do maior quanto do menor problema da pintura. O caminho que já começamos a percorrer, para felicidade

---

30. Leonardo da Vinci imaginara um sistema, ou melhor, uma série de pequenas colheres para as diferentes cores. Esse sistema deveria permitir uma harmonização mecânica. Um de seus alunos, apesar do empenho que demonstrava, não conseguia empregar o método com êxito. Desesperado, perguntou a um colega como é que o Mestre fazia. "O Mestre nunca se serve disso", respondeu o outro. (Merejkowski, *Leonardo da Vinci*.)

de nossa época, é aquele em que nos libertaremos do "exterior"[31], substituindo essa base principal por uma base inteiramente oposta: a da Necessidade Interior. Mas o espírito, tal como o corpo, fortifica-se e desenvolve-se pelo exercício. Como um corpo que se negligencia, o espírito que não se cultiva também se debilita e cai na impotência. O sentimento inato do artista é, literalmente, o talento no sentido evangélico do termo, que não deve ser enterrado. O artista que deixa seus dons sem emprego é um escravo preguiçoso.

Portanto, não é apenas útil, mas também da mais absoluta necessidade para ele, que o artista conheça exatamente o ponto de partida desses exercícios.

Esse ponto de partida é a estimativa do valor interior dos elementos materiais por meio do grande equilíbrio objetivo, ou seja, neste caso, da análise da cor cuja ação se exerce em bloco sobre qualquer ser humano.

É inútil, portanto, empenhar-se em sutis e profundas explicações de cores. A reprodução elementar da cor simples basta.

Concentrando-nos primeiro *só na cor*, considerada isoladamente, vamos deixá-la atuar sobre nós. Toda a questão se reduz ao mais simples esquema.

Duas grandes divisões se apresentam de imediato:
1º – o calor ou a frieza do tom colorido;
2º – a claridade ou obscuridade desse tom.

Distinguem-se, para cada cor, quatro tons principais. A cor pode ser: I. *quente* e, além disso, 1) *clara* ou 2) *escura;* II. *fria* e, ao mesmo tempo, 1) *clara* ou 2) *escura.*

---

31. O termo "exterior" não deve ser confundido aqui com a palavra "matéria". Só emprego essa primeira expressão no lugar da expressão "necessidade exterior", a qual jamais pode conduzir além dos limites do "belo reconhecido" e, por conseguinte, tradicional. A "necessidade interior" ignora esses limites e, portanto, cria frequentemente objetos que, por hábito, se qualifica de "feios". A palavra "feio" é apenas um conceito convencional. É a manifestação exterior de uma das necessidades interiores já materializadas e que exerceram anteriormente sua ação. Continuará, portanto, a ter ainda por muito tempo uma aparência de vida. No passado, era "feio" tudo o que não tivesse nenhuma relação com a necessidade interior. Tudo o que, pelo contrário, tivesse qualquer relação com ela era belo. E isso com razão, porquanto tudo o que provoca a necessidade interior já é belo por isso mesmo e, mais cedo ou mais tarde, inevitavelmente reconhecido como tal.

Cumpre entender por calor ou frieza de uma cor sua tendência geral para o amarelo ou para o azul. Essa distinção opera-se numa mesma superfície e a cor conserva seu próprio tom fundamental. Esse tom torna-se mais material ou mais imaterial. Produz-se um movimento horizontal: o quente sobre essa superfície horizontal tende a aproximar-se do espectador, tende para ele, ao passo que o frio se distancia.

Mesmo as cores que provocam esse movimento horizontal de outra cor são igualmente influenciadas pelo mesmo movimento. Todavia, outro movimento as diferencia nitidamente em seu valor interior: elas constituem o *Primeiro Grande Contraste* em relação a esse valor interior. A tendência da cor para o quente ou o frio é, portanto, de importância interior e de uma significação consideráveis.

O *Segundo Grande Contraste* é constituído pela diferença entre o branco e o negro, cores que formam o segundo par dos quatro tons fundamentais pela tendência da cor para o claro e o escuro. Também aqui o mesmo movimento – em direção ao espectador e, em seguida, distanciando-se dele – anima o claro e o escuro. Movimento não mais dinâmico, porém estático e rígido (cf. o Quadro I).

O segundo movimento, o do amarelo e do azul, que constitui o primeiro grande contraste, é o movimento excêntrico ou concêntrico[32]. Consideremos dois círculos do mesmo tamanho, um pintado de amarelo, o outro de azul. Se fixarmos a vista nesses círculos, perceberemos rapidamente que o amarelo se irradia, que adota um movimento excêntrico, e aproxima-se quase visivelmente do observador. O azul, ao contrário, é animado de um movimento concêntrico que se pode comparar ao de um caracol que se retrai em sua casca. Distancia-se do observador. O olho é como que traspassado pelo primeiro círculo, ao passo que parece afundar-se no segundo. Esse efeito acentua-se com o afastamento das duas cores, uma clareando, a outra escurecendo. O efeito do amarelo aumenta à medida que fica claro (ou, muito simplesmente, se lhe for misturado o branco). O do azul aumenta se

---

32. Todas estas afirmações são o resultado de impressões psíquicas inteiramente empíricas e não se baseiam em nenhum dado científico positivo.

QUADRO I

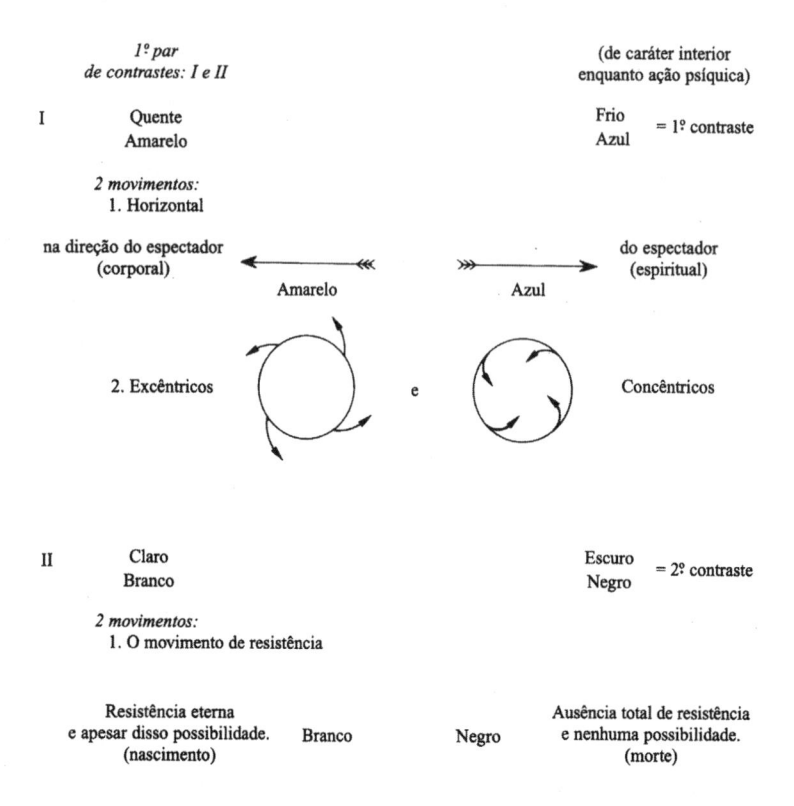

	1º par de contrastes: I e II		(de caráter interior enquanto ação psíquica)	
I	Quente Amarelo		Frio Azul	= 1º contraste

2 movimentos:
1. Horizontal

na direção do espectador (corporal) ←――― Amarelo ―――→ Azul ―――→ do espectador (espiritual)

2. Excêntricos   e   Concêntricos

II	Claro Branco		Escuro Negro	= 2º contraste

2 movimentos:
1. O movimento de resistência

Resistência eterna
e apesar disso possibilidade.   Branco   Negro   Ausência total de resistência
(nascimento)   e nenhuma possibilidade.
                                                              (morte)

2. Excêntrico e concêntrico, como no caso do amarelo e do azul, mas numa forma rígida.

escurece (misturando-se o preto). Esse fenômeno adquire ainda mais importância se se observar que o amarelo tem tal tendência para o claro, que não pode existir amarelo muito escuro. Pode-se dizer, portanto, que há uma afinidade profunda – física – entre o amarelo e o branco, assim como entre o azul e o preto, visto que o azul pode atingir uma profundidade que confina com o preto. Além dessa semelhança inteiramente física, uma semelhança de certo modo moral diferencia, de forma muito acentuada, em seu valor interior, os dois pares (amarelo e branco, de um lado, azul e preto, do outro), e aparenta estreitamente os dois membros de cada um deles (cf. *infra*, o que é dito do preto e do branco). Quando se procura tornar o amarelo – cor tipicamente quente – mais frio, vemo-lo adquirir um tom esverdeado e perder logo os dois movimentos que o animam, o horizontal e o excêntrico. O amarelo ganha então um caráter doentio, quase sobrenatural, tal qual um homem transbordando de energia e de ambição, mas circunstâncias exteriores o paralisam. O azul tem um movimento totalmente oposto e tempera o amarelo. Finalmente, se se continuar adicionando o azul, os dois movimentos antagônicos anulam-se e produzem a imobilidade, o repouso absoluto. Aparece o verde.

Resultado idêntico com o branco misturado ao preto. Ele perde sua consistência e resulta geralmente em cinzento, muito próximo do verde como valor moral.

Mas o amarelo e o azul contidos no verde, como forças mantidas em xeque, podem voltar a ser atuantes. Há no verde uma possibilidade de vida que falta totalmente no cinzento. A razão disso é que o cinzento compõe-se de cores que não possuem força verdadeiramente ativa (capaz de se movimentar), mas que são, ao mesmo tempo, dotadas de capacidade de resistência imóvel e de uma imobilidade incapaz de resistência. (Imagine uma parede indo até o infinito, de uma espessura infinita e um imenso buraco sem fundo.)

As duas cores que constituem o verde são ativas, possuem movimento em si mesmas. Já se pode, portanto, em teoria, determinar de acordo com o caráter desses movimentos qual será a ação espiritual das duas cores. E chega-se assim ao mesmo resultado que ao procedermos experimentalmente e ao deixarmos as cores agirem sobre nós. Efetivamente, o primeiro movimento do amarelo, sua tendência para ir *na direção* daquele que olha, tendência que, aumentando a intensidade do amarelo, pode chegar até a incomodar; e o segundo movimento, o salto para além de todo limite, a dispersão da força em torno de si mesma, são semelhantes à propriedade de se precipitar inconscientemente sobre o objeto e se propagar em desordem para todos os lados, que toda força material possui. Considerado diretamente (numa forma geométrica qualquer), o amarelo atormenta o homem, espicaça-o e excita-o, impõe-se a ele como uma coerção, importuna-o com uma espécie de insolência insuportável[33]. Essa propriedade do amarelo, que tende sempre para os tons mais claros, pode alcançar uma intensidade insustentável para os olhos e para a alma. Nesse grau de potência, soa como um trompete agudo, que fosse tocado cada vez mais forte, ou como uma fanfarra estridente[34].

O *amarelo é a cor tipicamente terrestre*. Não se deve pretender que o amarelo transmita uma impressão de profundidade. Esfriado pelo azul, ele adquire, como já dissemos, um tom doentio. Comparado com os estados de alma, poderia ser a representação colorida da loucura, não da melancolia nem da hipocondria, mas de um acesso de cólera, de delírio, de loucura furiosa. O doente acusa os homens, derruba tudo, joga tudo no chão e dispersa suas forças por todos os lados, dissipa-as sem razão nem propósito, até o esgotamento total. Isso faz pensar no extravagante desperdício das últimas forças do verão, no fascínio berrante da folhagem do outono, privada de azul, desse azul apaziguador que então só se encontra no céu. Tudo o que resta é um desencadear furioso de cores sem profundidade.

É no *azul* que se encontra essa profundidade e, de maneira teórica, já em seu movimento: 1º – movimento de distanciamento do homem; 2º – movimento dirigido para o seu próprio centro. O mesmo ocorre quando se deixa o azul (a forma geométrica é, neste caso, indiferente) agir sobre a alma. A tendência do azul para o aprofundamento torna-o precisamente mais intenso nos tons mais profundos e acentua sua ação interior. O azul profundo atrai o homem para o infinito, desperta nele o desejo de pureza e uma sede de sobrenatural. É a cor do céu tal como se nos apresenta desde o instante em que ouvimos a palavra "céu".

33. Tal é, por exemplo, a ação exercida pelo amarelo das caixas do correio da Baviera... enquanto não tiverem perdido sua cor primitiva. Observemos, a propósito, que o limão é amarelo (acidez aguda) e que o canário também é amarelo (canto agudo). Nos dois casos, está-se na presença de uma intensidade particular do tom colorido.
34. A correspondência entre os tons da cor e da música só é relativa, naturalmente. Assim como um violino pode produzir sonoridades variadas, suscetíveis de corresponder a cores diferentes, da mesma forma o amarelo pode exprimir-se em nuanças diferentes, por meio de instrumentos distintos. Nos paralelismos de que tratamos aqui, pensamos sobretudo no tom médio da cor pura e, em música, no tom médio, sem nenhuma de suas variações por vibrato, surdina etc.

O azul é a cor tipicamente celeste[35]. Ela apazigua e acalma ao se aprofundar[36].

Ao avançar rumo ao preto, tinge-se de uma tristeza que ultrapassa o humano[37], semelhante àquela em que mergulhamos em certos estados graves que não têm nem podem ter fim. Quando clareia, o que não lhe convém muito, o azul parece longínquo e indiferente, como o céu alto e azul-claro. À medida que vai ficando mais claro, o azul perde sua sonoridade, até não ser mais do que um repouso silencioso e torna-se branco. Se quiséssemos representar musicalmente os diferentes azuis, diríamos que o azul-claro assemelha-se à flauta, o azul-escuro ao violoncelo e, escurecendo cada vez mais, lembra a sonoridade macia de um contrabaixo. Em sua aparência mais grave, mais solene, é comparável aos sons mais graves do órgão.

O amarelo, que atinge com facilidade os agudos, nunca desce muito profundamente. Ao passo que o azul só raras vezes atinge o agudo e jamais se eleva muito na escala das cores.

O verde é o ponto ideal de equilíbrio da mistura dessas duas cores diametralmente opostas e em tudo diferentes. Os movimentos horizontais anulam-se. Assim como se anulam os movimentos excêntricos e concêntricos. Tudo fica em repouso. É a conclusão lógica, fácil de obter, pelo menos teoricamente. A ação direta da cor sobre os olhos, e, finalmente, através dos olhos, sobre a alma, leva ao mesmo resultado. É um fato há muito reconhecido não só pelos médicos (em particular pelos oftalmologistas), mas por todos. O verde absoluto é a mais calma de todas as cores. Não é o foco de

---

35. "... os nimbos ... são dourados para o imperador e os profetas (isto é, para os homens) e azul-celeste para os personagens simbólicos, ou seja, para os seres dotados de existência puramente espiritual". (Kondakoff, *Nouvelle histoire de l'art byzantin considéré principalement dans les miniatures*. Paris, 1886-1891, t.II, p. 38.)
36. Não à maneira do verde, que antes suscita, como se verá adiante, uma impressão de repouso terrestre e de contentamento pessoal. A profundidade, neste caso, tem uma gravidade solene, supraterrestre. Este termo deve ser tomado ao pé da letra. Para se atingir o "supra" não se pode evitar o terrestre. Todos os tormentos, as angústias, as contradições do "terrestre" devem ser vividos. Ninguém pode furtar-se a elas. Aí se encontra igualmente, recoberta pelo elemento exterior, a necessidade interior. A fonte do repouso está no reconhecimento dessa necessidade. Mas não podemos atingir esse repouso, como, no reino das cores, não podemos aproximar-nos interiormente de uma predominância exclusiva do azul.
37. De um modo diferente do violeta, como se verá mais adiante.

nenhum movimento. Não se faz acompanhar nem de alegria, nem de tristeza, nem de paixão. Nada pede, não lança qualquer apelo. Essa imobilidade é uma qualidade preciosa e sua ação é benéfica sobre os homens e sobre as almas que aspiram ao repouso. Mas esse repouso, por fim, corre o risco de tornar-se enfadonho. Os quadros pintados numa tonalidade verde são prova disso. Enquanto um quadro pintado em amarelo emite um calor espiritual e um quadro pintado em azul tem algo de frio (efeito ativo, pois o homem, elemento do universo, foi criado para o movimento constante e talvez eterno), do verde só emana o tédio (efeito passivo). A passividade é a característica dominante do verde absoluto. Mas essa passividade perfuma-se de unção, de autossatisfação. O verde absoluto é, na sociedade das cores, o que é a burguesia na dos homens: um elemento imóvel, sem desejos, satisfeito, realizado. Esse verde é como a vaca gorda, saudável, deitada e ruminante, capaz apenas de olhar o mundo com seus olhos vagos e indolentes[38]. O verde é a cor dominante do verão, o período do ano em que a natureza, tendo triunfado da primavera e de suas tempestades, banha-se num repousante contentamento de si mesma (cf. o Quadro II).

Quando perde seu equilíbrio, o verde absoluto ascende para o amarelo, anima-se, adquire juventude e alegria; a adição do amarelo comunica-lhe uma força ativa. Nos tons mais baixos, quando o azul domina, o verde tem uma sonoridade diferente: torna-se sério e como que repleto de pensamento. Também aí intervém um elemento ativo, embora de outro caráter, como quando se torna o verde mais quente.

Que fique mais claro ou mais escuro, o verde nunca perde seu caráter primordial de indiferença e de imobilidade. Se clareia, é a indiferença que domina; se escurece, o repouso. O que, de resto, é natural, visto que essas mudanças são obtidas pela adição de branco e de preto. Eu seria tentado a comparar o verde absoluto com os sons amplos e calmos, de uma gravidade média, do violino.

Essas cores, o branco e o preto, já foram definidas em geral.

---

38. É assim que age o equilíbrio ideal tão procurado. Cristo exprimiu-se em termos comoventes quando disse: "Tu não és quente nem frio".

QUADRO II

	2º par de contrastes: III e IV		(de caráter físico, enquanto cores complementares)
III	Vermelho		Verde = 3º contraste
	I Movimento		contraste espiritualmente extinto
	Movimento em si		= mobilidade em potencial = imobilidade

Vermelho

Ausência completa de movimentos excêntricos e concêntricos.
Em mistura óptica = Cinzento
Como em mistura mecânica de preto e branco = Cinzento

IV	Alaranjado	Violeta = 4º contraste

nascido do 1º contraste por

1º O elemento ativo do amarelo no vermelho = Alaranjado
2º O elemento passivo do azul no vermelho = Violeta

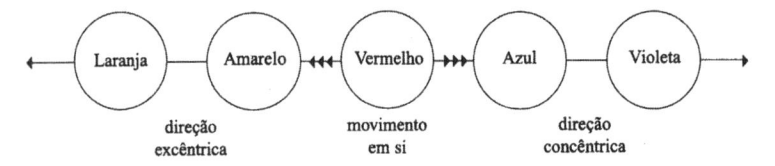

← (Laranja) — (Amarelo) ⊷ (Vermelho) ⊶ (Azul) — (Violeta) →

direção   movimento   direção
excêntrica   em si   concêntrica

No fundo, o *branco*, que é muitas vezes considerado uma *não cor*, sobretudo depois dos impressionistas, "que não veem branco na natureza"[39], é como o símbolo de um mundo onde todas as cores, enquanto propriedades de substâncias materiais, se dissiparam. Esse mundo paira tão acima de nós que nenhum som

---

39. Em suas cartas, Van Gogh pergunta-se se não poderia pintar diretamente em branco numa parede branca. Essa questão não apresenta nenhuma dificuldade para um não naturalista, que se serve da cor como de um som interior. Mas para um pintor impressionista-naturalista, é como um audacioso atentado contra a natureza. Tal pergunta deve parecer a esse pintor tão revolucionária quanto pôde parecer revolucionária e louca a transformação de sombras pardas em sombras azuis (conhece-se o célebre exemplo do "céu verde e da relva azul"). Assim como neste último caso deve-se ver a passagem do academismo e do realismo ao impressionismo, ao naturalismo, também na pergunta que Van Gogh se fez devemos ver o núcleo central da "interpretação" da natureza, ou seja, da tendência a representar a natureza não como um fenômeno exterior, mas a fazer aparecer em tudo o elemento da *impressão interior*, recentemente denominado expressão.

nos chega dele. Dele cai um silêncio que se alastra para o infinito como uma fria muralha, intransponível, inabalável. O branco age em nossa alma como o silêncio absoluto. Ressoa interiormente como uma ausência de som, cujo equivalente pode ser, na música, a pausa, esse silêncio que apenas interrompe o desenvolvimento de uma frase, sem lhe assinalar o acabamento definitivo. Esse silêncio não é morto, ele transborda de possibilidades vivas. O branco soa como uma pausa que subitamente poderia ser compreendida. É um "nada" repleto de alegria juvenil ou, melhor dizendo, um "nada" antes de todo nascimento, antes de todo começo. Talvez assim tenha ressoado a terra, branca e fria, nos dias da época glacial.

Como um "nada" sem possibilidades, como um "nada" morto após a morte do sol, como um silêncio eterno, sem futuro, sem a esperança sequer de *um* futuro, ressoa interiormente o *preto*. O que na música a ele corresponde é a pausa que marca um fim completo, que será seguida, talvez, de outra coisa – o nascimento de outro mundo. Pois tudo o que é suspenso por esse silêncio está acabado para sempre: o círculo está fechado. O preto é como uma fogueira extinta, consumida, que deixou de arder, imóvel e insensível como um cadáver sobre o qual tudo resvala e que mais nada afeta. É como o silêncio no qual o corpo entra após a morte, quando a vida consumiu-se até o fim. Exteriormente, é a cor mais desprovida de ressonância. Por essa razão, todas as outras cores, mesmo aquela cujo som é o mais fraco, adquirem, quando se destacam sobre esse fundo neutro, uma sonoridade mais nítida e uma força redobrada. O mesmo não ocorre com o branco, sobre o qual quase todas as cores confundem suas sonoridades e algumas até se decompõem, só deixando para trás um som quase incompreensível[40]. Não é sem razão que o branco é o adereço da alegria e da pureza sem mácula, o preto, o do luto, da aflição profunda, o símbolo da morte. O equilíbrio dessas duas cores, obtido por mistura mecânica, dá o *cinzento*. É natural que uma cor assim produzida

---

40. O vermelhão, por exemplo, ressoa baço e sujo sobre o branco, ao passo que o negro desconcerta por seu brilho vivo e fulgurante. O amarelo-claro, em contato com o branco, enfraquece, torna-se deliquescente. Sobre um fundo preto, ao contrário, desprende-se do fundo, parece planar no ar e, de certa maneira, salta aos olhos.

não tenha som exterior nem movimento. O cinzento é sem ressonância e imóvel. Imobilidade diferente da do verde, que, por sua vez, é resultante de duas cores ativas. O cinzento é imobilidade sem esperança. Parece que o desespero, à medida que a cor escurece, recrudesce de intensidade. A sufocação torna-se mais ameaçadora. Basta clarear o cinzento para que essa cor, que contém a esperança escondida, ganhe leveza e se abra aos sopros que a penetram. Esse cinzento nasce da mistura óptica do verde com o vermelho, mistura espiritual de passividade acumulada com atividade devorada de ardor[41].

O *vermelho* tal como o imaginamos, cor sem limites, essencialmente quente, age interiormente como uma cor transbordante de vida ardente e agitada. Entretanto, não tem o caráter dissipado do amarelo, que se propaga e se consome de todos os lados. Apesar de toda a sua energia e intensidade, o vermelho atesta uma imensa e irresistível potência, quase consciente de seu objetivo. Nesse ardor, nessa efervescência, transparece uma espécie de maturidade masculina, voltada sobretudo *para si mesma* e para a qual o exterior conta muito pouco (cf. o Quadro II).

Na realidade, esse vermelho ideal pode sofrer alterações e transformações profundas. O vermelho, em sua forma material, é rico e diverso. Indo dos mais claros aos mais escuros, a gama dos vermelhos é muito variada: vermelho-saturno, vermelho-cinabre, vermelho-inglês, laca vermelha. Essa cor tem a virtude de conservar quase intato o tom fundamental e de parecer, ao mesmo tempo, caracteristicamente quente ou fria[42].

O vermelho-claro quente (vermelho-saturno) tem uma analogia com o amarelo-médio (enquanto pigmento, ele contém uma dose apreciável de amarelo). Força, impetuosidade, energia, decisão, alegria, triunfo: ele evoca tudo isso. Soa como uma fanfarra em que domina o som forte, obstinado, importuno da trombeta.

---

41. Cinzento – imobilidade e *repouso*. Delacroix, que queria obter a impressão de repouso pela mistura do verde e do vermelho, havia-o pressentido. (Signac, op. cit.)
42. Qualquer cor, não importa qual, sem dúvida, pode ser ao mesmo tempo quente e fria. Entretanto, nenhuma oferece, como o vermelho, esse contraste tão desenvolvido – prova de sua riqueza em possibilidades interiores.

O vermelho-médio (como o vermelho-cinabre) consegue atingir a permanência de certos estados intensos da alma. Como uma paixão que queima com regularidade, contém uma força segura de si que não se deixa facilmente recobrir, mas, mergulhada no azul, apaga-se como um ferro em brasa na água. Esse vermelho aceita mal, em geral, os tons frios. O frio o faz perder toda significação e abafa a sua ressonância. Esse resfriamento brutal, trágico, produz uma coloração que os pintores, sobretudo hoje, evitam e, sem razão, vedam como "suja". Representado materialmente, sob sua forma material, enquanto ser material, o "sujo" possui, como todo outro ser, sua ressonância interior. Querer evitá-lo em pintura seria hoje injusto, tão mesquinho quanto era ontem o medo da cor "pura". Todos os meios que procedem da Necessidade Interior são igualmente puros. Neste caso, o que exteriormente parece sujo é puro em si. Caso contrário, seria necessário admitir que o que é exteriormente puro pudesse ser interiormente sujo. Os vermelho-saturno e cinabre têm o mesmo caráter que o amarelo. Mas têm menor tendência a se dirigir para o homem. Esses dois vermelhos ardem, porém sobretudo em si mesmos. O que há de um pouco extravagante no amarelo está quase inteiramente ausente nos dois. É por isso, sem dúvida, que agradam e atraem mais que o amarelo. Vemo-los, com efeito, frequentemente empregados na arte ornamental popular, na indumentária popular, onde, complementares do "verde", harmonizam-se com facilidade à natureza. Tomados isoladamente, possuem um caráter material muito ativo. Enfim, não tendem, como o amarelo, para a profundidade. A sonoridade de ambos só se torna mais grave quando penetram num meio mais elevado. Escurecê-los com o preto é-lhes funesto porque o preto, que é mortiço, extingue ou reduz ao mínimo a incandescência. É então que se forma o *marrom*, cor dura, embotada, estagnante, na qual o vermelho não passa de um murmúrio apenas perceptível. Apesar disso, desse som exteriormente tão débil nasce um som interior potente, fulgurante. O emprego necessário da cor marrom produz uma beleza interior que não pode ser traduzida em outras palavras: a moderação. O vermelho-cinabre pode ser comparado à tuba; outras vezes, crê-se ouvir o rufar ensurdecedor de tambores.

Como toda cor realmente fria, o *vermelho frio* também pode tornar-se (como a laca vermelha) mais profundo, misturando-se a ele o azul ultramarino, e seu caráter vê-se desse modo sensivelmente modificado. A impressão de incandescência torna-se mais intensa. Entretanto o elemento ativo desaparece, pouco a pouco, por completo. Esse elemento, porém, não é tão totalmente eliminado quanto, por exemplo, no verde-escuro. É necessário pressentir, aguardar uma recuperação de energia como de uma coisa que se tivesse retraído, mas que espreita e conserva, ou conservou, em sua imobilidade, uma mola secreta capaz de a fazer pular furiosamente. É nisso que reside a grande diferença que distingue o vermelho do azul-intenso. Pois o vermelho, mesmo nesse estado, deixa aparecer algo de seu caráter corporal. Possui a veemência da paixão, a amplitude dos sons médios, graves, do violoncelo. Quando é claro, o vermelho frio acentua ainda mais seu caráter corporal. Explode em acentos de jovem e pura alegria, de um virginal frescor. Os sons elevados, claros e cantantes do violino exprimem-no à maravilha[43]. Só o branco, se lhe for adicionado, aumenta sua intensidade. É a cor que as jovens preferem para suas roupas.

O vermelho-quente, que a adição do amarelo, a que é aparentado, torna mais intenso, resulta no *laranja*. O movimento do vermelho, que estava encerrado em si mesmo, transforma-se então em irradiações, em expansão. Mas o vermelho, cujo papel é grande no laranja, acrescenta-lhe uma nota acessória de seriedade. É como um homem seguro de sua força e que dá uma impressão de saúde. Soa como o sino do Ângelus, tem a força de uma poderosa voz de contralto. Dir-se-ia uma viola entoando um largo.

Quando o vermelho é atraído na direção do homem, o laranja aparece, da mesma maneira que se forma o *violeta*, cuja tendência é se distanciar do homem, quando o vermelho é absorvido pelo azul. Mas o vermelho que está no fundo deve ser frio, porque o calor do vermelho não se deixa incorporar ao frio do azul (por nenhum processo). Constatação que se verifica igualmente na ordem espiritual.

---

43. Dos sinos alegres, cujas sonoridades se desmancham no ar, dos guizos de cavalos, diz-se em russo que sua "ressonância tem uma cor framboesa". A cor do suco de framboesa avizinha-se muito desse vermelho-claro e frio.

O violeta é, portanto, um vermelho arrefecido no sentido físico e psíquico da palavra. Há nele algo de doentio, de apagado (como escória), de triste. É a razão, sem dúvida, pela qual as senhoras idosas o escolhem para seus vestidos. Os chineses fizeram dele a cor do luto. Tem as vibrações surdas do corne inglês, da charamela, e corresponde, ao aprofundar-se, aos sons graves do fagote.

Essas duas cores – o laranja e o violeta – são formadas por adição do vermelho ao amarelo ou ao azul. Seu equilíbrio é, portanto, precário. Verifica-se, quando são misturadas, que tendem a dissociar-se. Pensa-se no equilíbrio de um funâmbulo, atento para inclinar-se ora para a direita, ora para a esquerda. Onde começa o laranja, onde terminam o amarelo e o vermelho? Onde está o limite preciso do violeta que o separa do vermelho e do azul[44]?

Essas duas cores (laranja e violeta) formam o *quarto* e último *contraste* no mundo das cores e das tonalidades simples e elementares que, do ponto de vista físico, são, como as do terceiro contraste (vermelho e verde), cores complementares (cf. o Quadro III).

As seis cores que, por pares, formam três grandes contrastes apresentam-se a nós como um imenso círculo, como uma serpente que morde sua própria cauda (símbolo do infinito e da eternidade). À direita e à esquerda, as duas grandes fontes de silêncio, o silêncio da morte e do nascimento (cf. o Quadro III).

Os caracteres das cores simples que acabamos de passar em revista são, evidentemente, provisórios, tão elementares quanto os sentimentos a que essas cores correspondem (a alegria, a tristeza, etc.). Esses sentimentos também são apenas estados materiais da alma. Mais sutis, tanto quanto as da música, são as nuanças cromáticas. As vibrações que despertam na alma são mais tênues e mais delicadas, e as palavras são incapazes de descrevê-las. Cada tonalidade acabará um dia, sem dúvida, por encontrar também a palavra material que lhe convém para exprimir-se. Mas nunca a palavra conseguirá esgotá-la por inteiro. Sempre lhes escapará alguma coisa. E essa "alguma coisa" não será uma vã superfluidade,

---

44. O violeta também tende a variar para o lilás. Mas onde acaba o violeta e onde começa o lilás?

QUADRO III

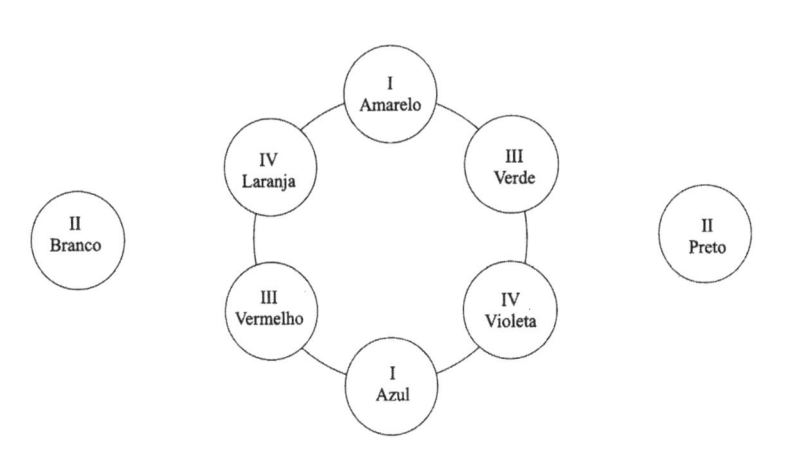

```
              ┌─────────┐
              │    I    │
              │ Amarelo │
              └─────────┘
        ┌─────────┐   ┌─────────┐
        │   IV    │   │   III   │
        │ Laranja │   │  Verde  │
        └─────────┘   └─────────┘
   ┌───────┐                   ┌───────┐
   │  II   │                   │  II   │
   │ Branco│                   │ Preto │
   └───────┘                   └───────┘
        ┌─────────┐   ┌─────────┐
        │   III   │   │   IV    │
        │ Vermelho│   │ Violeta │
        └─────────┘   └─────────┘
              ┌─────────┐
              │    I    │
              │   Azul  │
              └─────────┘
```

O círculo dos contrastes entre 2 polos. A vida das cores simples entre o nascimento e a morte.
(Os algarismos romanos indicam os pares de contrastes.)

mas o elemento essencial. As palavras não são e não podem ser senão alusões às cores, sinais visíveis e inteiramente exteriores. É essa impossibilidade de substituir o elemento essencial da cor pela palavra, ou qualquer outro meio de expressão, que torna possível a Arte Monumental. Nesta, entre combinações tão numerosas e tão variadas, trata-se de descobrir aquela que corresponde ao que acabamos de estabelecer. Em outras palavras, pode-se dizer que é possível obter a mesma ressonância interior, no mesmo momento, por diferentes artes. Cada uma delas, fora dessa ressonância geral, produz então o "mais" que lhe é próprio e corresponde ao que tem de mais essencial, aumentando assim a força da ressonância interior geral e o enriquecimento de possibilidades que superam os recursos de uma *única* arte.

Que desarmonias iguais em força e em profundidade a essa harmonia se tornarão assim possíveis? Que infinitas combinações, onde dominará ora uma só arte, ora o contraste de artes diferentes, e onde outras artes misturarão suas próprias "ressonâncias" silenciosas? Deixo a cada um a tarefa de imaginar.

É uma opinião generalizada, mas errônea, que a possibilidade de substituir uma arte por outra (por exemplo, pela palavra, ou seja, a literatura) provaria a inutilidade de toda diferença entre as artes. Conforme já constatamos, a repetição exata da mesma ressonância por diversas artes é inconcebível. Mesmo que tal repetição fosse possível, a mesma sonoridade seria colorida de modo diferente – pelo menos quanto ao exterior. Ainda que artes diferentes pudessem reproduzir de modo idêntico uma mesma sonoridade (interior e exteriormente), tal repetição, contudo, não seria inútil, até pela simples razão de que homens diferentes receberam vários dons que os predispõem para artes diversas (ativa ou passivamente, isto é, como emissores ou receptores dessa sonoridade). E mesmo que assim não fosse, a repetição das mesmas sonoridades e sua acumulação concentram a atmosfera espiritual necessária para fazer amadurecer a sensibilidade (ainda que da mais delicada espécie), tal como, para certos frutos, a atmosfera concentrada de uma estufa quente é a condição da maturidade. Consideremos, por exemplo, um homem individualmente. À força de repetidos, os atos, os pensamentos, os sentimentos acabam produzindo nele uma impressão maciça, ao passo que em dose fraca esses mesmos atos, esses mesmos pensamentos, esses mesmos sentimentos escorreriam por ele como as primeiras gotas de chuva, as quais não podem penetrar na espessura de um tecido[45].

Entretanto, não conviria representar de maneira tão concreta a atmosfera individual. Ela assemelha-se ao ar, ora puro, ora saturado de elementos estranhos. Não são apenas os atos que cada um pode ver, os pensamentos e os sentimentos suscetíveis de se exprimirem abertamente, de se exteriorizarem numa expressão qualquer, que fazem a atmosfera espiritual. São também os atos encobertos, ignorados de todos, os pensamentos não formulados, os sentimentos que não encontraram sua expressão (tudo o que se passa no íntimo do homem). Suicídios, homicídios, violências de toda espécie, pensamentos baixos e indignos, ódio, inimizade, egoísmo, inveja, "patriotismo", parcialidade são formas, são seres espi-

---

45. Exteriormente, o efeito da publicidade baseia-se nessa repetição.

rituais que criam essa atmosfera de que falamos[46]. Seus antídotos – espírito de sacrifício, ajuda mútua, pensamentos puros e elevados, amor, altruísmo, alegria causada pela felicidade de outrem, humanidade, justiça – os neutralizam como o sol destrói os micróbios e purifica o ar[47].

A outra repetição (mais complexa) é a de vários elementos que agem, cada um sob uma forma diferente, sobre diversas artes no caso que nos interessa. A soma de todas essas artes, uma vez realizada, constituirá a Arte Monumental. Essa repetição tem ainda mais força porque cada individualidade reage de modo diverso às diferentes artes. Uns são sensíveis à forma musical (à qual se pode dizer – as exceções são desprezíveis – que todos o são), outros à pintura, outros ainda à forma literária. Por outro lado, as forças ocultas das artes são, em sua essência, diferentes. De tal sorte que elas provocam nos mesmos indivíduos o efeito que delas se espera, mesmo que cada arte se sirva tão somente dos meios que lhe são próprios, com a exclusão de todos os outros.

Essa ação de cada cor isolada, por mais difícil que seja defini--la, é a base a partir da qual diversos valores são harmonizados. Certos quadros (nas artes aplicadas, conjuntos decorativos inteiros) são mantidos num mesmo tom uniforme, escolhido segundo um instinto artístico. A impregnação de um tom colorido, a ligação de duas cores vizinhas por mistura serviu, com frequência, para fundamentar a harmonia das cores. O que acabamos de dizer dos efeitos das cores, o fato de que, em nossos dias, multiplicam-se as questões, os pressentimentos, as interpretações – fontes de tantas contradições (cf. as camadas do triângulo) –, obriga-nos a constatar que a harmonização na base da cor isolada é o que menos convém à nossa época. Podemos ouvir a música de Mozart com inveja, mágoa, até tristeza, porque ela é para nós uma pausa salutar no tumulto de nossa vida interior, porque ela nos oferece uma imagem

---

46. Existem períodos de suicídios, de hostilidade, de guerra. A guerra e a revolução (esta, aliás, menos que a guerra) são produtos de tal atmosfera, que, por sua vez, viciam. "Medir-te-ão com a mesma vara com que te tiveres medido."
47. A história conhece tais épocas. Terá havido uma maior do que aquela que o cristianismo abriu ao arrastar os mais fracos para a luta espiritual? Até mesmo a guerra ou a revolução admitem a existência de tais fatores de saneamento.

consoladora, uma esperança. Mas sabemos, ao ouvi-la, que esses sons que nos apaziguam nos chegam de uma época diferente, de um tempo passado que, no fundo, nada mais tem em comum conosco. Luta de sons, equilíbrio perdido, "princípios" alterados, rufar inopinado de tambores, grandes indagações, aspirações sem objetivo visível, impulsos aparentemente incoerentes, cadeias desfeitas, vínculos quebrados, reatados num só, contrastes e contradições, eis o que é a nossa *Harmonia. A composição que se baseia nessa harmonia é um acordo de formas coloridas e desenhadas que, como tais, têm uma existência independente, procedente da Necessidade Interior, e constituem, na comunidade que daí resulta, um todo chamado quadro.*

Sozinhas, essas partes isoladas são essenciais. O resto (portanto, também a manutenção do elemento objetivo) não tem importância. Esse resto é apenas um som acessório.

A combinação de dois tons coloridos é a sua consequência necessária. Apoiando-se no mesmo princípio da antilógica, justapõem-se agora cores que por muito tempo foram consideradas desarmônicas. Como, por exemplo, o vermelho e o azul, que não têm entre si nenhuma conexão física, mas, em virtude de seu grande contraste espiritual, foram escolhidas como uma das harmonias mais felizes e mais eficazes. Nossa harmonia repousa, sobretudo, na lei dos contrastes, a qual foi, em todas as épocas, a lei mais importante em arte. Só subsiste ainda, no presente, o contraste interior, que exclui todo e qualquer recurso a outros princípios de harmonia que somente poderiam prejudicar e que, aliás, seriam supérfluos.

É deveras surpreendente constatar a predileção que os primitivos (os primitivos alemães, italianos etc.) sempre mostraram por essa combinação de vermelho e azul que ainda hoje encontramos no que nos resta dessa época, por exemplo, nas formas populares da escultura religiosa[48]. Com muita frequência, em suas obras de pintura e de escultura pintada, vemos a Virgem de vestido vermelho sob um manto azul. Os artistas quiseram assim, sem dúvida, exprimir a efusão da Graça enviada ao homem para esconder o

---

48. Em suas telas mais antigas – no entanto, foi ainda ontem –, Frank Brangwyn talvez tenha sido um dos primeiros a cometer a audácia, uma audácia temperada com muitas precauções, de empregar essa combinação.

humano sob o *divino*. Essas características da nossa harmonia mostram quão inúmeros, infinitos meios de expressão são necessários, precisamente "hoje", à Necessidade Interior. Combinações "autorizadas" ou "proibidas", choque de cores, encobrimento da sonoridade de uma cor pela outra, ou de várias cores por uma só, contraste que ressalta uma cor sobre outra, acentuação da mancha colorida, resolução de uma cor em várias e de várias numa só, emprego do limite linear para conter a mancha colorida que se estende, extravasamento dessa mancha por cima desse limite, interpenetrações, bruscas fraturas – tudo isso são possibilidades exclusivamente pictóricas que se perdem num detalhe infinito.

Foi afastando-se do objeto, dando os primeiros passos no caminho da abstração, que o artista foi levado, quanto ao desenho e à pintura, a excluir a terceira dimensão. Assim, foi possível conservar numa superfície "a imagem", enquanto pintura. Suprimido todo o relevo, o objeto real foi impelido para o abstrato. Esse progresso teve por consequência imediata fixar todos os possíveis na superfície real da tela, e a pintura recebeu uma sonoridade acessória essencialmente material. Fixar os possíveis na tela equivalia, de fato, a limitá-los.

O desejo de escapar do elemento material, e da limitação que dele deriva, e as exigências da composição deviam levar a renunciar ao emprego de uma só superfície. Tentou-se pintar um quadro numa superfície ideal que deveria apresentar-se adiante da própria tela[49]. Foi assim que da composição de triângulos planos nasceu *uma composição feita de triângulos em três dimensões*, ou seja, de pirâmides (é o que recebeu o nome de "cubismo"). Contudo, muito rapidamente, por inércia, as possibilidades dessa forma de arte empobreceram. Resultado inevitável do emprego superficial de um princípio oriundo da Necessidade Interior.

A propósito, não se deve esquecer que existem outros meios de conservar a superfície material sobrepondo-lhe uma superfície ideal, utilizada não só como uma superfície plana, mas como

---

49. Cf. o artigo de La Fauconnier no catálogo da Segunda Exposição da Nova Associação dos Pintores, Munique, 1910-1911.

um espaço tridimensional. A pouca ou muita espessura da linha, a posição da forma em relação à superfície, o secionamento de uma forma por outra são exemplos que mostram a extensão que se pode propiciar a um espaço por meio do desenho. A cor permite obter os mesmos efeitos. Empregada como convém, ela avança ou retira-se, e faz da imagem um ser flutuando no ar – o que equivale à extensão do espaço pela pintura.

Essa dupla ação, na assonância ou na dissonância, confere à composição, seja pictórica, seja desenhada, imensas possibilidades.

7. **Teoria**

É evidente que, tal como a definimos, a Harmonia de nossa época torna mais difícil que nunca a elaboração de uma teoria perfeita, acabada[50], a criação de um *baixo contínuo* da pintura. Toda tentativa nesse sentido correria o risco de não ter mais eficácia do que o método das colheres de Leonardo da Vinci. Entretanto, seria prematuro pretender que nunca haverá em pintura regras fixas, princípios que recordam o *baixo contínuo*, ou que esses princípios sempre levarão, necessariamente, ao academismo. A música também tem sua gramática. Mas é uma gramática que, assim como todas as coisas vivas, se transforma no decorrer das grandes épocas e que, ao mesmo tempo, pode servir sempre, de modo útil, como uma espécie de dicionário.

A pintura está, no momento atual, numa situação nova. Libertou-se da dependência estreita da "natureza". Mas sua *emancipação* mal começou. Se a cor e a forma já serviram de agentes interiores, foi, sobretudo até aqui, de maneira inconsciente. Artes antigas, como a arte persa, já conheceram e praticaram a subordinação da cor a uma forma geométrica. Mas construir numa base puramente espiritual é um trabalho de grande fôlego. Começa-se

---

50. Tentou-se fazê-lo, porém, e o paralelismo entre pintura e música muito contribuiu para isso. Cf., por exemplo, *Tendances nouvelles*, n. 35, p. 721, Henri Rovel: "*Les lois d'harmonie de la peinture et de la musique sont les mêmes*" ["As leis harmônicas da pintura e da música são as mesmas"].

tateando, caminha-se ao acaso. O pintor não deve educar somente os olhos, é a alma, sobretudo, que ele deve tornar capaz de pesar a cor em suas sutis balanças, de desenvolver todos os seus meios para que, no dia do nascimento de uma obra, ela não esteja apenas em condições de receber impressões exteriores (e naturalmente, por vezes, de suscitar impressões interiores), mas também de agir como força determinante.

Se, a partir de hoje, nos puséssemos a cortar todos os nossos vínculos com a natureza, nos divorciássemos dela, sem hesitação e sem possibilidade de voltar atrás, se nos contentássemos exclusivamente em combinar a cor pura com uma forma livremente inventada, as obras que criaríamos seriam ornamentais, geométricas, muito pouco diferentes, à primeira vista, de uma gravata ou de um tapete. A beleza da cor e da forma não é, em arte, uma finalidade suficiente em si, apesar das pretensões dos puros estetas ou daqueles que só buscam na natureza, antes de tudo, a "beleza". Não estamos suficientemente avançados em pintura para já nos impressionarmos de modo profundo com uma composição de formas e cores totalmente emancipadas. Sem dúvida, uma vibração nervosa se produzirá (como pode ser esse o caso diante de uma obra de arte decorativa). Mas provocará apenas um frêmito imperceptível, uma emoção leve demais para que possa ultrapassar o domínio dos nervos. Entretanto, após ter sido alcançada essa mudança de rumo espiritual, o espírito humano, arrastado nos turbilhões que o assaltam, ganhou um ritmo cada vez mais rápido. Sua base "mais sólida", a ciência positiva, foi levada de roldão e agora, diante dele, abre-se a perspectiva da dissolução da matéria. Pode-se dizer com certeza que ainda pouco tempo nos separa da composição pura.

A arte ornamental não é, porém, totalmente desprovida de vida. Ela tem sua própria vida interior. Mas, com frequência, ela é incompreensível (arte ornamental antiga) ou obscura para nós devido à sua desordem e à sua falta de lógica. Nela vemos apenas um mundo onde não se faz nenhuma diferença entre o adulto e o embrião, que nele desempenham o mesmo papel social; onde seres, cujo nariz, dedos, umbigos vivem uma vida independente, são esquartejados sobre uma prancha. É a barafunda de um caleidoscópio[51] que os jogos fortuitos da matéria e não o espírito criaram sozinhos. Apesar dessa incompreensibilidade, apesar dessa impotência em fazer-se compreender, a arte ornamental exerce uma ação sobre nós, por mais arbitrária e desordenada que seja[52]. Um ornamento oriental é, interiormente, muito diferente de um ornamento sueco, grego ou negro. Não é sem razão que se diz de tecidos estampados que eles são alegres, sérios, tristes, vivos etc., servindo-se dos mesmos epítetos dos músicos, quando estes querem precisar a interpretação de uma peça (*allegro, serioso, grave, vivace*). É bem possível, aliás, que o ornamento tenha nascido outrora da imitação da natureza (os representantes modernos da arte decorativa também tomam seus motivos dos campos e dos bosques). Mesmo que nenhuma outra fonte de inspiração, além da natureza exterior, tivesse sido utilizada, ainda assim, no ornamento verdadeiramente artístico, as formas naturais e as cores não foram tratadas de um ponto de vista puramente exterior, mas, antes, como símbolos, para tornarem-se finalmente uma espécie de hieróglifos. Acabaram perdendo, pois, pouco a pouco, sua significação, e hoje já não somos capazes de os decifrar ou de descobrir seu valor interior. Um dragão chinês, por exemplo, não perdeu completamente sua aparência corporal. No entanto, age tão pouco sobre nós que podemos suportar sem perigo a presença dele num quarto de dormir ou numa sala de jantar, onde não nos causa mais efeito do que uma toalha de mesa bordada com malmequeres.

Perto do final da época que se anuncia, quase toda ela ainda além da linha do horizonte, talvez uma nova arte ornamental se desenvolva. Mas pode-se prever de antemão que ela não se inspirará em formas geométricas. Seja como for, no momento atual, seria tão ocioso querer impor tais ornamentos quanto pretender que sob os nossos dedos desabroche à força uma flor, um botão apenas formado.

---

51. Naturalmente, essa barafunda possui uma vida particular, mas pertence a outra esfera.
52. Não se pode recusar a esse mundo que acabamos de descrever uma sonoridade interior que lhe é própria e que, em seu princípio, é necessária e oferece toda espécie de possibilidade.

Por enquanto, ainda estamos solidamente ligados à natureza; dela devemos extrair nossas *formas*. (Os quadros puramente abstratos são raros.) Toda a questão se resume em saber como devemos proceder, isto é, até onde pode ir nossa liberdade de modificar a nosso bel-prazer essas formas e a que cores devemos associá-las.

Essa liberdade deve ir tão longe quanto a intuição do artista possa chegar e nunca será demais repetir quão importante é a necessidade de desenvolver essa intuição.

Vejamos alguns exemplos.

Considerado isoladamente, o vermelho quente é sempre excitante. Quando deixa de estar isolado, quando se apresenta, não mais como abstrato, mas como elemento de um ser, unido a uma forma natural, seu valor interior vê-se profundamente modificado. A associação do vermelho a diferentes formas naturais acarreta vários efeitos interiores que, graças à ação constante, se bem que habitualmente isolada do vermelho, produzem um som aparentado. Apliquemos esse vermelho ao céu, a uma flor, a uma roupa, a um rosto, a um cavalo, a uma árvore. Um céu vermelho, por associação, evoca um pôr do sol, um incêndio ou outro espetáculo desse gênero. Obtém-se, portanto, um efeito "natural" (neste caso, um efeito solene e ameaçador). É evidente que a maneira como são tratados os objetos que se encontram combinados com o céu vermelho reveste-se de grande importância. Se eles estão colocados em relação causal, unidos às cores que lhes convêm, o caráter natural do céu receberá deles uma ressonância ampliada. Se, pelo contrário, se afastam sensivelmente da natureza, ameaçam enfraquecer a impressão "natural" do céu e até mesmo destruí-la. Um efeito muito próximo é obtido pela associação do vermelho a um rosto, em que o vermelho pode ser a consequência de uma emoção ou de uma iluminação especial. Tais efeitos só podem ser anulados pela abstração extremada das outras partes do quadro.

A situação é bem diferente no caso do vermelho de uma roupa. Com efeito, uma roupa pode ter, indiferentemente, qualquer cor. E o vermelho, neste caso, é capaz de agir como necessidade "pictórica", porque pode ser empregado sozinho, fora de toda e qualquer intenção material. Não obstante, produz-se uma ação do vermelho da roupa sobre a figura e inversamente. Se a nota do quadro é uma nota triste, concentrada principalmente no personagem vestido de vermelho (pela posição dele no conjunto da composição, por seu movimento próprio, pelos traços e a cor do rosto, pela postura da cabeça etc.), o vermelho da indumentária sublinhará com força, pela dissonância interior que criará a tristeza do quadro e, sobretudo, do personagem representado. O emprego de outra cor, que já exerce por si mesma um efeito de tristeza, só poderia atenuar essa impressão ao enfraquecer o elemento dramático[53].

Reencontramos aqui a lei dos contrastes a que aludimos antes. É somente pelo emprego do vermelho numa composição triste que o elemento dramático pode ser nela introduzido. Com efeito, o vermelho, de ordinário, quando está isolado, não perturba com a tristeza o calmo espelho de alma[54].

Se é empregado para uma árvore, estamos em presença de um caso muito diferente. O tom fundamental do vermelho subsiste, tal como nos exemplos precedentes. Mas lhe será adicionado o valor psíquico que o outono tem para a alma (pois essa palavra "outono" é, por si só, uma unidade psíquica, tal como o é todo conceito real, abstrato, imaterial, corporal). A cor associa-se intimamente ao objeto e constitui um elemento que atua sozinho, privado do som dramático que pode possuir acessoriamente, como acabamos de ver a propósito da roupa vermelha.

Com um cavalo vermelho, o caso é ainda diferente. Basta pronunciar essas duas palavras para ser transportado para outra atmosfera. Um cavalo vermelho não existe na realidade. Portanto, requer um meio que seja o menos natural possível. Sem isso, só se veria aí uma simples curiosidade (cujo efeito meramente superficial nada teria de comum com a arte), um conto de fadas[55] mal

---

53. Cumpre repetir que todos estes exemplos só têm um valor aproximado. Seu valor inteiramente convencional pode ser modificado pelo efeito da composição e, com a mesma facilidade, por um simples traço. As possibilidades nesse domínio são ilimitadas.
54. Nunca será demais insistir no fato de que a expressões tão sumárias quanto "triste", "alegre" etc. não se pode pedir mais do que indicar a existência de sutis e imateriais vibrações interiores.
55. Se o conto de fadas não é transposto na íntegra, a imagem que se obtém é semelhante à de um conto de fadas cinematográfico.

interpretado (portanto, de novo, uma curiosidade que dificilmente passaria por uma obra de arte). Esse cavalo e uma paisagem da escola naturalista, figuras humanas modeladas e desenhadas segundo as regras da anatomia, formariam uma dissonância inadmissível e que nada poderia reduzir a uma unidade qualquer. A definição de nossa Harmonia mostra como essa unidade deve ser compreendida e o que ela pode ser. Deve-se concluir que é possível cindir em dois todo o quadro, lançá-lo em pleno meio das contradições, ir de superfície em superfície, construir sobre toda espécie de superfícies exteriores, ao passo que a *superfície interior* permanece sempre a mesma. Os elementos construtivos do quadro não devem ser tirados desse *exterior*, mas solicitados unicamente à Necessidade Interior.

Aquele que olha um quadro está, por outro lado, habituado demais a descobrir nele uma "significação", ou seja, uma relação exterior entre suas diferentes partes. Durante o período materialista, todas as manifestações da vida e, por conseguinte, da arte formaram um homem que é incapaz – sobretudo se se trata de um "entendido" – de se colocar simplesmente diante do quadro e que quer encontrar nele toda espécie de coisas (imitação da natureza, a natureza através do temperamento do artista, portanto, esse temperamento, um simples estado de alma, "pintura", anatomia, perspectiva, um ambiente etc.). Jamais busca sentir a vida interior do quadro, deixar que ela atue diretamente sobre ele. Ofuscado pelos meios exteriores, seu olhar interior não se inquieta com a vida que se manifesta com a ajuda desses meios. Quando temos com alguém uma conversa interessante, procuramos penetrar nesse alguém, ficamos curiosos por sondar-lhe a alma, os pensamentos, os sentimentos. Não pensamos, então, que, para exprimir-se, ele emprega palavras compostas de letras, que essas letras se reduzem a sons apropriados, que esses sons, para nascer, têm necessidade do ar aspirado pelos pulmões (elemento anatômico) e que, expelido do pulmão mediante uma posição particular da língua, dos lábios etc., produz uma vibração (elemento físico) que, agitando o nosso tímpano etc., chega até a nossa consciência (elemento psicológico) e deflagra uma reação nervosa (elemento fisiológico) e assim sucessivamente, *ad infinitum*. Sabemos que, quando falamos, todos esses elementos são secundários, puramente fortuitos, que devem ser empregados como meios exteriores, necessários momentaneamente, e que o *essencial da fala* é a comunicação de ideias e sentimentos. Não se deveria adotar uma atitude diferente diante de uma obra de arte. As pessoas, assim, se tornariam sensíveis ao seu efeito imediato e abstrato. Sem dúvida, com o tempo, será possível exprimir-se recorrendo apenas a meios puramente artísticos. A linguagem interior não mais terá que recorrer às formas do mundo exterior que ainda nos permitem, mediante o emprego da forma e da cor, aumentar ou enfraquecer um valor interior. O contraste (como o da vestimenta vermelha numa composição triste) pode ter uma força infinita. Mas deve permanecer no mesmo plano moral.

Mesmo que esse plano exista, o problema das cores não estará, ainda assim, resolvido. Os objetos "não naturais" e as cores que lhes convêm podem facilmente adquirir um "som literário", agindo a composição como um conto de fadas. O espectador é transportado para uma atmosfera de lenda. Ele se abandona à fábula e permanece insensível, ou pouco sensível, à ação pura das cores. De toda maneira, neste caso, já não é possível a ação direta, exclusivamente interior, da cor: o "exterior" predomina com excessiva facilidade sobre o "interior". O homem não gosta muito de aprofundar. Mantém-se à superfície; isso exige menos esforço. "Na verdade, nada é mais profundo do que aquilo que é superficial" – profundo como o lodo do pântano. Não existe arte que seja considerada de modo mais displicente do que a arte "plástica". A partir do instante em que o espectador crê ter ingressado no país das lendas, fica instantaneamente imunizado contra as vibrações psíquicas demasiado fortes. Assim, o objetivo profundo da obra é reduzido a nada. É necessário, portanto, encontrar uma forma que exclua o efeito da lenda[56] e, ao mesmo tempo, não entrave o efeito da

---

56. Essa defesa contra a atmosfera feérica é como a defesa do artista contra a natureza. Com que facilidade sorrateira, à revelia do próprio pintor, a "natureza" se introduz em suas obras! É mais fácil pintar a natureza do que lutar contra ela.

cor. Para tanto, a forma, o movimento, a cor, os objetos tomados à natureza (real ou não real) não devem provocar nenhum efeito exterior ou que possa exteriorizar-se numa narração. Quanto mais o movimento, por exemplo, for não motivado exteriormente, mais o efeito que ele produz será puro, profundo, interior.

Um movimento simples, o mais simples que se possa imaginar, e cuja finalidade não é conhecida, já atua por si mesmo, assume uma importância misteriosa, solene. Essa ação dura enquanto se permanecer na ignorância do objetivo exterior e prático desse movimento. Atua, nesse caso, à maneira de um som puro. Qualquer trabalho simples, executado em comum (como os preparativos para se erguer um projeto pesado), assume, se não se lhe conhecer a razão, uma importância singular e misteriosa, dramática e surpreendente. A pessoa detém-se involuntariamente, como que fulminada por uma visão, a visão de existências pertencentes a um outro plano. E, de súbito, o encanto cessa, a explicação racional explode brutalmente e nos joga na cara a chave do enigma. O movimento simples que nada de exterior parece motivar esconde um tesouro imenso de possibilidades. A melhor maneira de senti-lo é quando se está mergulhado em pensamentos abstratos. Eles arrancam o homem da rotina utilitária da vida cotidiana. Portanto, é fora das realidades práticas da vida que esses movimentos simples se observam. Mas basta lembrar que, em nossas ruas, nada pode acontecer de enigmático sem que de imediato se dissipe o interesse que tínhamos nesse movimento: sua significação prática destrói sua significação abstrata. É com base nesse princípio que deveria ser e que será criada a "Nova Dança", a qual desenvolverá *integralmente* o sentido interno do movimento *no tempo e no espaço*. A dança é de origem puramente sexual e ainda hoje mostra esse elemento primitivo em suas formas populares. Ao longo dos tempos, ela tornou-se um meio de inspiração a serviço do divino. Mas essas duas utilizações ainda não eram mais do que meras aplicações do movimento a um fim prático. Só pouco a pouco elas receberam uma coloração artística que se desenvolveu século após século e encontrou sua culminância no balé. A linguagem do balé só é acessível hoje a uma minoria, e torna-se cada vez menos compreensível. O futuro, aliás, a considerará ingênua demais. Só tendo, até agora, servido para exprimir sentimentos materiais (o amor, o medo ...), ela deve dar lugar a outra linguagem, capaz de provocar vibrações psíquicas mais sutis. Os renovadores hodiernos da dança compreenderam isso: recorreram – recorrem ainda – às suas formas passadas. Vimos Isadora Duncan estabelecer o vínculo que liga a dança grega à dança de amanhã. Um motivo idêntico impelira os pintores a voltarem-se para os primitivos. Naturalmente, isso constitui, para uma e outra arte, apenas uma etapa, uma transição. A necessidade de criar a dança nova, a dança do futuro, impõe-se a nós. Também nesse caso será a lei da utilização necessária do sentido interior do movimento como principal elemento da dança que decidirá sobre a evolução e conduzirá ao objetivo. Uma vez mais, a "beleza" convencional do movimento deve ser abandonada. Ela o será, e, um dia, se qualificará como inútil, e até pernicioso, o chamado processo "natural" (narração-elemento literário). Da mesma forma que na pintura ou na música não existe "som feio" nem "dissonância exterior", em outras palavras, da mesma forma que nessas duas artes cada som e cada acorde é "belo", ou seja, útil quando ditado pela Necessidade Interior, também na dança se sentirá em breve o valor interior de *cada* movimento. Também nela a beleza interior substituirá a beleza exterior. Uma potência que ainda não se pode suspeitar, uma força viva emanará dos movimentos "não belos". Sua beleza explodirá de repente. A partir desse momento, a dança do futuro alçará voo.

Essa dança do futuro, assim elevada à altura da música e da pintura de hoje, concorrerá, como terceiro elemento, para a *composição cênica*, primeira realização da Arte Monumental.

A composição cênica será, portanto, formada primeiramente pelos três elementos seguintes:

1º – o movimento musical;
2º – o movimento pictórico;
3º – o movimento dançado convertido em arte.

O que dissemos acima sobre a composição puramente pictórica fará compreender facilmente o que entendemos por essas palavras: o tríplice efeito do movimento interior – (composição cênica).

Os dois elementos principais da pintura (forma desenhada e forma pintada) têm, cada um deles, uma vida autônoma, e só se exprimem através dos meios que lhes são próprios – e próprios apenas deles. Assim como na pintura a composição só é produzida pela combinação desses elementos, com suas propriedades e suas inúmeras possibilidades, também a composição cênica só será possível graças à ação concordante (ou discordante) dos três movimentos em questão.

Já lembramos a experiência tentada por Scriabin para aumentar o efeito do tom musical mediante o efeito do tom colorido correspondente. Experiência demasiado sumária, que foi apenas uma possibilidade entre outras. A concordância de sons de dois ou, enfim, dos três elementos da composição cênica não exclui outros procedimentos: oposição, ação alternada dos sons, emprego de cada um dos elementos em sua total independência (exterior, é claro) etc. Foi esse último procedimento que Arnold Schönberg empregou em seus quartetos. Aí se vê como as sonoridades *interiores* associadas ganham em força e em significação quando se utiliza nesse sentido a consonância *exterior*. Imagine-se o mundo novo, radiante de alegria, o mundo desses três poderosos elementos a serviço de uma finalidade criadora. Mas renuncio a dizer tudo aqui sobre esse tema. Deixo ao leitor a tarefa de aplicar ele próprio o princípio que enunciamos acerca da pintura. A visão radiosa do teatro do futuro surgirá em seu espírito. Nos caminhos do novo reino que se cruzam sem fim através de sombrias florestas ainda virgens, que transpõem abismos vertiginosos abertos entre os altos cimos e que se confundem numa rede inextricável diante daquele que ousa arriscar-se a percorrê-los, é sempre no mesmo guia infalível que se deverá confiar: o *Princípio da Necessidade Interior*.

Do emprego de uma cor, da necessidade de recorrer a formas "naturais" relacionadas com a cor enquanto som, da significação dessas formas, demos diversos exemplos. Pode-se deduzir: 1º – o caminho que conduz à pintura; 2º – a *maneira* como se deve, *em geral*, abordá-la. Esse caminho, à sua direita e à sua esquerda, beira duas possibilidades (que hoje constituem dois perigos): à direita, o emprego inteiramente abstrato, totalmente emancipado, da cor numa forma "geométrica" (perigo de degenerescência em arte "ornamental" exterior); à esquerda, o emprego mais realista, porém demasiado embaraçado pelas formas exteriores, da cor numa forma "corporal" (perigo de banalidade para a arte "fantástica"). Já se pode hoje – somente hoje, talvez – ir ao mesmo tempo até o limite da direita e ultrapassá-lo e, igualmente, até o limite da esquerda e transpô-lo. Para lá desses limites (abandono aqui a esquematização) encontra-se, à direita, *a abstração pura* (ou seja, uma abstração mais profunda ainda do que a das formas geométricas); à esquerda, *o realismo puro* (isto é, um "fantástico" mais acentuado, um "fantástico" feito na matéria mais dura). Entre um e outro, liberdade ilimitada, profundidade, largura, possibilidades inesgotáveis e, além, o domínio da abstração pura e do realismo puro – hoje, tudo está à disposição do artista. Chegou o tempo de uma liberdade que só é concebível em vésperas do advento de uma grande época[57]. Mas essa liberdade é, ao mesmo tempo, uma pesada servidão. Todas essas possibilidades, situadas entre, em e além desses dois limites, provêm de uma única e mesma raiz; elas são imperiosamente chamadas pela Necessidade Interior.

Não é fazer uma grande descoberta afirmar que a arte é superior à natureza[58]. Os princípios novos não caem do céu. Eles estão em relação de causa e efeito com o passado e com o futuro.

---

57. Cf. o meu artigo "Sobre a questão da Forma", em *Der blaue Reiter* (Munique, Piper & Co., 1912). Partindo da obra de Henri Rousseau, mostrei que o realismo futuro é, em nossa época, não só equivalente mas idêntico à abstração, que é o realismo do visionário (nota da 2ª edição).
58. Esse princípio foi formulado na literatura há muito tempo. Escreveu Goethe: "O artista está acima da natureza com seu espírito livre, e pode tratá-la segundo a finalidade elevada que ele persegue. É ao mesmo tempo seu amo e seu escravo. É seu escravo no sentido de que deve agir com os meios terrestres para ser compreendido. Mas é seu amo na medida em que subordina e sujeita esses meios às suas intenções superiores. O artista dirige-se ao mundo com a ajuda de um todo. Mas esse todo não é na natureza que ele o encontra; é o fruto do seu próprio espírito ou, melhor, de seu espírito fecundado por uma inspiração divina" (K. Heinemann, *Goethe*, 1899, p. 684). Mais perto de nós, Oscar Wilde escreveu: "A arte começa onde a natureza termina" (*De Profundis*). A propósito da pintura, pontos de vista semelhantes foram frequentemente expressos. Delacroix, por exemplo, escreveu que "a natureza não passa de um dicionário para o pintor". E ainda: "É preciso definir o realismo como o antípoda da arte" (*Journal*, p. 246, 8. Cassirer, Berlim, 1903).

O que nos importa é conhecer onde se situa esse princípio e até onde poderemos ir amanhã, apoiando-nos nele. Mas nunca esse princípio, não será demais repetir, deve ser aplicado pela força. Se o artista afina sua alma por esse diapasão, suas próprias obras adotarão por si mesmas esse tom. E a crescente "emancipação" atual desenvolve-se, muito especialmente, sobre esse fundamento da necessidade interior, que, como já dissemos, é a força espiritual do objetivo na arte. O *objetivo na arte* procura hoje exteriorizar-se mediante uma tensão particularmente forte. As formas temporais são, pois, tornadas mais flexíveis, a fim de que o objetivo possa exprimir-se com maior clareza. As formas naturais criam limites que, em muitos casos, constituem obstáculos a essa expressão. Por isso são postas de lado e o espaço que ficou livre é utilizado pelo *objetivo da forma*. Assim se explica a necessidade, já muito nítida nos dias de hoje, de descobrir as formas construtivas da época. Sendo uma das formas de transição, o cubismo, por exemplo, mostra até que ponto as formas naturais devem ser submetidas à força aos objetivos construtivos, e que obstáculos inúteis elas representam em tais casos.

Seja como for, utiliza-se hoje, via de regra, uma construção despojada, a qual constitui, aparentemente, a única possibilidade de exprimir o objetivo na forma. Entretanto, se pensarmos na maneira como definimos a harmonia atual no presente livro, podemos também reconhecer o espírito do tempo no domínio da construção: não uma construção evidente ("geométrica"), que salta aos olhos como sendo a mais rica ou a mais expressiva, mas a construção oculta que se desprende insensivelmente da imagem e que, por conseguinte, se destina menos aos olhos do que à alma.

Essa *construção oculta* pode ser constituída de formas aparentemente jogadas ao acaso na tela, as quais não teriam – mais uma vez, na aparência – qualquer ligação entre si: a ausência exterior dessa ligação é aqui sua presença exterior. O que neste caso é exteriormente disperso, desconexo, está interiormente fundido num todo. E isso permanece inalterado para os dois elementos: a forma do desenho e a forma da pintura.

E é precisamente aí que reside o futuro da teoria da harmonia em pintura. As formas que coexistem "de qualquer maneira" têm, não obstante, em última análise, relações rigorosas e precisas. Enfim, essas relações deixam-se igualmente expressar-se de uma forma matemática, apenas com esta diferença: lidará talvez mais desenvoltamente com números irregulares do que com números regulares.

Em toda arte, a derradeira expressão abstrata é o número.

É evidente que esse elemento objetivo precisa, por outro lado, da razão (conhecimentos objetivos – o baixo contínuo da pintura) como força *concorrente* necessária. E esse objetivo permitirá à obra atual também dizer, no futuro, em vez de "eu fui", "eu sou".

1. A imperatriz Teodora e seu séquito. Ravena, mosaico de San Vitale. Foto Bulloz

2. Baegert Dieric, *Crucificação*. Munique, Bayerische Staatsgemäldesammlungen

3. Albrecht Dürer, *Descida da cruz*. Munique, Pinacoteca Antiga. *Foto Hanfstaengl-Giraudon*

4. Rafael, *A santa família*. Munique, Pinacoteca Antiga, *Foto Hanfstaengl-Giraudon*

5. Paul Cézanne, *As grandes banhistas*. Museu de Arte da Filadélfia. *Foto Giraudon*

6. Kandinsky, *Com o arco negro*, 1912. Foto Maeght

7. Kandinsky, *Impressão 5*, 1911. *Foto Maeght*

8. Kandinsky, Composição 2, 1910. Foto Maeght

8. A obra de arte e o artista

A verdadeira obra de arte nasce do "artista" – criação misteriosa, enigmática, mística. Ela desprende-se dele, adquire vida autônoma, torna-se uma personalidade, um sujeito independente, animado de um sopro espiritual, o sujeito que vive uma existência real – um *ser*. Não é um fenômeno fortuito que surge aqui ou ali, indiferentemente, no mundo espiritual. Como todo ser vivo, ela é dotada de poderes ativos, sua força criadora não se esgota. Ela vive, age, participa da criação da atmosfera espiritual. É desse ponto de vista, essencialmente interior, que devemos colocar-nos para responder à pergunta: a obra é boa ou ruim? Se é "ruim" na forma ou demasiado fraca, é porque a própria forma é ruim ou demasiado fraca para extrair da alma vibrações puras[59]. Não se pode, do mesmo modo, qualificar de "bem pintado" o quadro cujos valores são exatos (esses valores inevitáveis de que sempre falam os franceses) ou o quadro dividido quase cientificamente em "quente" e em "frio", mas aquele que possui uma vida interior total. *Só merece igualmente ser chamado de "bom desenho" aquele que em nada pode mudar sem destruir essa vida*

---

59. As pretensas obras "imorais" são impotentes para provocar uma vibração psíquica. (Segundo nossa definição, elas são, pois, "não artísticas".) Entretanto, se elas produzem uma vibração é porque, sob certos aspectos, pelo menos, sua forma é correta. Pode-se dizer então que elas são "boas". Mas quando, abstraindo-se essa vibração psíquica, elas emitem vibrações puramente materiais, de ordem inferior (como hoje se diz), não significa forçosamente que a obra, e não a personalidade que reage a essa obra mediante vibrações inferiores, deva ser desprezada.

interior, sem que se tenha de considerar se o desenho contradiz ou não as regras da anatomia, da botânica ou de qualquer outra ciência. Não se trata, neste caso, de saber se uma forma exterior (logo, forçosamente, sempre arbitrária) é respeitada ou não, mas se o artista emprega ou não essa forma tal como ela existe exteriormente. *Na mesma ordem de ideias, devem-se empregar as cores* não porque elas existem ou não existem na natureza, traduzindo tal ou tal som, mas porque *são necessárias ou não no quadro com essa sonoridade.* O *artista tem não só o direito, mas o dever de manipular as formas da maneira que julgar NECESSÁRIA para alcançar SEUS fins.* Não é nem a anatomia (ou qualquer outra ciência desse gênero), nem a negação teórica dessas ciências que se faz necessária, mas a liberdade *integral e ilimitada* do artista na escolha de seus meios[60]. A liberdade sem limites que essa necessidade autoriza torna-se criminosa desde que não se baseie nessa mesma necessidade. Para a arte, esse direito é o plano moral interior de que falamos. Em toda vida (portanto, na arte também), o que conta é a pureza do objetivo.

Uma obediência cega às leis científicas nunca é tão perigosa quanto uma fútil negação dessas leis. Na primeira hipótese, chega-se a uma imitação da natureza (material) que pode corresponder a determinados objetivos[61]. Na segunda, é-se culpado de uma fraude que, como todo delito, é acompanhado de uma longa série de consequências desagradáveis. A submissão às leis científicas esvazia a atmosfera moral de seu conteúdo. Endurece-a. Mas sua negação, pelo contrário, envenena-a e contamina-a.

A pintura é uma arte, e a arte, em seu conjunto, não é uma criação sem finalidade que cai no vazio. É uma força cujo objetivo deve se desenvolver e apurar a alma humana (o movimento do triângulo). É a única linguagem que fala à alma e a única que

---

60. Essa liberdade ilimitada deve basear-se na necessidade interior a que se dá o nome de honestidade. Aliás, esse princípio não é próprio somente da arte, mas também da vida. É a arma de maior eficácia que o verdadeiro super-homem pode ter à sua disposição contra os filisteus.
61. Obviamente, essa imitação da natureza, quando é obra de um artista que possui uma vida espiritual, nunca é uma reprodução inteiramente morta da natureza. Mesmo sob essa forma, a arte pode falar e fazer-se entender. Pode-se, como exemplo inverso, citar as paisagens de Canaletto, as quais podem servir às cabeças tristemente célebres de Denner (Pinacoteca Antiga de Munique).

ela pode entender. Aí encontra, sob a única forma suscetível de ser assimilada por ela, o *pão cotidiano* de que tem necessidade.

Se a arte não está à altura dessa tarefa, nada pode preencher esse vazio. Não existe força alguma que possa substituí-la[62]. É sempre nas épocas em que a alma humana vive mais intensamente que a arte torna-se mais viva, porque a arte e a alma se compenetram e se aperfeiçoam mutuamente. Nas épocas em que a alma está como que entorpecida pelas doutrinas materialistas, pela incredulidade e pelas tendências puramente utilitárias que são as consequências daquelas, enfim, nas épocas em que a alma não conta mais, vemos difundir-se a opinião de que a arte "pura" não foi dada ao homem para realizar tal ou tal objetivo bem definido, que ela não tem objetivo algum e apenas existe "pela arte"[63]. Nelas, o vínculo que une a arte à alma está parcialmente anestesiado. Mas não tarda em tirar sua desforra. Aquele que olha uma obra de arte conversa, de certo modo, com o artista por meio da linguagem da alma; mas, nesse caso, já não o compreende, volta-lhe as costas e acaba considerando-o um malabarista intelectual de quem admira apenas a perícia exterior.

É ao artista que compete mudar essa situação. Deve começar reconhecendo os deveres que tem para com a *arte*, portanto, para *consigo mesmo*, não se considerar o senhor da situação, mas alguém que está a serviço de um ideal particularmente elevado, o qual lhe impõe deveres preciosos e sagrados, uma grande tarefa. Deve trabalhar sobre si mesmo, aprofundar-se, cultivar sua alma, enriquecê-la, a fim de que seu talento tenha algo a cobrir e não seja como a luva perdida de uma mão desconhecida, a vã e vazia aparência de uma mão.

O artista deve ter alguma coisa a dizer. Sua tarefa não consiste em dominar a forma e sim em adaptar essa forma a seu conteúdo[64]. O artista não é um indivíduo "sortudo", a quem tudo sai

---

62. Salvo o veneno e a peste.
63. Esta opinião é um dos raros agentes do ideal que existe em tais épocas. É um protesto inconsciente contra as tendências utilitárias do materialismo, uma nova prova da onipotência indestrutível da arte e, também, da alma – eternamente viva –, que pode muito bem estar adormecida, mas que nada jamais subjuga.
64. Trata-se naturalmente aqui da educação da alma e não da necessidade de introduzir pela força em cada obra um conteúdo consciente, elaborado a *priori*, ou de o coagir a revestir uma força artística. Daí resultaria apenas um produto puramente cerebral e sem alma. Nunca será demais repetir que a verdadeira obra de arte nasce misteriosamente.

bem sem esforço. Ele não tem o direito de viver sem deveres. A tarefa que lhe é atribuída é penosa; para ele é, com frequência, uma pesada cruz. Deve estar convencido de que cada um de seus atos, de seus sentimentos, de seus pensamentos, é a matéria imponderável de que serão feitas suas obras. Deve saber que, por conseguinte, não é livre nos atos de sua vida e que só na arte é livre.

Comparado com aquele que é desprovido de todo dom artístico, o artista tem uma tríplice responsabilidade: 1º – deve fazer frutificar o talento que recebeu; 2º – seus atos, seus pensamentos, seus sentimentos, como os de qualquer homem, formam a atmosfera espiritual que eles transfiguram ou corrompem; 3º – seus atos, seus pensamentos, seus sentimentos são a matéria de suas criações, as quais, por sua vez, criam a atmosfera espiritual. Segundo a expressão de Sâr Peladan, ele é *rei* não somente por seu poder, mas pela grandeza de seu dever.

Esse "belo" de que o artista é o sacerdote deve ser procurado apoiando-se no princípio do *valor interior*, que mostramos estar presente por toda a parte. E esse "belo" só pode ser medido na escala *da grandeza e da necessidade interior* que já nos foi tão útil, e em tantas ocasiões.

É belo o que provém de uma necessidade interior da alma. É belo o que é belo interiormente[65].

A alma do artista, se ela vive de fato, não tem necessidade de ser sustentada por pensamentos racionais e teorias. Ela descobre por si mesma algo para dizer, que o artista, no instante em que ouve, pode nem sempre compreender. *A voz interior da alma* revela-lhe qual é a forma que convém e onde deve procurá-la ("natureza" exterior ou interior). Cada artista que trabalha de acordo com o que se chama a intuição sabe como a forma que ele concebeu pode, de repente e da maneira mais inesperada, decepcioná-lo, e como outra forma, satisfatória essa, toma o lugar, "como por iniciativa própria", da primeira que ele rejeitou. Böcklin dizia que a verdadeira obra de arte deve ser como que uma única e grande improvisação. Em outros termos, concepção, construção, composição, são apenas degraus que conduzem ao objetivo – um objetivo frequentemente inesperado, mesmo para o artista. É nesse sentido que se deve entender o uso a fazer do contraponto futuro.

65. Não se deve entender por esse belo tão só o que depende da moral exterior (ou da moral interior), tal como tem curso nas relações ordinárias, mas tudo o que, mesmo imperceptivelmente, apura e enriquece a alma. É por isso que, em pintura, cada cor é bela interiormente, porque cada cor provoca uma vibração da alma e toda vibração enriquece a alma. Enfim, é por isso que pode tornar-se interiormente belo tudo o que exteriormente é "feio". O que se diz a respeito da arte vale também para a vida. Nada é "feio" quanto ao resultado interior, ou seja, quanto à ação produzida sobre a alma de outrem.

Um dos pioneiros, um dos primeiros criadores da espiritualidade contemporânea em que a arte de amanhã se inspirará, Maeterlinck, escreveu:

"Nada existe sobre a face da Terra que seja mais ávido de beleza e que se embeleze mais facilmente do que uma alma ... É por isso que poucas almas na Terra resistem ao domínio de uma alma que se devote à beleza."[66]

É essa qualidade *lubrificante* da alma que facilita o avanço e a ascensão, lenta, quase imperceptível, do triângulo espiritual, por vezes exteriormente freada, mas constante e ininterrupta.

66. *De la beauté intérieure.*

CONCLUSÃO

As reproduções anexas ao nosso texto ilustram as tendências construtivas da pintura.

As formas das tendências construtivas em pintura podem dividir-se em dois grupos principais:

1º – a composição simples, submetida a uma forma simples e clara, a que dou o nome de composição *melódica*;

2º – a composição complexa, na qual se combinam várias formas, todas elas submetidas a uma forma principal, clara ou velada. Essa forma principal pode, aliás, ser difícil de descobrir e de isolar exteriormente. A base interior da composição recebe então uma sonoridade particular. É a composição que chamo de *sinfônica*.

Entre esses dois grupos principais, inserem-se diferentes formas de transição nas quais se encontra necessariamente o princípio melódico.

Todo o processo de evolução se assemelha de maneira impressionante ao da música. Os desvios que se podem observar nesses dois processos são o efeito de uma outra lei que entra em jogo e que, até o presente, tinha sido sempre obstruída pela primeira lei da evolução. Tais desvios não são, portanto, determinantes.

Se eliminarmos da *composição melódica* o elemento objetivo, poremos a descoberto a forma pictórica que ele encobre e faremos que apareçam, assim, formas geométricas elementares ou um conjunto de linhas simples que traduzem um movimento geral. Esse movimento repete-se nas partes isoladas, às vezes com variantes devidas a linhas ou a formas separadas. Essas linhas ou essas formas podem, nesse caso, servir para diversos fins. Podem ser, por exemplo, uma espécie de conclusão – ou de suspensão – a que dou o nome empregado em música: "fermata"[67]. Todas essas formas construtivas têm uma sonoridade interior simples, como a de uma melodia. Por isso as qualifico de melódicas. Chamadas a uma vida nova por Cézanne e, mais tarde, por Hodler, essas composições melódicas receberam em nossos dias o nome de composições *rítmicas*. Foi esse, na pintura, o ponto de partida do renascimento da composição. Mas seria limitar demasiado estritamente a noção de rítmica ao aplicá-la tão só a essas composições. Cada construção musical é animada de um ritmo próprio; na natureza pode-se igualmente perceber um ritmo na repartição, em aparência fortuita, das coisas, e o mesmo ocorre na pintura. Mas, na natureza, esse ritmo está longe de ser sempre evidente, pois as intenções da natureza (em certos casos e, precisamente, nos casos importantes) mantêm-se ocultas para nós. Essa combinação confusa é chamada, por essa razão, de "arrítmica". A divisão em "rítmica" e "arrítmica" é, pois, inteiramente relativa e fruto de pura convenção. (O mesmo deve ser dito da divisão em consonância e em dissonância, que, no fundo, não existe.)

Grande número de quadros, esculturas e miniaturas de épocas passadas é feito de composições complexas e "rítmicas", com uma tendência acentuada para o princípio sinfônico. Recordemos os velhos mestres alemães, persas, japoneses, os ícones russos e, sobretudo, a iconografia popular, etc.[68]. Em quase todas essas obras, a composição sinfônica também é intimamente unida à composição melódica. Quer dizer que, se for afastado o elemento objetivo, o elemento "composição" assim destacado assume todo o seu valor. Aparece então uma composição onde se equilibram o sentimento de repouso, a repetição calma e a repartição harmo-

---

67. Cf., por exemplo, o mosaico de Ravena. O grupo principal forma um triângulo. Os outros personagens inclinam-se de maneira cada vez menos acentuada à medida que se distanciam do triângulo. O braço estendido e a cortina da porta constituem a "fermata".
68. Numerosas composições de Hodler são melódicas, com reminiscências sinfônicas.

niosa de todas as partes[69]. Pensamos sem querer nos velhos corais, em Mozart, em Beethoven. Essas obras aparentam-se à arquitetura sublime de uma catedral gótica. Calma e dignidade, equilíbrio, igual repartição dos elementos isolados, são o diapasão e a base espiritual de tais construções. Essas obras pertencem à forma de transição.

Nas novas composições sinfônicas, o elemento melódico só raramente aparece e sempre como elemento subordinado. Mas ele assume aí uma forma nova. As três reproduções de quadros meus, que dei como exemplo, pertencem a três gêneros distintos:

1º – impressão direta da "natureza exterior", sob uma forma desenhada e pintada. Chamei a esses quadros de *Impressões*;

2º – expressões, em grande parte inconscientes e, com frequência, formadas, subitamente, de eventos de caráter interior, portanto, impressões da "natureza interior". Chamo-lhes de *Improvisações*;

3º – expressões que se formam de maneira semelhante e, porém lentamente elaboradas, foram repetidas, examinadas e longamente trabalhadas a partir dos primeiros esboços, quase de modo pedante. Chamo-lhes de *Composições*. A inteligência, o consciente, a intenção lúcida, a finalidade precisa, desempenham neste caso um papel capital; só que não é o cálculo que predomina, mas sempre a intuição.

O paciente leitor que chegou ao fim deste livro compreenderá qual construção, consciente ou inconsciente, está na origem dos meus quadros, os quais pertencem a essas três categorias.

Observemos, para terminar, que nos aproximamos, dia após dia, da época em que a consciência e a inteligência terão um papel cada vez maior nas composições pictóricas, em que o pintor se orgulhará de explicar suas obras analisando sua construção

---

69. A tradição desempenha aqui um grande papel, sobretudo na arte popularizada. Tais obras nascem principalmente no apogeu de uma grande época de arte (e sobrevivem quando vai começar a seguinte). Sua eclosão favorece a atmosfera de calma interior. Já quando tudo germina, um número excessivo de elementos se acha em luta. Eles entrechocam-se e prejudicam-se mutuamente, e a calma não pode chegar a estabelecer-se e a irradiar-se. Em última análise, pode-se dizer, porém, que toda obra séria é calma. A essa calma final (sublimidade) só os contemporâneos não são sensíveis. Em toda grande obra séria ressoa uma palavra sublime e calma: "Eis-me aqui!". A admiração ou o descrédito dissipam-se. Nada mais fica, além do som eterno dessas palavras.

(atitude inversa à dos impressionistas, que se gabavam de nada poder explicar), em que criar se converterá numa operação consciente. Digamos, enfim, que já esse espírito novo da pintura está orgânica e diretamente associado ao advento do novo reinado do espírito que se prepara ante os nossos olhos, pois esse espírito será a alma da época da grande espiritualidade.

A GRAMÁTICA DA CRIAÇÃO

Sobre a questão da forma

Artigo publicado em 1912 *no* Almanaque do Cavaleiro Azul (Der Blaue Reiter). *Editado por Kandinsky e Franz Marc em Munique I (ed. Piper), o Almanaque era um aproveitamento das ideias que Kandinsky já tinha formulado em* Do *espiritual na arte acerca da nova arte e da síntese das artes.*

Para o entendimento desse texto, é necessário lembrar o valor que Kandinsky atribui ao preto e ao branco. Em seus poemas, em suas composições cênicas, em suas memórias ou em suas obras teóricas, o preto tem sempre uma ressonância trágica, quase maléfica. É o silêncio sem esperança. O branco, em contrapartida, é o silêncio que se situa antes de qualquer nascimento. É prenhe de promessas e de esperança.

Trata-se, no presente texto, de justificar o Princípio da Necessidade Interior, *ou o princípio da entrada em contato eficaz com a alma humana: as diferentes opções artísticas de todos os tempos são bem fundadas e fecundas quando saídas autenticamente da necessidade interior; quando criadas em função da força espiritual que guia todo artista.*

O Almanaque do Cavaleiro Azul *fornecia uma espécie de demonstração desse princípio também na música e no teatro (incluindo* Sonoridade amarela, *composição cênica do próprio Kandinsky). Sua apresentação mesclava reproduções de obras modernas e de gravuras em madeira com documentos antigos amorosamente escolhidos; obras antigas e modernas eram, pois, sistematicamente confrontadas, enquanto assuntos os mais diversos eram abordados visando a uma espécie de demonstração da síntese das artes.*

Para Kandinsky, é irrelevante que o artista recorra a uma forma real ou abstrata, pois, no fim das contas, elas se equivalem: "Por trás da grande diversidade dessas formas, é fácil reconhecer uma aspiração comum".

Sempre houve dois polos na arte: o realismo e a abstração. A diferença entre a arte tradicional e a arte moderna é que, na primeira, ambos os elementos encontravam-se em equilíbrio. A arte moderna "subtrai ao elemento abstrato o apoio anedótico", ou ao elemento realista o "suporte estético externo". Trata-se, pois, de realismo absoluto, de representação do objeto em si, sem consideração da beleza.

Está na lógica da abstração reduzir o elemento objetivo ao mínimo, da mesma forma que o realismo só tem a ganhar com a redução do elemento abstrato.

A questão da forma, destarte, é uma questão falsa, porquanto o essencial é que a forma nasça de uma necessidade interior, vale dizer, do conteúdo, e que as formas colhidas tenham uma ressonância interior, isto é, sejam organizadas com o intuito de expressar esse mesmo conteúdo de maneira eficaz.

Por conseguinte, é boa toda forma que exprima exatamente essa necessidade interior; e cada artista é livre para escolher a forma que lhe permitirá atingir melhor esse objetivo: "Subsistem as criações autênticas da arte, aquelas que possuem uma alma (conteúdo) em seu corpo (forma)... O mundo é prenhe de ressonâncias; constitui um cosmo de seres que exercem uma ação espiritual. A matéria morta é espírito vivo".

As necessidades alcançam a maturidade quando chega a sua hora. Em outras palavras, é então que o espírito *criador* (que se pode chamar de espírito abstrato) tem acesso à alma e depois às almas, provocando uma aspiração, um impulso íntimo.

Quando as condições necessárias à maturação de uma forma específica estão preenchidas, essa aspiração, esse impulso íntimo recebem o poder de criar no espírito humano um novo valor, que começa a viver consciente ou inconscientemente no homem. A partir desse momento, o homem busca consciente ou inconscientemente uma forma material para o valor novo que vive nele sob uma forma espiritual.

O valor espiritual está então à procura de uma materialização.

A palavra *material* desempenha aqui o papel de um "armazém" no qual o espírito, como um cozinheiro, vem escolher o que lhe é *necessário* em semelhante caso.

Eis o elemento positivo, criador. Eis o bem. *O raio branco que fecunda.*

Esse raio branco conduz à evolução, à elevação; por trás da matéria, no seio da matéria que oculta o espírito criador. O véu que envolve o espírito na matéria é não raro tão espesso que poucos homens, em geral, são capazes de discerni-lo. É assim que, em nossos dias, muita gente não vê o espírito na religião ou na arte. Há épocas que negam o espírito porque, então, os olhos dos homens são geralmente incapazes de ver o espírito. Assim era no século XIX, assim é ainda hoje em geral.

Os homens estão obcecados.

Uma mão negra veda-lhes os olhos. É a mão daquele que odeia.

Quem odeia procura por todos os meios deter a evolução, a elevação.

Eis o elemento negativo, destruidor. *A mão negra que semeia a morte.*

A evolução, o movimento para a frente e para o alto só são possíveis quando o caminho está livre, quando não se ergue nenhuma barreira. Tal é a *condição exterior.*

A força que impele o espírito humano para a frente e para o alto quando o caminho está livre é o espírito abstrato. É preciso, naturalmente, que ele repercuta e possa ser ouvido. O apelo deve ser possível. Tal é a *condição interior.*

Destruir essas duas condições é o meio empregado pela mão negra para se opor à evolução.

Os instrumentos que ela utiliza são o medo do caminho livre, o medo da liberdade (trivialidade) e a surdez em relação ao espírito (materialismo limitado).

Eis por que os homens consideram com hostilidade qualquer valor novo. Tenta-se combatê-lo pela zombaria e pela calúnia.

Aquele que instaura esse valor é apresentado como um indivíduo ridículo e obsceno. Zombam do valor novo, insultam-no. É o lado sinistro da vida.

A alegria da vida reside no triunfo irresistível e constante do valor novo.

Essa vitória é lenta. O valor novo conquista progressivamente os homens. E, quando ele se torna indiscutível aos olhos de muitos, converte-se esse valor, hoje indispensável, numa parede erguida contra o futuro.

A metamorfose do valor novo (fruto da liberdade) numa forma petrificada (muro erguido contra a liberdade) é obra da mão negra.

Toda evolução, isto é, o desenvolvimento interior e a civilização exterior, consiste pois em remover as barreiras.

As barreiras sempre são edificadas com os valores novos que demoliram as antigas.

Vê-se assim que, no fundo, não é o valor novo que constitui o elemento capital, mas o espírito que se manifestou em tal valor. E também a liberdade, condição necessária dessas manifestações.

Daí resulta que o absoluto não deve ser procurado na forma (materialismo).

A forma está invariavelmente ligada ao tempo, ou seja, é relativa, já que não passa do meio hoje necessário pelo qual a manifestação atual se comunica e ressoa.

A ressonância é, pois, a alma da forma, que só por ela pode vir à luz, e *age* do interior para o exterior.

A forma é a expressão exterior do conteúdo interior.

Eis por que não se deve divinizar a forma. Só se deve lutar pela forma na medida em que ela pode ajudar a exprimir a ressonância interior. Eis por que não se deve buscar a salvação *numa* forma particular.

Essa afirmação deve ser entendida corretamente. Para cada artista (artista produtivo, e não "seguidor"), seu meio de expressão é o melhor, visto que materializa aquilo que ele deve comunicar. Mas daí se tira amiúde a conclusão errônea de que esse meio de expressão é, ou deveria ser, igualmente o melhor para os demais artistas.

Como a forma não passa de uma expressão do conteúdo e o conteúdo difere segundo os artistas, segue-se que podem existir *na mesma época muitas formas diferentes* que são *igualmente boas. A necessidade cria a forma.* Há nas profundezas peixes que não têm olhos. O elefante tem uma tromba. O camaleão muda de cor etc.

Assim, o espírito de cada artista se reflete na forma. A forma traz o selo da *personalidade.*

Obviamente, não se pode conceber a personalidade como uma entidade situada fora do tempo e do espaço. Ao contrário, ela está sujeita, até certo ponto, ao tempo (época) e ao espaço (povo).

Cada artista tem sua palavra a dizer, tal como cada povo, e, por conseguinte, também o povo ao qual pertence esse artista. Tal relação se reflete na forma e constitui o elemento *nacional* da obra.

E, enfim, cada época tem sua tarefa, que permite a manifestação de novos valores. O reflexo desse elemento temporal é o que se chama de *estilo* de uma obra.

A existência desses três elementos que marcam uma obra é inevitável. Velar por sua presença é não somente supérfluo como prejudicial, já que a coação, também nesse domínio, só pode resultar numa obra ilusória, pouco duradoura.

Por outro lado, é evidentemente supérfluo e prejudicial querer tornar preponderante um só desses três elementos. Muitos artistas empenham-se hoje em enfatizar o elemento nacional, outros o estilo, do mesmo modo que recentemente alguns se consagraram, antes de tudo, ao culto da personalidade (do individual).

Como dissemos no começo, o espírito abstrato se apodera primeiro do espírito de um indivíduo para dominar em seguida um número sempre crescente de pessoas. Neste momento, certos artistas sofrem o influxo do espírito do tempo, que os impele para formas aparentadas umas às outras e que possuem, por conseguinte, uma semelhança exterior.

Tal momento coincide com o aparecimento do que se denomina um *movimento.* Este é perfeitamente legítimo e indispensável a um grupo de artistas (do mesmo modo que uma forma individual é indispensável a um artista).

E, assim como não se deve procurar a salvação na forma de um artista específico, tampouco se deve buscá-la nessa forma coletiva. Para cada grupo, a forma que ele adotou é a melhor, visto ser a melhor ilustração daquilo que ele tem por missão comunicar. Mas não se conclua daí que essa forma é ou deveria ser a melhor para todos. Nesse domínio, uma liberdade total deve reinar; deve-se admitir, deve-se considerar como boa (como artística) toda forma que constitui uma expressão exterior do conteúdo interior. Caso contrário, já não é ao espírito livre (o raio branco) que se serve, mas à barreira petrificada (a mão negra).

Aqui, chegamos ao resultado estabelecido acima: de modo geral, não é a forma (matéria) que é elemento essencial, mas o conteúdo (espírito).

A forma pode, pois, produzir um efeito agradável ou desagradável, aparecer como bela ou feia, harmoniosa ou desarmoniosa, hábil ou inábil, requintada ou grosseira etc. E, não obstante, ela não deve ser aceita ou rejeitada, nem por qualidades consideradas positivas, nem por qualidades tidas como negativas. Todas essas noções são absolutamente relativas, o que pode ser observado logo à primeira vista, quando se considera a série infinita das formas passadas.

A própria forma é também relativa. É assim que se pode apreciá-la e concebê-la. Devemos colocar-nos em face de uma obra de modo a permitir que sua forma atue sobre a nossa alma. E, através de sua forma, de seu conteúdo (espírito, ressonância interior). Senão, erige-se o relativo em absoluto.

Na vida prática, será difícil encontrar um homem que, querendo ir a Berlim, desça do trem em Regensbury. Na vida do espírito, descer em Regensbury é fato muito corriqueiro. Às vezes, o maquinista não deseja ir mais longe e todos os viajantes descem em Regensbury. Quantas pessoas que buscavam Deus não se detiveram finalmente diante de uma figura talhada em madeira! Quantas pessoas que buscavam a arte não acabaram prisioneiras de uma forma que um artista utilizara para seus próprios fins, quer se trate de Giotto, Rafael, Dürer ou Van Gogh!

Enfim, é necessário estabelecer este princípio: o essencial não é que a forma seja pessoal, nacional, de belo estilo, que corresponda ou não ao movimento geral da época, que se aparente ou não a um grande número ou a um pequeno número de formas, que seja isolada ou não; *o essencial, na questão da forma, é saber se ela nasceu de uma necessidade interior ou não*[1].

Analogamente, o aparecimento das formas no tempo e no espaço há de explicar-se pela necessidade interior que rege tal tempo ou tal espaço. Eis por que será finalmente possível discernir os caracteres distintivos de uma época e de um povo determinados e estabelecer uma lista esquemática desses caracteres. Quanto maior for a época – noutros termos, quanto mais numerosas forem suas aspirações ao espiritual –, mais formas ela produzirá e mais se observará nelas correntes que abrangem a época inteira (movimentos animados por grupos), o que é evidente.

Esses caracteres distintivos de uma grande época espiritual (cuja chegada se profetizou e que manifesta hoje um de seus primeiros estágios), nós os discernimos na arte atual.

São eles:
1. uma grande *liberdade,* ilimitada aos olhos de alguns;
2. que nos permite ouvir a voz do *espírito*;
3. que vemos manifestar-se nas coisas com uma *força particular*;
4. que utilizará gradualmente, e já utiliza, todos os *domínios espirituais* como seus instrumentos;
5. que, em cada domínio espiritual – portanto também nas artes plásticas (especialmente na pintura) –, cria numerosos *meios de expressão* (formas) individuais ou de grupos;
6. que dispõe atualmente de todo o estoque das coisas existentes, ou seja, utiliza como elemento formal *qualquer material,* do mais "duro" à abstração bidimensional.

Retomemos cada um desses pontos, desenvolvendo-os.

1. A liberdade se expressa no esforço do espírito para libertar-se das formas que já cumpriram o seu papel – das formas antigas – e para criar a partir delas formas novas, infinitamente diversas.

---

1. Ou seja, não se deve fazer da forma um uniforme. As obras de arte não são soldados. No mesmo artista, uma só e mesma forma pode ser ora a melhor, ora a pior. No primeiro caso, ela procede da necessidade interior, no segundo, da necessidade exterior: da ambição e da cupidez.

2. A procura involuntária dos limites extremos que os meios de expressão da época atual podem atingir (meios de expressão da personalidade, do povo, do tempo) implica, por outro lado, que essa liberdade aparentemente absoluta, determinada pelo espírito do tempo, se subordine à procura e que se especifique a direção em que ela há de efetuar-se. O inseto que corre em todos os sentidos debaixo de um copo crê gozar de uma liberdade ilimitada. Mas não tarda a chocar-se com o copo: pode olhar além dele, mas não ir mais longe. Entretanto, o movimento do copo para a frente lhe dá a possibilidade de percorrer um novo espaço, já que seu deslocamento é determinado pela mão que desloca o copo. Nossa época, que se julga absolutamente livre, também se chocará com limites determinados, mas tais limites serão deslocados "amanhã".

3. Essa liberdade aparentemente total e a intervenção do espírito decorrem do fato de que começamos a experimentar o espírito, a *ressonância interior* em todas as coisas. Ao mesmo tempo, essa capacidade que começamos a possuir produz um fruto mais maduro pelo concurso da liberdade aparentemente total e da invenção do espírito.

4. Não tentaremos aqui especificar esses efeitos, tal como se manifestam nos domínios espirituais. Todavia, cada qual deve compreender que, mais cedo ou mais tarde, a colaboração entre a liberdade e o espírito haverá de refletir-se por toda a parte[2].

5. Nas artes plásticas (especialmente na pintura), deparamos hoje com uma quantidade surpreendente de formas que ora aparecem como formas criadas por grandes personalidades isoladas, ora arrastam grupos inteiros de artistas numa grande corrente cuja direção é perfeitamente precisa.

Não obstante, por trás da grande diversidade dessas formas é fácil reconhecer uma aspiração comum. E é exatamente nesse movimento maciço que discernimos o espírito das formas que se impõem a toda uma época. De sorte que basta dizer: *tudo é permitido*. O que é permitido hoje tem, contudo, limites

---

2. Tratei desse assunto de maneira mais pormenorizada em minha obra *Do espiritual na arte*.

que não se podem transpor. O que é proibido hoje mantém-se inabalavelmente.

Não deveríamos fixar-nos limites, visto que tais limites existem de qualquer maneira. Isso é verdade não só para o emissor (o artista) como também para o receptor (o público). Este pode e deve seguir o artista e não deveria ter o mínimo temor de ser tangido para caminhos errados. O homem não é capaz de mover-se em linha reta, nem fisicamente (pensemos nas trilhas através dos campos ...), nem, muito menos, espiritualmente. De todas as rotas espirituais, o caminho reto é quase sempre o mais longo, pois é o caminho errado, enquanto aquele que parece errado muitas vezes é o melhor.

O "sentimento" expresso de maneira elevada conduzirá, mais cedo ou mais tarde, o artista e o público ao caminho certo. O apego temeroso a *uma* forma leva inevitavelmente ao impasse, enquanto o sentimento sincero conduz à liberdade. No primeiro caso há obediência à matéria, no segundo ao espírito: o espírito cria uma forma e passa a outras formas.

6. O olhar dirigido para um ponto (quer se trate da forma ou do conteúdo) não pode abarcar uma grande superfície. O olhar que erra distraidamente sobre uma grande superfície percebe a totalidade dessa superfície ou uma parte dela, mas prende-se a disparidades exteriores e se perde em contradições. A causa de tais contradições reside na diversidade dos meios que o espírito atual extrai, aparentemente sem o menor plano, do estoque dos materiais disponíveis. Muita gente fala de "anarquia" para qualificar o estado atual da pintura. A mesma crítica é feita à música contemporânea. Tais pessoas acreditam assistir, erroneamente, a uma subversão desordenada. A anarquia implica método e ordem – método e ordem não produzidos por uma violência externa e, no fim das contas, decepcionante, mas criados pelo *sentimento do que é conveniente*. Também aqui vemos, pois, levantarem-se limites, mas limites que devemos qualificar de *interiores* e que devem substituir os limites exteriores. E tais limites são levados cada vez mais longe, do que resulta uma liberdade sempre crescente que, por seu turno, abre o caminho para novas manifestações. A arte atual, que cabe efetivamente qualificar de anárquica, não reflete, nesse

sentido, apenas o ponto de vista espiritual já atingido, mas traduz por sua força materializante o espiritual suficientemente amadurecido para se manifestar.

As formas que o espírito retira do estoque dos materiais disponíveis ordenam-se facilmente em torno de dois polos:
1. a abstração máxima,
2. o realismo máximo.

Esses dois polos abrem *dois caminhos* que conduzem finalmente *a um único objetivo*.

Entre esses dois polos se situam as inúmeras combinações entre o abstrato e o real em suas variadas harmonias.

Esses dois elementos sempre existiram na arte, devendo um ser designado como "puramente estético", o outro como "objetivo". O primeiro exprimia-se no segundo, enquanto o segundo estava a serviço do primeiro. Estava-se diante de uma dosagem variável que buscava aparentemente atingir o cimo do ideal num equilíbrio absoluto.

Hoje em dia, parece que esse ideal já não constitui um fim para nós, que o fiel que sustentava os pratos da balança desapareceu e que os dois pratos têm a intenção de levar uma vida independente. Também aqui, nessa destruição da balança ideal, pressente-se algo de "anárquico". Ao que tudo indica, a arte pôs fim à agradável complementaridade entre o abstrato e o objetivo.

Por um lado, o artista subtrai ao objeto abstrato o apoio anedótico que ele toma sobre o elemento objetivo e deixa o público na incerteza. Diz-se: a arte abandona a terra firme. Por outro lado, o artista descarta, pela abstração, toda idealização anedótica do elemento objetivo, de modo que o público se sente preso ao chão. Diz-se: a arte abandona o ideal. Essas queixas decorrem de o sentimento estar insuficientemente desenvolvido. O hábito de prestar uma atenção particular à forma e de apegar-se à forma tradicional do equilíbrio de que falamos extravia o sentimento público, impedindo-o de sentir a obra de arte com um espírito livre.

O realismo máximo, que por enquanto só faz despontar, porfia em eliminar do quadro o elemento estético exterior a fim de expressar o conteúdo da obra pela simples (inestética) reprodução do objeto em sua singeleza e nudez.

O invólucro exterior do objeto – assim concebido e fixado no quadro –, assim como a concomitante eliminação da importuna beleza convencional, liberam mais seguramente a ressonância interior das coisas. Quando o elemento "estético" se vê reduzido ao mínimo, é precisamente por intermédio desse invólucro que a alma do objeto se manifesta com mais vigor; então, a beleza externa e lisonjeira já não vem desviar dele o espírito[3].

E isso só é possível porque somos cada vez mais capazes de entender o mundo como ele é, portanto sem acrescentar-lhe qualquer interpretação embelezadora.

O elemento estético reduzido ao mínimo deve ser reconhecido como o mais poderoso elemento abstrato[4].

A esse realismo opõe-se a abstração máxima, que porfia em eliminar de uma maneira aparentemente total o elemento objetivo (real) e procura traduzir o conteúdo da obra em formas "imateriais". Assim concebida e fixada num quadro, a vida abstrata das formas objetivas reduzidas ao mínimo, com a predominância evidente das unidades abstratas, revela o mais seguramente possível a ressonância interior da obra. Assim como o realismo reforça a ressonância interior pela eliminação do abstrato, a abstração reforça essa ressonância pela eliminação do real. No primeiro caso, era a beleza

---

3. O conteúdo da beleza convencional já absorveu o espírito e não mais encontra nele alimento novo. A forma dessa beleza proporciona aos olhos corporais – que são preguiçosos – os gozos com os quais eles se acostumaram. O efeito da obra não procede do domínio corporal. A experiência espiritual torna-se impossível. Eis por que essa beleza constitui amiúde uma força que não conduz ao espírito, mas desvia desse.
4. *A diminuição quantitativa do elemento abstrato equivale pois ao seu aumento qualitativo*. Deparamos aqui com uma lei essencial: a amplificação *exterior* de um meio de expressão pode diminuir sua força *interior*: 2 + 1 são então menos que 2 – 1. Essa lei se verifica naturalmente também na menor forma de expressão: uma mancha de cor perde com frequência um pouco de sua intensidade e, portanto, de seu efeito, pelo aumento exterior de sua força. Para conferir às cores um movimento particularmente eficaz, muitas vezes é necessário entravar o ritmo; uma ressonância dolorosa pode ser obtida pela suavidade da cor etc. Tudo isso resulta da lei dos contrastes e de suas consequências. Numa palavra: *a forma verdadeira nasce da combinação do sentimento* com *a ciência*. Assim, se me for permitida uma nova comparação culinária, um bom prato resulta da combinação de uma boa receita (na qual todas as quantidades são exatamente indicadas) com o sentimento do cozinheiro. O surto do saber é um dos grandes traços característicos da nossa época: aos poucos a ciência estética vai ocupando o lugar que lhe compete. Ela será, no futuro, o "baixo contínuo", conquanto seu desenvolvimento comporte um número infinito de vicissitudes.

convencional, exterior e lisonjeira que impedia de ver; no segundo, o objeto exterior, ao qual os olhos estão acostumados e que serve de suporte ao quadro, que desempenha esse papel.

A "compreensão" desse gênero de quadros exige a mesma libertação que a "compreensão" dos quadros realistas: também na presença deles devemos ser capazes de entender o mundo inteiro tal como ele é, sem acrescentar qualquer interpretação ligada a objetos. Essas formas abstratas (linhas, superfícies, manchas etc.) não têm importância enquanto tais, mas unicamente por sua ressonância interior, por sua vida. Do mesmo modo, nas obras realistas não é o próprio objeto ou seu invólucro exterior que contam, mas sua ressonância interior, sua vida.

Na arte abstrata, o elemento objetivo reduzido ao mínimo deve ser reconhecido como o mais poderoso elemento real[5].

Vemos pois, no fim das contas, que, se no realismo máximo o elemento real aparece como ostensivamente importante e o elemento abstrato como ostensivamente irrelevante – relação que parece inversa na grande abstração –, esses dois polos são equivalentes em última análise, isto é, do ponto de vista do objetivo visado.

Realismo = abstração. Abstração = realismo.

A maior dessemelhança exterior torna-se a maior semelhança interior.

Alguns exemplos nos farão passar do domínio da reflexão para a ordem das coisas tangíveis. Se o leitor considerar com um novo olhar qualquer letra destas linhas, em outras palavras, se não a encarar como um signo conhecido que faz parte de uma palavra, mas como uma *coisa*, já não verá nessa letra uma forma abstrata criada pelo homem visando a um certo fim – a designação de um determinado som –, mas uma forma concreta que produz por si só uma impressão exterior e interior, independente de sua forma abstrata. Nesse sentido, a letra se compõe:

1. de uma forma principal – seu aspecto global – que aparece (muito imperfeitamente falando) como "alegre", "triste", "dinâmica", "lânguida", "provocante", "orgulhosa" etc.;

---

5. Encontramos, portanto, no polo oposto, a lei já mencionada segundo a qual a *diminuição quantitativa equivale* a *um aumento quantitativo*.

2. de diferentes linhas orientadas de diversas maneiras que produzem por seu turno uma impressão "alegre", "triste" etc.

Se o leitor tomar consciência desses dois elementos, logo experimentará a sensação que essa letra provoca enquanto *ser* dotado de uma *vida interior*.

Não vá alguém objetar que a letra em questão não agirá da mesma forma sobre cada um. Essa diferença é secundária; de um modo geral, todas as coisas agem de uma maneira sobre um indivíduo e de outra sobre outro. Constatamos que a letra se compõe de dois elementos que, no entanto, exprimem, no fim das contas, *uma única* ressonância. As linhas tomadas isoladamente podem ser "alegres", ao passo que a impressão global (elemento 1) pode produzir um efeito de "tristeza" etc. Os diferentes movimentos do segundo elemento são partes orgânicas do primeiro. Em qualquer melodia, sonata ou sinfonia, observamos a mesma subordinação dos elementos isolados a *um único* efeito global. E o mesmo podemos dizer de um desenho, de um esboço, de um quadro. Neles se manifestam as leis da construção. Mas, por enquanto, queremos sublinhar apenas um ponto: a letra produz certo efeito, e esse efeito é duplo:
1. ela age enquanto signo dotado de uma finalidade;
2. ela age, primeiro enquanto forma, depois enquanto ressonância interior dessa forma, por si mesma e de maneira totalmente independente.

Concluiremos daí que *o efeito exterior pode diferir do efeito interior,* produzido pela *ressonância interior,* o que constitui um dos *meios de expressão* mais *poderosos* e mais *profundos* de qualquer composição[6].

Tomemos outro exemplo. No mesmo livro vemos um travessão. Se ele estiver corretamente colocado – como faço aqui –, temos um traço que possui um significado prático e uma finalidade. Se prolongarmos esse tracinho, deixando-o no lugar correto, ele conservará o seu sentido, porém o caráter insólito desse prolongamento

---

6. Limito-me aqui a aflorar esses grandes problemas. Aprofundando-os, o leitor descobrirá por suas próprias forças o que esta última conclusão, por exemplo, comporta de misterioso e exaltante.

lhe conferirá uma coloração indefinível: o leitor se perguntará por que o traço é tão comprido e se esse comprimento não possui um significado prático e uma finalidade. Coloquemos o mesmo travessão num lugar errado (como – o faço aqui). Ele perderá seu significado e sua finalidade, despertará a sensação de um erro tipográfico, assumirá um caráter negativo. Coloquemos o mesmo traço numa página em branco, prolongando-o e arredondando-o, por exemplo. Esse caso assemelha-se bastante ao precedente, só que pensamos (enquanto subsistir a esperança de uma explicação) que o traço possui um significado e uma finalidade. Em seguida, se não lhe descobrimos nenhuma explicação, ele assume um caráter negativo. Mas, como o livro apresenta este ou aquele traço, não podemos excluir em definitivo que ele tenha um sentido.

Tracemos agora uma linha num meio que escape completamente à finalidade prática, por exemplo, numa tela. Enquanto o espectador (já não se trata de um leitor) considerá-la como um meio de delimitar um objeto, continuará submetido à impressão da finalidade prática. Mas, no momento em que disser a si mesmo que, na pintura, o objeto prático desempenha com frequência um papel meramente fortuito e não puramente pictórico, que a linha possui amiúde um significado apenas pictórico[7], sua alma se tornará capaz de experimentar a *ressonância puramente interior* dessa linha.

O objeto, a coisa, com isso, são eliminados do quadro? Não.

A linha, já o vimos, é uma coisa dotada de um sentido e de uma finalidade prática, tal como uma cadeira, uma fonte, uma faca, um livro. E, em nosso último exemplo, essa coisa é utilizada como meio puramente pictórico, com exclusão dos demais aspectos que ela possa possuir – portanto, em sua ressonância puramente interior.

Se, por conseguinte, uma linha é libertada da obrigação de designar uma coisa num quadro e funciona ela própria como uma coisa, sua ressonância interior não se vê mais enfraquecida por nenhum papel secundário e ela recebe sua plena força interior.

---

7. Van Gogh utilizou a linha enquanto tal como uma força particular, sem intenção de delimitar o objeto.

Chegamos assim à conclusão de que a abstração pura, como o realismo puro, se serve das coisas em sua existência material. A maior negação do objeto e sua maior afirmação são equivalentes. E tal equivalência se justifica pela perseguição do mesmo objetivo: a expressão da mesma ressonância interior.

Vemos pois que, em princípio, *não tem importância que o artista recorra a uma forma real ou abstrata, já que elas são interiormente equivalentes*. A escolha há de ser deixada ao artista, que deve saber melhor que ninguém por qual meio ele é capaz de materializar mais claramente o conteúdo de sua arte. Em termos mais abstratos, podemos dizer que *em princípio não existe o problema da forma*.

Efetivamente, se houvesse em princípio um problema da forma, também ele poderia receber uma resposta. E quem conhecesse essa resposta estaria em condições de criar obras de arte, o que quer dizer que a arte já não existiria. Em termos práticos, o problema da forma se converte numa outra questão: que forma devo utilizar em tal caso para chegar à expressão necessária de meu sentimento interior? Em tal caso, a resposta é sempre de uma precisão científica, absoluta, mas tem um valor apenas relativo para outros casos. Em outras palavras, a forma que é a melhor num caso pode ser a pior em outro: tudo depende da necessidade interior, que só pode ser proporcionada por uma forma correta. E uma forma só pode ter significado para um público se a necessidade interior a tiver escolhido, sob a pressão do tempo e do lugar, entre outras que lhe são aparentadas. Isso não altera em nada o significado relativo da forma, que pode ser correta num determinado caso e falsa em muitos outros.

Todas as regras que foram descobertas na arte antiga e as que serão mais tarde – regras às quais os historiadores de arte atribuem uma importância exagerada – nada têm de geral: elas não conduzem à arte. Se eu conhecesse as regras da marcenaria, sempre seria capaz de fabricar uma mesa. Mas quem conhecesse as leis presumidas da pintura jamais estaria certo de criar uma obra de arte.

Tais regras, que logo constituirão o "baixo contínuo" da pintura, nada mais são do que o conhecimento do efeito interior dos diferentes meios e de sua combinação. Mas nunca existirão regras que permitam, num dado caso, empregar a forma necessária para este ou aquele efeito e combinar os diferentes meios.

Resultado prático: *não se deve jamais acreditar num teórico (historiador da arte, crítico etc.) quando ele afirma ter descoberto um erro objetivo numa obra.*

A *única coisa* que um teórico tem o direito de afirmar é que ainda não conhecia esta ou aquela aplicação de um meio. Os teóricos que criticam ou elogiam uma obra partindo da análise das formas já existentes são os intermediários mais perniciosos e mais enganadores, porque erigem uma parede entre a obra e aquele que a contempla ingenuamente.

Desse ponto de vista (não raro, infelizmente, o único possível), *a crítica de arte é o pior inimigo da arte.*

O *crítico de arte ideal* seria, pois, não aquele que procura descobrir os "erros"[8], os "defeitos", as "ignorâncias", os "empréstimos" etc., mas aquele que tentasse *sentir* como esta ou aquela forma age e que, em seguida, comunicasse ao público aquilo que experimentou.

Para isso, o crítico deveria obviamente possuir uma alma de poeta, já que o poeta deve sentir as coisas de maneira objetiva para traduzir de maneira subjetiva o seu sentimento. O crítico, numa palavra, deveria ser dotado de uma força criadora. Na realidade, porém, os críticos são com muita frequência artistas fracassados, que malograram por não disporem eles próprios dessa força criadora e que, por essa razão, se sentem chamados a dirigir a dos outros.

O problema da forma tem repercussões funestas sobre os artistas por mais uma razão. Servindo-se de formas que lhes são estranhas, homens desprovidos de dons (isto é, homens a quem nenhum instinto *interior* impele a serem artistas) criam obras factícias que semeiam a confusão.

Precisemos o nosso pensamento. Para a crítica, para o público, e muitas vezes para os próprios artistas, a utilização de uma forma estranha constitui um crime, um embuste. Na realidade, isto só

---

8. Por exemplo, "erros contra a anatomia", "defeitos de desenho" etc., ou, mais tarde, as violações do "baixo contínuo" futuro.

acontece quando o "artista" recorre a essa forma estranha sem ser impulsionado por uma necessidade interior, pois então ele cria uma obra factícia, sem vida. Em compensação, quando, para exprimir seus movimentos e sua experiência interiores, o artista usa de tal ou qual forma "estranha" correspondente à sua verdade interior, ele não faz mais que exercer o seu direito: o direito que lhe pertence de utilizar qualquer forma da qual ele experimenta a *necessidade interior* – quer se trate de um objeto de uso comum, de um corpo celeste ou de uma forma já materializada esteticamente por outro artista.

Todo esse problema da "imitação"[9] está longe de revestir a importância que a crítica lhe atribui[10]. O que está vivo permanece, o que está morto desaparece.

Com efeito, quanto mais o nosso olhar remonta ao passado, menos descobriremos nele obras factícias, mentirosas. Elas desapareceram misteriosamente. Só subsistem as criações autênticas da arte, as que possuem uma alma (conteúdo) em seu corpo (forma).

Se o leitor considerar um objeto qualquer colocado sobre sua mesa (uma ponta de charuto que seja), aprenderá seu sentido exterior ao mesmo tempo que experimentará sua ressonância interior, sendo um sempre independente do outro. Assim será em qualquer lugar e em qualquer tempo, na rua, numa igreja, no ar, na água, num estábulo, numa floresta.

O mundo está cheio de ressonâncias. Ele constitui um cosmo de seres que exercem uma ação espiritual. A matéria morta é espírito vivo.

Se extrairmos do efeito independente que resulta da ressonância interior as consequências relativas ao nosso assunto, veremos que esta se reforça quando o sentido exterior do objeto é deixado de lado. De fato, esse sentido está ligado ao mundo prático

---

9. Nenhum artista ignora as aberrações da crítica nesse domínio. A crítica sabe que, sobre esse ponto, ela pode formular as afirmações mais desprovidas de sentido com completa impunidade. Pouco tempo atrás, por exemplo, a *Negra* de Eugen Kahler, que é um bom estudo naturalista, foi comparada... a um quadro de Gauguin. A única coisa que podia autorizar semelhante paralelo é a pele escura do modelo (cf. *Münchner Neueste Nachrichten*, 12 de outubro de 1911). E coisas do estilo.
10. A exagerada importância que ela confere a essa questão lhe permite desacreditar impunemente o artista.

e por isso mesmo abafa a ressonância interior. Assim se explica a impressão profunda produzida por um desenho de criança sobre um espírito imparcial e sem prevenção. O mundo prático e seus fins são estranhos à criança, que olha todas as coisas com olhos ingênuos e ainda possui suficiente frescor para considerá-las em si mesmas. Só mais tarde, através de muitas experiências não raro penosas, é que ela aprenderá gradualmente a conhecer o mundo prático e seus fins. Em qualquer desenho de criança, sem exceção, a ressonância interior do objeto se revela por si mesma. Os adultos, notadamente os professores, empenham-se em inculcar na criança o conhecimento do mundo prático e criticam-lhe o desenho colocando-se do ponto de vista da vulgaridade: "teu homenzinho não pode andar porque só tem uma perna", "tua cadeira está torta, não se pode sentar nela" etc.[11]. A criança zomba então de si mesma. Na realidade, ela deveria era chorar. Ademais, a criança bem-dotada possui não somente a faculdade de eliminar do objeto o que ele tem de exterior como também o poder de revestir sua alma com a forma ali onde ela se manifesta mais fortemente – pela qual ela age (ou "fala", como também se diz) com mais intensidade.

Toda forma comporta vários aspectos. Sempre se descobrem nela propriedades eficazes. Não quero sublinhar aqui senão um traço característico, mas importante, dos desenhos infantis bem executados: sua composição. O que salta aos olhos nesses desenhos é a aplicação inconsciente, espontânea, do que afirmávamos acima a propósito da letra. Seu *aspecto global* é quase sempre muito preciso, de uma precisão que chega às vezes ao esquematismo, e as *formas particulares*, construtivas da forma global, são dotadas de uma existência própria (cf., por exemplo, os *Árabes* de Lydia Wieber). Há na criança uma imensa força inconsciente que se expressa em seus desenhos e faz deles obras que igualam as dos adultos (quando não as ultrapassam de longe)[12].

---

11. Como sucede tantas vezes, ensina-se a quem deveria ensinar – e mais tarde estranha-se que as crianças bem-dotadas não deem em nada.
12. Encontramos esse assombroso dom da composição na "arte popular" (por exemplo, nos ex-votos dos pestíferos provenientes da Igreja de Murnau).

Todo fogo acaba em cinzas. Todo rebento demasiado precoce é ameaçado pela geada. Todo jovem talento, por uma academia. Isso não é um dito espirituoso, mas uma triste realidade. A academia é o meio mais seguro de dar o golpe de misericórdia no gênio infantil de que acabamos de falar. Ela bloqueia mais ou menos até mesmo um talento fora de série e poderoso. Quanto aos dons menos brilhantes, perecem às centenas. Um homem medianamente dotado que recebeu uma formação acadêmica pode caracterizar-se como um indivíduo que assimilou a prática, mas se tornou surdo à ressonância interior. Confeccionará desenhos "corretos", mas sem vida.

Quando um indivíduo sem formação artística, portanto desprovido de conhecimentos artísticos objetivos, pinta alguma coisa, o resultado nunca é artificial. Temos aí um exemplo da ação da força interior, que só é influenciada pelo conhecimento *geral* do mundo prático e de seus fins.

Mas, como em tal caso esse conhecimento geral só pode intervir de uma maneira limitada, o elemento exterior do objeto se vê igualmente eliminado (menos que na criança, contudo em grande medida), e a ressonância interior torna-se mais intensa: nasce então uma coisa não morta, mas viva. Disse Cristo: "Deixai vir a mim as criancinhas, porque delas é o Reino dos Céus".

O artista que se assemelha bastante à criança durante toda a sua vida é frequentemente mais apto que ninguém para perceber a ressonância interior das coisas. Desse ponto de vista, é interessante notar com que simplicidade e segurança o compositor Arnold Schönberg utiliza os meios da pintura. De um modo geral, ele se preocupa apenas com a ressonância interior. Deixa de lado todos os floreios e enfeites, e a forma mais "pobre" converte-se em suas mãos na mais rica (cf. seu autorretrato).

Tocamos aqui na raiz do novo grande realismo. Mostrando simples e exclusivamente o invólucro externo de uma coisa, o artista o isola do mundo prático e de seus fins para revelar sua ressonância interior. Henri Rousseau, que devemos considerar como o pai desse realismo, mostrou-lhe o caminho de um modo tão simples quanto convincente.

Henri Rousseau abriu o caminho para as possibilidades novas da simplicidade. Para nós, esse aspecto de seu talento tão diversificado é atualmente o mais importante.

Uma relação qualquer deve unir entre si os objetos ou as partes do objeto. Este pode ser ostensivamente harmonioso ou ostensivamente desarmônico. O artista pode empregar um ritmo esquematizado ou oculto.

A direção atual da arte, que impele irresistivelmente os artistas a valorizar a composição de suas obras e a revelar as leis futuras da nossa grande época, é a força que os obriga a orientar-se no sentido de um objetivo único através dos mais variados caminhos.

É natural que em tal caso o homem se volte para o que é, ao mesmo tempo, o mais regular e o mais abstrato. Vemos, assim, que diferentes períodos artísticos utilizaram o triângulo como base da construção. Esse triângulo era amiúde equilátero, o que valorizava o número, isto é, o elemento abstrato dessa forma. Na procura das relações abstratas que se manifesta em nossos dias, o número desempenha um papel capital. Toda fórmula numérica é fria como um pico coberto de gelo e, por sua regularidade absoluta, firme como um bloco de mármore. É fria e firme, como toda necessidade. Na origem do que se denomina cubismo, há o desejo de reduzir a composição a uma fórmula. Essa construção "matemática" é uma forma que às vezes deve conduzir – e de fato conduz, quando metodicamente aplicada – à destruição completa dos nexos materiais que unem as partes de um objeto (cf., por exemplo, Picasso).

Esse tipo de arte tem por fim a criação de obras que vivem por sua organização própria e se tornam, com isso, entes autônomos. Se, de um modo geral, se pode criticar alguma coisa em tal arte, é *unicamente* o fato de ela recorrer a um emprego restrito do número. Tudo pode ser traduzido por uma fórmula matemática, ou simplesmente por um número. Mas existem números e números: 1 e 0,3333... são seres semelhantemente legítimos, dotados de igual ressonância interior. Por que contentar-nos com 1? Por que excluir 0,3333...? A questão que se coloca é, pois, a seguinte: por que restringir a expressão artística pelo recurso exclusivo aos triângulos ou às formas geométricas análogas? Repitamo-lo: o esforço de composição dos "cubistas" está diretamente vinculado à necessidade de criar entidades puramente pictóricas que, por um lado, agem por intermédio do objeto representado e, por outro, atingem a abstração pura pelas variadas combinações de suas ressonâncias.

Entre a composição puramente abstrata e a composição puramente realista há lugar, num quadro, para a combinação dos elementos realistas e abstratos. Essas possibilidades de combinação são grandes e múltiplas. Em todos os casos, a obra pode viver com intensidade, impondo-lhe o artista livremente a sua forma.

O artista é e permanece livre para combinar os elementos abstratos e os elementos objetivos, para realizar uma escolha entre a série infinita das formas abstratas ou do material que os objetos lhe fornecem – em outras palavras, é livre para escolher seus próprios meios. Assim fazendo, ele obedece unicamente ao seu desejo interior. Uma forma hoje desprezada e desacreditada, que parece situar-se à margem da grande corrente da pintura, aguarda simplesmente o seu mestre. Essa forma não está morta, mas apenas em letargia. Quando o conteúdo – o espírito que só pode manifestar-se por essa forma aparentemente morta – alcança a maturidade, quando soa a hora de sua materialização, ele entra nessa forma e fala através dela.

O profano, em particular, não deveria abeirar-se de uma obra perguntando-se o que o artista *não fez*; ou seja, não deveria colocar esta questão: "Em que o artista se dá ao luxo de desprezar as *minhas* expectativas?". Ao contrário, ele deveria perguntar-se o que o artista *fez*, fazer esta pergunta: "Que desejo interior *pessoal* o artista expressou nessa obra?". Creio que chegará o tempo em que também a crítica considerará que sua tarefa é não detectar os aspectos negativos, mas discernir e dar a conhecer os resultados positivos, os êxitos. Diante de uma produção de arte abstrata, a crítica contemporânea se pergunta antes de mais nada: "Como distinguir o verdadeiro do falso em tal obra?", ou seja: "Como se pode descobrir nela possíveis senões?". É esta uma de suas "principais" preocupações. Não deveríamos ter para com a obra de arte a mesma atitude que se tem para com um cavalo que queremos comprar. No caso do cavalo, o defeito importante reduz a nada todas as qualidades que ele possa ter e torna-o sem valor; com a obra de arte a relação é inversa: uma qualidade importante reduz a nada todos os defeitos que ela possa ter e torna-a preciosa.

Uma vez admitido esse ponto de vista, as questões de forma, colocadas em nome de princípios absolutos, cairão por si mesmas; o problema da forma receberá o valor relativo que lhe convém, e o artista ficará finalmente livre para escolher o que lhe é necessário para cada obra.

Antes de terminar estas poucas considerações, infelizmente demasiado breves, acerca da questão da forma, gostaria de falar neste livro[13] de alguns exemplos de construção. Serei obrigado, aqui, a sublinhar apenas um aspecto das obras, fazendo abstração de suas inúmeras outras particularidades, que não caracterizam somente uma obra, mas também a alma do artista.

Os dois quadros de Henri Matisse mostram como a composição "rítmica" (*A dança*) possui uma outra vida interior e, portanto, uma outra ressonância, além da composição em que as partes do quadro se justapõem de maneira aparentemente arrítmica (*A música*). Essa comparação prova à saciedade que a salvação só pode residir num esquema claro, numa rítmica clara.

A forte ressonância abstrata da forma corporal não exige absolutamente a destruição do objeto. O quadro de Marc (*O touro*) atesta que tampouco existe regra geral nesse domínio. O objeto pode, pois, conservar perfeitamente sua ressonância interior e exterior, suas diferentes partes podem converter-se em formas abstratas de ressonância independente e produzir uma impressão global abstrata.

A natureza-morta de Münter mostra que a tradução desigual dos objetos numa tela não só se opera sem prejuízo como cria, se for corretamente efetuada, uma ressonância interior vigorosa e completa. O acorde exteriormente desarmônico é, nesse caso, a causa do efeito interior harmonioso.

---

13. Trata-se do *Almanaque do Cavaleiro Azul (Blaue Reiter)*, no qual figurava este artigo.

Os dois quadros de Le Fauconnier constituem um exemplo particularmente instrutivo. Formas análogas "em relevo" produzem aí dois efeitos interiores diametralmente opostos pelo simples fato da distribuição dos "pesos". *Abundância* traduz um som quase trágico pela sobrecarga dos pesos; *Paisagem lacustre* faz pensar num poema claro e transparente.

Se o leitor desta obra for capaz de esquecer por algum tempo seus desejos, pensamentos e sentimentos e folhear estas páginas – que o farão passar de um ex-voto a Delaunay, de Cézanne a uma gravura popular russa, de uma máscara a Picasso, de uma composição de vidro a Kubin etc. etc. –, sua alma sentirá numerosas vibrações que o farão penetrar no domínio da arte. Ele não descobrirá em tais obras imperfeições revoltantes, defeitos irritantes, mas retirará delas um enriquecimento da alma, esse enriquecimento que só a arte é capaz de dar.

Mais tarde, o artista e o leitor poderão passar a considerações objetivas, a uma análise científica. Ver-se-á então que todas as obras examinadas obedecem a um impulso interior (composição) e que repousam numa base interior (construção). O conteúdo de uma obra pertence a um ou outro dos dois processos para os quais confluem hoje todos os movimentos secundários (Só hoje? Ou se trata apenas de um fenômeno hoje visível?). Esses dois processos são:
1. a desagregação da vida material sem alma do século XIX, isto é, o abandono dos apoios materiais considerados como os únicos sólidos, a decomposição e a dissolução das partes isoladas;
2. a edificação da vida intelectual e espiritual do século XX, da qual já somos testemunhas e que já se manifesta, encarna-se hoje em formas expressivas e vigorosas.

Esses dois processos constituem os dois aspectos do "movimento contemporâneo". Seria presunçoso qualificar o que já foi atingido, ou mesmo fixar um termo último para esse movimento: seríamos logo e cruelmente punidos pela perda da liberdade.

Como já afirmamos tantas vezes, não devemos tender à limitação, mas à libertação. Não devemos rejeitar nada sem um esforço *obstinado* para descobrir a vida.

Mais vale tomar a morte pela vida do que a vida pela morte. Uma só vez que fosse. Alguma coisa só poderá *crescer* num solo liberado. O homem livre empenha-se em enriquecer-se de tudo o que existe e em deixar agir sobre ele a vida de cada coisa – mesmo a de um fósforo meio consumido.

Só a liberdade nos permite acolher *o futuro*.

Desse modo não ficaremos à margem, como a árvore seca sob a qual Cristo percebeu a espada pronta.

Da compreensão da arte

Publicado em outubro de 1912 no número 129 da revista Der Sturm, *editada em Berlim por Herwarth Walden, este artigo acompanhava-se de seis gravuras em madeira originais que o autor executara entre 1906 e 1910.*

Kandinsky, de quem Do espiritual na arte *tornara-se conhecido no mesmo ano entre o grande público, defende neste artigo o artista-profeta inspirado e precursor contra a falsa familiaridade que a "grande massa" com pretensões à "compreensão da arte" tenta criar.*

A explicação que o artista dá de seu trabalho pode ser útil, pois as palavras agem sobre o espírito e podem assim despertar na alma "formas capazes de descobrir o que faz a necessidade de uma dada obra". Ela pode permitir ao leitor associar-se a uma "experiência vivida da obra".

Mas não deixa de oferecer perigos, porquanto o público tende a deleitar-se rapidamente com as palavras de feição moderna, continuando a não entender nada. Eis por que o artista tanto hesita em explicar-se. O medo endêmico da novidade no público logo engendra um exibicionismo: seja o esnobismo ("eu também, agora sei"), seja a substituição da realidade viva por uma palavra. Dá-se um nome ao demônio, e tanto basta para exorcizá-lo[1].

1. Notemos a expressão literária dessa inquietação que lembra os mais belos de seus poemas:
"A perversidade de regozijar-se! De rir, porque essas leis são as mais belas flores de seu jardim malcheiroso.
Ódio e palavras ocas! Velhos companheiros, fiéis de tudo o que é grande e necessário!
O ódio porfia em matá-lo.
As palavras ocas em enterrá-lo. Mas haverá ressurreição."

A compreensão da arte é, pois, perniciosa e a explicação não nos pode aproximar da obra de arte. Ela só pode ser utilizada no nível da colocação em forma, vale dizer, no momento em que o espírito, para expressar--se pelo meio específico da pintura, escolhe uma certa forma que é a obra de arte. Pode-se criticar ou explicar a forma; o conteúdo permanece inacessível, ou, mais exatamente, só pode ser atingido indiretamente.

Kandinsky, neste texto, parece hesitar ante o racionalismo e o intelectualismo para os quais se sente atraído e ante seu gosto pela explicação e pelo ensino, por medo de perder a essência da arte, seu valor próprio de vida, de mensagem da "alma".

Aos poucos, a busca de coerência e a necessidade pedagógica farão cair suas reticências ao longo dos anos e das páginas, como o atesta a sequência desta coletânea, mas isso nunca se fará em detrimento da origem "espiritual" da criação artística.

A atmosfera espiritual das grandes épocas é tão prenhe de um desejo preciso, de uma necessidade bem definida, que se torna fácil fazer-se profeta.

É, de modo geral, o que ocorre nos períodos de mudança; a maturidade interior que escapa ao olhar superficial provoca, então, um abalo invisível e irresistível no pêndulo da vida espiritual.

Aos olhos do observador superficial, esse pêndulo continua a oscilar no mesmo lugar. Ele sobe segundo sua marcha regular, detém-se um instante, instante extremamente curto no alto de sua curva, e toma a direção nova, o caminho novo.

É nesse instante incrivelmente breve que qualquer um pode profetizar a sua nova direção.

É curioso, quase incrível, que a "grande massa" não acredite no "profeta".

A "precisão", o espírito de análise, as definições incisivas e rigorosas, as leis rígidas, o que viveu durante séculos para se "desenvolver" no XIX até dominar tudo, para nosso grande assombro de homens do XX, tornou-se subitamente tão estranho, tão caduco e, aos olhos de muita gente, tão inútil, que se torna necessário violentar-se para pensar, para lembrar que "era ainda ontem" e que... "em mim ainda subsistem muitos traços dessa época". Este último pensamento parece-nos tão pouco crível quanto a iminência da nossa própria morte. E o conhecimento nesse domínio não é coisa fácil.

Não creio que exista hoje em dia um único crítico que não saiba que "o impressionismo acabou". Alguns sabem também que ele foi a conclusão natural da vontade de ser natural na arte.

Parece que até mesmo os acontecimentos exteriores querem recuperar o "tempo perdido".

As "coisas evoluem" com uma rapidez desesperadora. Há três anos, qualquer quadro novo era acolhido pelos insultos do grande público, do conhecedor, do apreciador, do crítico.

Atualmente não se fala senão de cubo, de distribuição de superfícies, de justaposição de cores, de verticalidade, de ritmo.

E é exatamente isso que é desesperador.

Para falar simplesmente: é absolutamente impossível que se empreguem todas essas palavras compreendendo-as. Todos se deleitam com palavras de feição moderna, *ou sauve les apparences*[2] (salvam-se as aparências). Teme-se parecer tolo. E, em geral, não se tem ideia do ar tolo que justamente isso dá. E da tolice real dessa atitude!

Numa palavra: não existe mal maior do que a compreensão da arte.

Porque sente obscuramente esse mal, o artista sempre teve medo de "explicar" suas obras, em suma, de falar de suas obras. Há mesmo quem pense que se rebaixaria se desse explicações. Eu, por mim, não gostaria, por nada neste mundo, de fazer estes descerem de suas alturas.

Duas leis muito velhas e eternamente jovens governam o mundo do espírito:
1. o medo da novidade, o ódio àquilo que não foi ainda vivido;
2. a tendência a colar apressadamente a essa novidade, a esse desconhecido, uma etiqueta que vai matá-los.

A perversidade de regozijar-se! De rir, porque essas leis são as mais belas flores de seu jardim malcheiroso.

---

2. Em francês no texto (N. T. Fr.).

Ódio e palavras vazias! Velhos companheiros fiéis de tudo o que é grande e necessário!
O ódio cuida de matá-lo.
As palavras vazias de enterrá-lo.
Mas haverá ressurreição.

Em nosso caso, a ressurreição virá da não compreensão da arte.
Ainda hoje tal afirmação pode parecer um paradoxo.
Mas não estão longe os tempos em que esse paradoxo se fará verdade clara e inelutável.
Explicar a arte, permitir a sua compreensão, pode ter duas consequências:
1. as palavras atuam sobre o espírito e despertam numerosas representações;
2. consequência possível e feliz deste primeiro fato, assiste-se a um despertar das forças da alma, capazes de descobrir o que faz a necessidade de uma obra determinada: neste caso, trata-se de uma experiência vivida da obra.

Existem dois tipos de indivíduos: os primeiros contentam-se em viver interiormente a realidade (portanto, também a realidade interior e, entre outras, a realidade da obra em questão); os demais tentam definir sua experiência.

Em nosso domínio, só conta a experiência vivida, visto que não pode haver definição sem experiência prévia.

Como quer que seja, as duas consequências que acabamos de mencionar constituem os resultados positivos da explicação.

Essas duas consequências são suscetíveis (como toda realidade viva) de desenvolvimentos posteriores, já que, pelas representações que suscitam e pela participação na vida da obra que provocam, elas enriquecem a alma e também a fazem progredir.

Mas essa mesma explicação pode ter consequências totalmente diversas:
1. as palavras não despertam novas representações, mas limitam-se a trazer algum apaziguamento aos males de que a alma padece; diz-se "eu também, agora sei", e o sujeito estufa o peito;

2. consequência possível e lamentável desse primeiro fato, tais palavras não provocam o despertar de forças espirituais; ao contrário, uma palavra sem vida (uma etiqueta) toma o lugar de uma obra viva.

Fica, pois, evidente que a explicação enquanto tal não nos pode aproximar da obra de arte. A obra de arte é o espírito que, através da forma, fala, se manifesta, exerce uma influência fecunda. Pode-se criticar a forma, mostrar qual forma foi utilizada numa obra e por quais razões. O que nem por isso permite entender o espírito da obra. Do mesmo modo, é fácil explicar de que substâncias químicas se compõe um alimento: conhece-se os componentes, mas não o gosto do alimento. E a fome não será aplacada com isso.

É evidente que, no domínio da arte, as explicações só podem agir de maneira indireta, só têm portanto dois aspectos e abrem, assim, dois caminhos: o da morte e o da vida.

Percebem-se claramente as consequências terríveis que a explicação da qual toda vida esteja ausente pode acarretar.

É evidente, enfim, que uma vontade real de compreensão, mesmo sublimada pelo amor, não resulta necessariamente numa explicação fecunda.

Somente haverá explicação fecunda se essa vontade real sublimada pelo amor estiver diante de outra vontade real sublimada pelo amor. Não se deve, pois, abordar a arte com a razão e a inteligência, mas com a alma, com a existência vivida.

A razão e a inteligência, encontramo-las no artista, da mesma forma que se encontram provisões no armário da boa dona de casa, devendo o artista dispor de todos os meios para alcançar o seu objetivo.

E aquele para quem a obra foi criada deve abrir sua alma de par em par para vivê-la.

Então, também ele conhecerá a felicidade.

Munique,
setembro de 1912.

A pintura enquanto arte pura

Neste artigo, publicado em setembro de 1913 no número 178-179 de Der Sturm, *o autor procura definir claramente a criação artística: a forma da obra de arte é a expressão material do conteúdo abstrato. A beleza é a relação do conteúdo com a forma, ou seja, a relação entre a obra e a emoção que a faz nascer no artista, ou a emoção que ela engendra no espectador.*

Porque toda obra nasce de uma emoção que no artista se traduz em sentimento. É esse sentimento que o impele a criar. Uma vez criada a obra, isto é, uma vez posta em forma a emoção, fixada num suporte material, ela provoca no espectador um sentimento que lhe permite encontrar o conteúdo da obra, a emoção puramente espiritual.

A obra é, assim, a forma material exterior que permite a comunicação do conteúdo imaterial, a linguagem de alma para alma que fala de emoção.

Assiste-se, pois, a uma espiritualização da estética. A pintura enquanto arte pura deve servir para a comunicação de espírito para espírito – uma arte pura é uma arte na qual o elemento espiritual se isola do elemento corporal e se desenvolve de maneira independente.

Kandinsky continua a justificação de suas pesquisas teóricas, já que, para estabelecer a comunicação de alma para alma, o artista deve aprofundar os meios que lhe servem para transcrever sua própria emoção.

Conteúdo e forma
Dois elementos constituem a obra de arte: o elemento *interior* e o elemento *exterior*.
O primeiro, tomado à parte, é a emoção da alma do artista. Essa emoção possui a capacidade de suscitar um emoção fundamentalmente análoga na alma do espectador.
Enquanto a alma está ligada ao corpo, normalmente ela só pode entrar em vibração por intermédio do sentimento. Este é, pois, a ponte que conduz do imaterial ao material (o artista) e do material ao imaterial (o espectador).
Emoção – sentimento – obra – sentimento – emoção.

O elemento interior da obra é o seu conteúdo. Deve, portanto, haver vibração da alma. Se esta não existe, não pode nascer uma obra. Em outras palavras, só pode haver uma aparência de obra.
O elemento interior, criado pela vibração da alma, é o conteúdo da obra. Nenhuma obra pode existir sem conteúdo.

Para que o conteúdo, que de início vive "abstratamente", se converta em obra, é preciso que o segundo elemento – o elemento exterior – sirva para a materialização. Eis por que o conteúdo aspira a um meio de expressão, a uma forma "material".
A obra é, destarte, a fusão inevitável e indissolúvel do elemento interior com o elemento exterior, ou seja, do conteúdo com a forma.
O elemento determinante é o do conteúdo. Do mesmo modo que a palavra não determina o conceito, mas o conceito a palavra, o conteúdo determina a forma: *a forma é a expressão material do conteúdo abstrato.*
A escolha da forma é, pois, determinada pela *necessidade interior*, que constitui propriamente a única lei imutável da arte.

Uma obra nascida da maneira como acabamos de descrever é "bela". *Uma bela obra* é, por conseguinte, *a ligação regular de dois elementos, o interior e o exterior*. Tal ligação confere à obra sua unidade. A obra torna-se sujeito. Enquanto pintura, ela é um organismo

espiritual que, como todo organismo material, consiste num grande número de partes diferentes.
Estas, tomadas isoladamente, são desprovidas de vida, como um dedo separado da mão. A vida do dedo e sua ação racional são condicionadas por sua combinação racional com as demais partes do corpo. Essa *combinação racional é a construção.*
A obra de arte está sujeita à mesma lei que a obra natural: à lei da construção. Suas diferentes partes tornam-se vivas pelo conjunto.

Na pintura, o número infinito das partes se decompõe em dois grupos:
a forma desenhada e
a forma pictórica.
A combinação das diferentes partes dos dois grupos, que obedece a um plano e visa a um fim, tem por resultado o quadro.

Natureza
Se aplicarmos a algumas obras essas duas definições (dos componentes da obra e especialmente do quadro), depararemos com a presença aparentemente fortuita, no interior do quadro, de componentes estranhos. Queremos referir-nos ao que se denomina *natureza*. A natureza não recebeu nenhum lugar em nossas duas definições. De onde vem ela no quadro?
A origem da pintura foi a mesma de todas as demais artes e de todas as ações humanas. Foi puramente prática.
Quando um caçador selvagem persegue a caça durante dias, é impelido pela fome.
Quando hoje um caçador principesco persegue a caça, é impelido por seu prazer. Assim como a fome é um valor corporal, o prazer é aqui um valor estético.
Quando um selvagem tem necessidade de sons artificiais para sua dança, é o instinto sexual que o impele a emiti-los. Os sons artificiais, de que procede, depois de milênios, a música contemporânea, incitavam o selvagem aos movimentos de aproximação erótica que hoje denominamos dança.

Quando o homem de nossos dias vai ao concerto, não está procurando na música um auxiliar prático, mas o prazer.

Também nesse caso o instinto corporal e prático tornou-se estético. Em outros termos, a necessidade original do corpo converteu-se, também nesse caso, em necessidade da alma.

Esse *refinamento* (ou essa espiritualização) das necessidades práticas (ou corporais) mais simples determina sempre e em toda parte duas consequências: o elemento espiritual se *isola* do elemento corporal e se *desenvolve* de maneira independente, numa evolução da qual decorrem as diferentes artes.

As *leis* (do conteúdo e da forma) que acabamos de mencionar intervêm aqui de maneira gradual e cada vez mais precisa, leis que, em definitivo, *tiram de cada arte de transição uma arte pura.*

Trata-se de um crescimento tranquilo, lógico e natural, semelhante ao crescimento de uma árvore.

Pintura

A mesma evolução se observa na *pintura*.

Primeiro período. *Origem*: desejo prático de fixar o elemento corporal efêmero.

Segundo período. *Desenvolvimento*: a pintura se separa progressivamente dessa finalidade prática e o elemento *espiritual* passa a *dominar* progressivamente.

Terceiro período. *Finalidade*: a pintura atinge o estágio mais elevado da *arte pura*, na qual os vestígios do desejo prático são totalmente eliminados. Ela fala de espírito para espírito numa língua artística, constituindo um domínio de seres pictóricos-espirituais (sujeitos).

Na *situação atual* da pintura, podemos perceber essas três características em combinações diversas e em graus variados. Sob esse aspecto, a característica do segundo período (desenvolvimento) é determinante. Especifiquemos:

Primeiro período. *Pintura realista* (o realismo sendo entendido aqui tal como se desenvolveu através da tradição até o século XIX): preponderância da característica de origem – do desejo prático de fixar o elemento corporal efêmero (retratos, paisagens, temas históricos no sentido *direto*).

Segundo período. *Pintura naturalista* (sob a forma do impressionismo, do neoimpressionismo e do expressionismo, aos quais se ligam parcialmente o cubismo e o fauvismo): eliminação da finalidade prática e preponderância gradual do elemento espiritual (eliminação cada vez mais rigorosa e preponderância cada vez mais forte do impressionismo ao expressionismo, passando pelo neoimpressionismo).

Ao longo desse período, a necessidade interior de conferir ao espiritual uma importância exclusiva torna-se tão intensa que o *credo* impressionista já se pode formular assim: "Na arte, o essencial não é *o que* o artista representa (entenda-se: não o conteúdo estético, mas a natureza), porém *como* ele o representa".

Manifestamente, atribui-se tão pouca importância aos vestígios do primeiro período (origem) que a natureza é exclusivamente considerada como um ponto de partida, como um pretexto que permite expressar o conteúdo espiritual. Em todo o caso, os impressionistas já adotam e proclamam esses pontos de vista, que entram no seu *credo*.

No entanto, no segundo período, tal *credo* não passa de um *pium desiderium* da pintura. Com efeito, se a escolha do objeto (natureza) era indiferente a essa pintura, ela não deveria andar à procura de nenhum "motivo". Nela, o objeto condiciona seu tratamento; a *escolha da forma não é livre*, mas depende do objeto.

Se eliminarmos de um quadro dessa época o elemento objetivo (natureza) para nele deixar *apenas* o elemento puramente artístico, notaremos logo que esse elemento objetivo (natureza) constitui uma espécie de suporte na falta do qual o edifício essencialmente artístico (construção) desmorona por indigência formal. Ou então revela-se que essa eliminação não deixa subsistir na tela senão formas perfeitamente indeterminadas, fortuitas e inaptas para a vida (num estado embrionário). Nessa pintura, *a natureza* ("o que" é pintado no sentido dessa pintura) não é, portanto, uma coisa acessória, mas essencial.

Essa eliminação do elemento prático, objetivo (da natureza), só é possível no caso em que esse componente essencial é substituído por outro, igualmente essencial: a forma puramente artística, que pode conferir ao quadro a força de uma vida independente e elevá-lo à categoria de sujeito espiritual.

É claro que esse componente essencial nada mais é que a construção, que acabamos de descrever e definir.

Vamos encontrar essa substituição no terceiro período da pintura que principia em nossos dias: na *pintura de composição*.

Segundo nosso esquema dos três períodos, chegamos portanto ao terceiro, que designamos *finalidade*.

Na pintura de composição que se desenvolve ante os nossos olhos, discernimos de pronto a característica do acesso ao *estágio superior da arte pura*: os vestígios do desejo prático podem ser completamente eliminados, a pintura pode falar de espírito para espírito numa língua puramente artística; ela constitui um domínio de seres pictóricos espiritualmente (sujeitos).

Deve ficar claro e indubitável para cada um que um quadro desse terceiro período, sem suporte proveniente da finalidade prática (do primeiro período) ou do conteúdo espiritual objetivamente sustentado (do segundo período), só pode existir enquanto ser nascido de uma construção.

O esforço de substituir o elemento objetivo pelo elemento construtivo – esforço consciente ou muitas vezes ainda inconsciente, que se manifesta intensamente hoje e se manifestará com intensidade cada vez maior – é o primeiro estágio da arte pura que se anuncia e para o qual as épocas passadas da arte foram fases inevitáveis e lógicas.

Por essas breves considerações, tentei expor esquematicamente e em linhas gerais o conjunto da evolução, em particular a situação atual. Daí as numerosas lacunas, impossíveis de ser preenchidas. Daí também a omissão dos afastamentos e dos desvios, tão inevitáveis em qualquer desenvolvimento quanto os ramos laterais numa árvore, a despeito de seu impulso para cima.

O desenvolvimento que aguarda a pintura conhecerá ainda numerosas contradições e desvios aparentes, como ocorreu na música, que já é hoje uma arte pura.

Ensina-nos o passado que a evolução da humanidade consiste na espiritualização de numerosos valores. Entre esses valores, a arte ocupa o primeiro lugar.

Entre as artes, a pintura percorre o caminho que vai da finalidade prática à finalidade espiritual. Do objetivo ao compositivo.

Conferência de Colônia

Trata-se de uma conferência não pronunciada, publicada por Eichner[1] de acordo com o rascunho de Kandinsky.
Neste texto de 1914, Kandinsky evoca o seu itinerário pictórico rumo à abstração. A este propósito ele coloca a "grande questão": sabemos muito mais o que queremos fazer do que como fazê-lo.
Assim, é preciso determinar qual a parte da intuição e qual a parte da lógica na criação artística. Todos os meios são bons para materializar a emoção do artista, que é uma emoção "espiritual".
Em Kandinsky, intuição e lógica sempre coexistiram. Ele vê em seu espiritualismo cósmico um fundamento cósmico: "A gênese de uma obra é de caráter cósmico. O criador da obra é portanto o espírito. A obra existe abstratamente antes de sua materialização, que a torna acessível aos sentidos humanos".
As páginas inflamadas de Do espiritual na arte *não são esquecidas. O autor acrescenta-lhes, entretanto, a ideia de um "conflito dramático dos elementos isolados" e introduz uma nova noção, a do trágico, opondo "a grandeza do desenho ao trágico das cores".*
Encontra-se aí, sem dúvida, a chave das relações sempre delicadas entre a intuição e a lógica na criação de Kandinsky. Todos os seus textos autobiográficos e mesmo seu primeiro livro teórico estão aí para testemunhar a excepcional importância da cor. Com ele, todos os elementos

---

1. Johannes Eichner, *Wassily Kandinsky und Gabriele Münter.* Bruckmann, Munique, 1957.

dificilmente controláveis da criação, a coerência, a lógica, serão encontrados na construção formal.

Meu desenvolvimento compreende três fases:
1. O diletantismo de minha infância e de minha juventude, tempo de impulsões indefinidas, quase sempre atormentadas, prenhes de aspirações que me permaneciam incompreensíveis.
2. O tempo posterior à escola, durante o qual tais impulsões assumiram gradualmente para mim uma forma mais definida e mais clara. Tentei então exprimi-las por todo tipo de formas exteriores que a natureza exterior me oferecia, por objetos.
3. O tempo da utilização consciente do material pictórico, quando tomei consciência de que a forma real era supérflua *para mim*, quando, gradativa e penosamente, me tornei cada vez mais capaz de extrair de mim mesmo não apenas o conteúdo, como também a forma que lhe era adequada – o tempo, por conseguinte, da passagem à pintura pura, também chamada pintura absoluta, e do acesso à forma abstrata que me era necessária.

No curso desse longo caminho, que eu *tinha* de percorrer, empreguei muitas forças para lutar contra a pintura tradicional. Um preconceito caía após outro, porém lentamente. Além de minhas numerosas tentativas, refleti muito, quis resolver inúmeros problemas pela lógica. E o que era logicamente tão fácil não lograva realizar-se na prática. Chegar ao *ergo* representa, em regra geral, na maioria dos casos, uma empresa fácil e alegre. Sabemos *o que* queremos com muito mais frequência do que descobrimos *como* realizá-lo. Esse *como* só é realmente *bom* sob condição de se ter apresentado de modo espontâneo, quando a mão, numa inspiração feliz, não obedece à razão, mas concretiza *por si mesma*, não raro contra a razão, aquilo que convém fazer. E só semelhante forma proporciona, além da satisfação, uma alegria que não se compara a nenhuma outra.

Esta grande questão, aparentemente simples, mas em verdade complexa, assume em nossos dias uma importância decisiva. A forma atual desse problema pode definir-se assim para o futuro: a intuição e a lógica concorrem numa proporção igualmente legítima para a criação da obra? Não posso aqui aprofundar esse problema. Contentarei-me com a resposta sucinta que corresponde à minha maneira de pensar. A gênese de uma obra é de caráter cósmico. O criador da obra é, portanto, o espírito. A obra existe abstratamente antes de sua materialização, que a torna acessível aos sentidos humanos. Por conseguinte, todos os meios são bons para essa materialização necessária, tanto a lógica quanto a intuição. O espírito criador examina esses dois fatores e rejeita o que é falso num e noutro. De sorte que a lógica não deve ser rejeitada, porque é de natureza estranha à intuição. Pela mesma razão, tampouco a intuição deve ser rejeitada. Ambos os fatores são em si estéreis e desprovidos de vida sem o controle do espírito. Nem a lógica nem a intuição podem criar, na ausência do espírito, obras perfeitamente boas.

Caracterizarei assim, em linhas gerais, os três períodos de meu desenvolvimento, que acabo de mencionar.

Quando penso no primeiro período, o do diletantismo, descubro nele a ação simultânea de dois elementos distintos, que minha evolução posterior me revela terem sido radicalmente diferentes:
1. o amor da natureza,
2. as impulsões indefinidas da necessidade de criar.

Esse amor da natureza compunha-se principalmente da pura alegria e do entusiasmo que a cor me proporcionava. Com frequência, uma mancha de um azul límpido e de poderosa ressonância percebida na sombra de um bosque subjugava-me a tal ponto que eu pintava toda uma paisagem tão só para fixar essa mancha. Obviamente, o estudo acabava mal e eu ficava à procura de "motivos" dos quais todos os componentes atuassem com igual força sobre o meu espírito. E, naturalmente, eu não descobria jamais algo de parecido. Em seguida, empenhava-me em impor um efeito, na tela, às partes que o tinham menos. De tais exercícios procedem a minha faculdade adquirida mais tarde, e a minha maneira de pintar paisagens vibrantes de ressonâncias. A presente exposição fornece alguns exemplos disso.

Ao mesmo tempo, sentia em mim impulsões incompreensíveis, uma necessidade que me compelia a pintar um *quadro*. E sentia obscuramente que o quadro podia ser algo além de uma bela paisagem, uma cena interessante e pitoresca, ou a representação de um ser humano. Como gostava das cores acima de tudo, pensei, já nessa época, conquanto de maneira muito imprecisa, numa composição de cores e procurei o elemento objetivo capaz de legitimar essas mesmas cores.

Passo aqui à fase do estudo, segundo período de minha busca. Logo se me evidenciou que as épocas passadas, por já não existirem realmente, poderiam fornecer-me pretextos, permitindo-me empregar de maneira mais livre essas cores cuja necessidade eu sentia. Escolhi a princípio a Idade Média alemã, da qual me sentia espiritualmente próximo. Para melhor conhecer essa época, desenhava em museus, no Gabinete de Estampas de Munique, visitava velhas cidades. Procedia de maneira muito livre, acumulando esse material e pouco me preocupava em saber se um determinado costume era contemporâneo de algum outro ou do caráter de algum edifício. Muitos esboços surgiram espontaneamente e, no período russo que se seguiu, cheguei ao ponto de tudo desenhar e pintar livremente, deixando-me guiar pela lembrança ou pela imaginação. Eu era muito menos livre no tratamento das "leis do desenho". Por exemplo, achava necessário situar com bastante exatidão numa linha as cabeças das personagens, tal como as observamos na rua. Em *Vida variegada* (*Buntes Leben*), que apresentava para mim a atraente dificuldade de expressar uma confusão de massas, manchas e linhas, recorri à "perspectiva aérea" a fim de poder colocar as figuras umas em cima das outras. Para ordenar à minha maneira a distribuição das manchas e a utilização dos traços, eu devia encontrar de cada vez um pretexto, a fim de legitimar a perspectiva.

Só muito lentamente me libertei desse preconceito. *Composição 2* apresenta uma livre utilização das cores, sem maiores preocupações com as exigências da perspectiva. Entretanto, era-me sempre desagradável, às vezes até insuportável, manter a figura nos limites de suas leis fisiológicas e proceder ao mesmo tempo a deformações impostas pela composição. Parecia-me que, se uma ordem física se vê destruída em benefício da necessidade pictórica, o artista tem o direito e o dever estéticos de negar igualmente as demais ordens físicas. Não me agradava ver, em quadros que não eram meus, alongamentos que violentavam a estrutura do corpo ou contornos que ofuscavam a anatomia, e sabia com certeza que, para mim, não estava ali, não podia estar, a solução do problema do objeto. Foi assim que, em meus quadros, o objeto não cessou de dissolver-se por si mesmo, como se pode constatar em quase todos os meus trabalhos de 1910.

O objeto não queria e não devia ainda desaparecer completamente de meus quadros. Em primeiro lugar, uma época não deve atingir artificialmente sua maturidade. Nada mais prejudicial e censurável do que procurarmos nossa própria forma violentando-nos. O instinto íntimo, portanto o espírito criador, criará irresistivelmente no momento adequado a forma de que tem necessidade. Pode-se filosofar sobre a forma, pode-se analisá-la, pode-se mesmo edificá-la. Não obstante, ela deve entrar espontaneamente na obra, isso no estágio de realização que corresponde ao desenvolvimento do espírito criador. Via-me, pois, forçado a aguardar pacientemente a hora que devia conduzir minha mão à criação da forma abstrata.

Em segundo lugar (e isso está intimamente ligado ao meu desenvolvimento interior), não era minha intenção abandonar totalmente o objeto. Já disse em diversas oportunidades que o objeto tomado em si desprende determinada ressonância espiritual que pode servir e serve efetivamente, em todos os domínios, de material para a arte. E eu ainda estava muito desejoso de procurar as formas pictóricas puras através *dessa* ressonância espiritual. Portanto, dissolvia mais ou menos os objetos no quadro a fim de que não pudessem ser todos reconhecidos à primeira vista e de que, por conseguinte, o espectador pudesse experimentar pouco a pouco, uma após outra, essas ressonâncias espirituais concomitantes. Aqui e ali, formas puramente abstratas se introduziam por si mesmas na obra, formas que deviam agir de maneira puramente pictórica, sem as ressonâncias de que acabo de falar. Em outros termos, eu ainda não estava suficientemente maduro para experimentar a forma abstrata pura, sem suporte objetivo. Se já possuísse essa faculdade naquele momento, teria produzido quadros absolutos desde essa época.

Mas, de um modo geral, já então eu sabia com certeza que chegaria à pintura absoluta. Minhas experiências recomendavam-me grande paciência. Havia horas, porém, em que me era infinitamente penoso conformar-me a isso.

Em meu *Do espiritual na arte*, defino a harmonia moderna como o encontro e o conflito dramático dos elementos isolados. Naquele momento, eu ainda procurava tal harmonia, mas nunca desejei exagerá-la e tratar todas as formas pictóricas de modo a fazê-las servir, sem exceção, ao mais puro trágico. Um sentimento íntimo de medida nunca me permitiu descer a essa concepção unilateral. Foi assim que, em *Composição 2*, por exemplo, atenuei o trágico, na composição e no desenho, mediante cores mais ou menos indolentes. Procurava involuntariamente opor a grandeza do desenho ao trágico das cores (*Quadro com uma canoa*, paisagens várias). Durante algum tempo, concentrei todas as minhas energias no desenho, porque sabia intimamente que esse elemento ainda precisava ser trabalhado. As cores que empreguei em seguida estendiam-se de certa forma sobre uma só e mesma superfície, porém seu peso interior era desigual. Assim, esferas diferentes atuaram espontaneamente de comum acordo com meus quadros. Com isso, eu também evitava as camadas de tinta, que levam a pintura facilmente ao estilo ornamental. Essa diversidade das superfícies conferia a minhas telas uma profundidade que substituía notavelmente a profundidade nascida da perspectiva. Eu distribuía as massas de modo a não fazer aparecer nenhum centro arquitetônico. Muitas vezes o elemento pesado ficava em cima e o elemento leve embaixo. Algumas vezes eu enfraquecia o meio da composição e esforçava os lados. Colocava uma massa pesada, de efeito opressivo, entre partes leves. Desse modo, eu fazia o frio sobressair e recalcava o quente. Eu tratava os tons da mesma maneira, arrefecendo os quentes, aquecendo os frios, de modo que uma única cor era elevada à categoria de elemento de composição. É impossível e vão enumerar todos os meios a que recorri para atingir esse fim. O visitante atento des-

cobrirá por si mesmo muitas coisas das quais eu talvez nem suspeite. E de que valem as palavras para quem não quer ouvir?
Na Alemanha, o verão de 1911 foi excepcionalmente quente e estendeu-se desesperadamente. Todas as manhãs, ao levantar-me, deparava em minha janela com um céu azul, incandescente. Tempestades rebentavam, deixavam cair algumas gotas de chuva e depois se afastavam. Eu tinha a impressão de achar-me em presença de um doente grave que tem de transpirar a qualquer preço, mas resiste a todos os tratamentos que lhe são ministrados. Mal aparecem algumas gotas de suor e já seu corpo torturado se põe a arder. Sua pele se dilacera. Falta-lhe alento. Subitamente, a natureza me apareceu branca; o branco (o grande silêncio – prenhe de coisas possíveis) mostrava-se em toda parte e estendia-se visivelmente. Mais tarde, recordei-me desse sentimento observando que concedera ao branco um papel especial, cuidadosamente estudado, em meus quadros. Sei, desde esse momento, que possibilidades insuspeitas se encerram nessa cor fundamental. Compreendi que até então eu tivera dela uma concepção falsa, pois só a considerava necessária em grandes massas para fazer o desenho sobressair e temia a leveza de sua força interior. Tal experiência foi para mim de imensa importância. Senti, com uma precisão jamais experimentada antes, que a ressonância fundamental, o caráter íntimo inato da cor, pode mudar ao infinito através das diversas aplicações, que, por exemplo, o elemento mais indiferente pode tornar-se mais expressivo que aquele considerado como mais expressivo. Tal descoberta revolucionava toda a pintura e abria meus olhos a um domínio no qual antes não se podia acreditar. Em outras palavras, o valor íntimo, múltiplo, ilimitado de uma única e mesma qualidade, a possibilidade de isolar e empregar séries infinitas unicamente nas combinações de uma só qualidade abriram para mim as portas do reino da arte absoluta.

Uma das consequências espirituais e lógicas dessa descoberta foi a de impelir-me a tornar a forma exterior ainda mais concisa e a revestir o conteúdo de formas muito mais frias. Para meu sentimento de então, ainda perfeitamente inconsciente, o mais elevado trágico se revestia da maior frieza; via, portanto, que a maior frieza é o mais elevado trágico. Trata-se do trágico cósmico, no seio do qual o humano não passa de uma ressonância, de uma voz única que fala em uníssono com as outras e onde o centro é deslocado para uma esfera que se aproxima do divino. Deve-se usar de tais palavras com prudência e não jogar com elas. Mas emprego-as aqui em sã consciência e sinto-me no direito de fazê-lo, pois não falo de meus quadros, mas da arte que ainda não se materializou, cuja essência abstrata ainda espera por encarnar-se.

No que me diz respeito, fiz vários quadros sob o império de tais sentimentos (*Quadro com zigue-zagues, Composição 5, Composição 6* etc.). Tinha certeza, contudo, de que, se me fosse dado viver, eu penetraria no campo que se abria para mim. É assim que, de baixo, se avista o pico de uma montanha.

Pela mesma razão, eu estava agora cada vez mais atraído pela imperícia. Eu abreviava as coisas expressivas pela inexpressividade. Sublinhava um elemento não muito claro em sua expressão pela situação exterior em que o colocava. Subtraía às cores a nitidez de sua ressonância, abafava-lhes a superfície e fazia luzir sua pureza e sua verdadeira natureza como através de um vidro fosco. Pintei, assim, *Improvisação 22* e *Composição 5*, bem como, em sua maior parte, *Composição 6*. Esta última recebeu três centros e sua composição assumiu grande complexidade, que descrevi com exatidão em meu álbum[2] [cf. eventualmente]. *Composição 22* foi pintada sem tema, talvez porque então eu receasse escolher um tema como ponto de partida. Em compensação, tomei tranquilamente a Ressurreição para tema de *Composição 5* e o Dilúvio para *Composição 6*. É necessária certa audácia para escolher temas tão batidos como pontos de partida da pintura pura. Para mim, isso constituiu um teste cujo resultado foi, a meu ver, satisfatório.

Os quadros que pintei em seguida não têm como ponto de partida nem um tema nem formas de origem corporal. Isso se fez sem nenhuma violência e com toda a naturalidade, por si mesmo. Ao longo dos últimos anos, as formas que a princípio nasceram espontaneamente tomaram pé cada vez mais solidamente e não cessei de

---

2. *Regards sur le passé*, cf. tomo I (N. E. Fr.)

concentrar-me nos múltiplos valores dos elementos abstratos. Eis por que as formas abstratas se tornaram preponderantes e expulsaram silenciosa e seguramente as formas de origem objetiva.

Desse modo eu evitava e relegava ao passado os três grandes perigos com que deparei no meu caminho:
1. o perigo da forma estilizada, forma essa ou natimorta ou fraca demais para viver;
2. o perigo da forma ornamental, que é essencialmente a forma da beleza exterior, pelo fato de poder ser (e de geralmente ser) exteriormente expressiva e interiormente inexpressiva;
3. o perigo da forma experimental, que nasce por via experimental, portanto sem intuição alguma, do mesmo modo que [?] *toda* forma possui certa ressonância interior que sugere enganosamente a necessidade interior.

A maturidade interior, com a qual eu contava firmemente de um modo geral e que me trouxe, não obstante, muitas horas de desespero, criou ela própria o elemento formal.

Afirmou-se amiúde que é impossível fazer compreender por meio de palavras a finalidade de uma obra. Muito embora tal afirmação seja repelida e sobretudo explorada de maneira algo superficial, em linhas gerais ela é exata e continua a sê-lo mesmo quando a linguagem e seus meios são utilizados com o maior cuidado. E tal afirmação é exata – abandono aqui o terreno da razão objetiva –, quando mais não fosse, porque o próprio artista nunca pode apreender e conhecer completamente o seu objetivo.

Enfim, cumpre dizer que as melhores palavras nada valem para aquele cujo senso da arte permaneceu em estado embrionário.

Para terminar, desejo definir-me negativamente e afirmar tão claramente quanto possível o que não quero. Assim fazendo, refutarei afirmações da atual crítica de arte, afirmações que até aqui produziram muitas vezes um efeito perturbador e impingiram contraverdades aos ouvidos de quantos estavam dispostos a escutá-las.

Não quero pintar música.
Não quero pintar estados de alma.
Não quero pintar com cores ou sem cores.

Não quero nem mudar, nem combater, nem derrubar um só ponto na harmonia das obras-primas que nos vêm do passado. Não quero mostrar o caminho para o futuro. Fazendo abstração dos meus trabalhos teóricos, que até aqui deixam muito a desejar no tocante à objetividade científica, quero unicamente pintar bons quadros, necessários e vivos, que sejam sentidos com justeza ao menos por algumas pessoas.

Como todo fenômeno novo que tem e conservará alguma importância, meus quadros são objeto de inúmeras críticas. Para este eu pinto depressa demais e com excessiva facilidade, para aquele com excessiva dificuldade; para um terceiro sou demasiado abstrato, para um quarto muito pouco abstrato; para um quinto minhas telas são de uma clareza ofensiva, para um sexto são incompreensíveis. Mais de um deplora que eu não permaneça fiel aos ideais de que procedem meus quadros de dez anos atrás. Outros acham que já então eu ia longe demais, outros ainda traçam a linha divisória entre o lícito e o ilícito mais perto do momento atual.

Todas essas censuras e prescrições poderiam ser justas e penetrantes se o artista trabalhasse tal qual esses espíritos críticos imaginam. Seu erro fundamental decorre de que fazem uma ideia falsa do que seja tal atividade: o artista não trabalha para merecer louvores e admiração, ou para evitar a reprovação e o ódio, mas sim obedecendo à voz que o dirige com autoridade, à voz que é a do mestre perante o qual ele deve inclinar-se, de quem é escravo.

Um novo naturalismo?

Em setembro de 1922, Paul Westheim, no número 9 de Kunstblatt, *que ele dirigia, organiza uma pesquisa. A questão consiste em saber se a arte assiste à ascensão de um novo naturalismo.*

Em sua resposta, Kandinsky retoma sua definição da arte abstrata como realismo verdadeiro em oposição ao realismo da natureza (figuração). Os artistas abstratos são pioneiros que realizam "a derradeira separação entre a arte e a natureza". Vivem no futuro e estão "talvez vários séculos à frente" porque veem "além das aparências".

O autor guarda distância em relação à forma (oposta ao conteúdo). É preciso desconfiar da materialização do sentimento, é preciso desconfiar do primado da forma, pois ele conduz ao fim da arte. É o conteúdo espiritual que deve, segundo ele, engendrar a forma material.

Assim, visto o conteúdo "geral" de nossa época não estar ainda definido, por se achar apenas no começo de seu desenvolvimento, não se pode dizer que a arte abstrata seja a única arte do futuro. O que devemos dizer é que "os caminhos aparentemente mais opostos convergem para um único objetivo".

Colocou-se hoje, de uma forma bastante abrupta, a questão do "naturalismo". Há várias razões para isso, entre as quais as duas seguintes, que fazem parte das causas *exteriores*:
1. a tensão criada pela arte abstrata, seu desenvolvimento rápido e algo febril;

2. a fadiga que daí resulta, o desejo involuntário dos fracos de recobrarem alento voltando-se novamente para as formas costumeiras, comprovadas de longa data.

A essas razões exteriores, que hoje assumem uma importância e um significado particulares, cumpre acrescentar a situação política – a situação política de todos os países – e as flutuações, incertezas e temores daí resultantes em consequência de fenômenos sobretudo financeiros.

As razões *interiores*, que comportam muito mais aspectos jubilosos, ou mesmo felizes, são muito mais importantes. Quando, há uns dez anos, abri uma porta então invisível e pouco a pouco manifesta, e comecei enfim a trabalhar praticamente no domínio da arte abstrata, escrevi para *Blaue Reiter* um artigo sobre "A questão da forma" no qual afirmava com segurança o signo *igual* entre Abstração e Realismo.

O período do realismo que se anuncia, e que fui o primeiro a denominar de verdadeiro realismo, é chamado a prestar grandes serviços: a libertar o homem da convenção, da estreiteza e do ódio, a enriquecer sua faculdade de sentir e sua energia vital. Esse período, por outro lado, servirá para operar a *derradeira* separação entre a arte e a natureza, de modo que o realismo estará a serviço da abstração. Nós, artistas abstratos de hoje, seremos considerados com o passar do tempo como "pioneiros" da arte abstrata que tiveram a felicidade, por sua intuição visionária, de viver no futuro talvez com vários séculos de antecedência.

A grande época do espiritual, que poucos pressentem e menos ainda veem, deverá passar por diversas fases. O momento atual tem por tarefa, entre muitas outras, abrir largamente os olhos dos homens, aguçar-lhes os ouvidos, libertar e desenvolver todos os seus sentidos a fim de que possam discernir a vida daquilo que está "morto". O homem do futuro, hoje ainda isolado, mas cuja espécie se multiplicará, se distingue por sua *liberdade interior* porque adquiriu a faculdade, após uma longa luta, de ver sem antolhos *além* das aparências.

Se, por um milagre qualquer, a arte abstrata fosse geralmente reconhecida desde hoje, sê-lo-ia de maneira servil, portanto mecânica, porque os antolhos são incompatíveis com a liberdade interior. Um número muito restrito de homens tem hoje a possibilidade de viver com essa liberdade interior – os demais devem, primeiro, conquistá-la. O caminho da liberdade passa pelo *sentimento* plenamente consciente da relatividade – por si só, o *saber* não serve para grande coisa. No artigo precitado eu já escrevia que *não existe problema da forma em si*. Hoje, em compensação, a ênfase é colocada essencialmente no problema da forma. O abafador da matéria não permite que a ressonância do conteúdo repercuta na forma. Muitas obras nascidas nos limites de diferentes "ismos" mostram com toda a clareza aonde conduz, na *prática*, essa afirmação do primado da forma; a inevitável "simplificação" da forma assim obtida engendra, por sua própria lógica, uma forma que mal se distingue do nada. Há dez anos ouvimos muitos pequenos cenáculos repetirem sem cessar: "Abaixo a arte!" – tal é o resultado lógico do desenvolvimento da mesma afirmação na *teoria*.

A plena harmonia entre "forma" e "conteúdo", na qual forma = conteúdo e conteúdo = forma, só pode nascer nos casos em que o conteúdo cria a forma. Isso acontece em toda a arte, em cada uma de suas épocas.

Porém o conteúdo *geral* do tempo ainda não pode produzir uma forma *geral*, por estar ele próprio ainda no início de seu desenvolvimento. Eis por que à questão "A arte abstrata deve ser considerada hoje como a única arte?" eu responderia sem hesitar um segundo que *não*.

Mas cumpre não esquecer que os caminhos aparentemente mais opostos convergem para um *único* objetivo. E que o realismo que se anuncia e do qual o naturalismo hoje questionado constitui, talvez, uma etapa é chamado, se se considerar o objetivo final, a aplanar o caminho da arte abstrata.

Os elementos fundamentais da forma

Esse artigo foi publicado no livro Staatliches Bauhaus in Weimar 1919-23, *da Bauhaus Verlag, Weimar-Munique, e editado pela Bauhaus de Weimar e Karl Nierendorf em Colônia.*

Kandinsky fora chamado à Bauhaus em 1921 por Gropius. Nessa época não havia na Bauhaus nem professores, nem alunos, mas "mestres" dos "companheiros" e dos "aprendizes", que trabalhavam juntos sobre projetos comuns.

Seu curso na Bauhaus de Weimar não era um curso de pintura. Como Klee, ele devia elaborar para os alunos uma teoria da forma que forneceria a esses futuros artesãos, artistas e construtores uma espécie de "baixo contínuo" da criação.

As exigências de tal ensino determinam toda a reflexão de Kandinsky sobre a forma e resultarão no tratado Ponto-linha-plano.

Aqui ele apresenta uma espécie de trabalho e, sobretudo, dissipa o equívoco do termo forma:

"O estudo da forma em seu conjunto deve dividir-se em duas partes:
1. *A forma no sentido restrito do termo – plano e espaço.*
2. *A forma no sentido amplo do termo – cor e relação com a forma no sentido restrito do termo."*

Assim se deve entender a importância da questão da forma para Kandinsky, visto que a teoria da forma é sobretudo a teoria do segundo *meio da pintura (*forma *oposta à* cor*), mas é também a teoria da materialização da Emoção do artista (*forma *oposta a* conteúdo*).*

Observa-se mais uma vez, nesse texto, o anúncio da elaboração da "ciência da arte" e a divisão entre o método analítico (vocabulário da criação) e o método sintético (gramática da criação).

De um modo geral, o trabalho da Bauhaus funda-se na unidade, que começa enfim a se estabelecer, de mundos diversos ainda há pouco concebidos como estritamente separados.

Esses mundos, que de algum tempo para cá tendem a aproximar-se, são: a arte em geral, em primeiro lugar a *arte* dita plástica (arquitetura, pintura, escultura), a *ciência* (matemática, física, química, fisiologia etc.) e a *indústria,* por suas possibilidades técnicas e seu papel econômico.

O trabalho da Bauhaus é sintético – o método sintético implica naturalmente o método analítico. Os dois métodos estão necessariamente interligados.

É igualmente sobre essa base que se deve edificar a teoria dos elementos fundamentais da forma.

O estudo da forma em seu conjunto deve dividir-se em duas partes:
1. a forma no sentido restrito do termo – plano e espaço;
2. a forma no sentido amplo do termo – cor e relações com a forma no sentido restrito do termo.

Em ambos os casos, os trabalhos devem seguir, através de um procedimento metódico, do mais simples ao mais complicado.

Assim, na primeira parte do estudo da forma, a superfície será reduzida a seus três elementos básicos: triângulo, quadrado e círculo; e o espaço, aos três elementos oriundos dessas formas: pirâmide, cubo e esfera.

Como não pode haver superfície e espaço sem cores, isto é, como a forma, no sentido restrito do termo, deve necessariamente ser objeto de um estudo enquanto forma no sentido amplo do termo, é de maneira meramente teórica que se pode dividir a questão da forma em duas partes, sendo necessário, por outro lado, estabelecer desde já o nexo orgânico que une essas duas partes: nexo que une a forma à cor e vice-versa.

A ciência da arte, que ainda se encontra em seus começos, não pode dar muitos esclarecimentos na perspectiva da história da arte. Eis por que importa inicialmente, numa primeira etapa, traçar o caminho que se definiu.

Cada estudo específico tem, portanto, dois objetos igualmente importantes: a análise da forma dada, que se deve estudar isolando-a o mais possível das demais, e as relações que unem as formas a princípio estudadas isoladamente – método sintético.

O primeiro estudo será tão estreito, tão limitado quanto possível, o segundo, tão amplo, tão extenso quanto possível.

Curso e seminário sobre a cor

Publicado na mesma obra que incluía Os elementos fundamentais da forma, *este texto constitui o seu complemento. No entanto, sente-se aí o artista muito mais à vontade que no precedente. Sua reflexão sobre a cor é muito mais aprofundada do que sua reflexão sobre a forma. Kandinsky já contou em suas memórias,* Regards sur le passé, *a importância que teve a cor no desenvolvimento de sua vocação pictórica e em seu itinerário rumo à abstração. Em* Do espiritual na arte *forneceu ele uma teoria da cor perfeitamente elaborada.*

Aqui, porém, o ponto de vista é totalmente diverso, pois que se trata não somente da utilização da cor na criação pictórica, como também de sua integração "nos objetivos dos diferentes ateliês". Portanto, o que se vai esboçar aqui é a passagem à arte monumental, antes de esta ser retomada e desenvolvida nos Cursos de Dessau[1].

A cor, como qualquer outro fenômeno, deve ser estudada a partir de pontos de vista distintos, em diferentes direções e com os meios apropriados. De um ponto de vista puramente científico, tal estudo pode orientar-se para três domínios: o da física e da química, o da fisiologia e o da psicologia[2].

1. Cf. Kandinsky, *Écrits complets*, tomo III.
2. O problema particular das relações com a sociologia é muito importante, mas situa-se fora da questão da forma propriamente dita e exige, portanto, um estudo específico.

Estabelecido que se recorre a essas três disciplinas na medida em que elas se referem especialmente ao homem, do ponto de vista do homem, a primeira estuda a natureza da cor, a segunda os instrumentos de sua percepção exterior, a terceira os resultados de sua ação interior.

Fica, pois, evidente que, para o pintor, essas três disciplinas têm a mesma importância, são igualmente indispensáveis. O procedimento do pintor deve ser sintético; ele deve utilizar os métodos existentes na medida em que estes se adaptam a seus objetivos.

Mas, além disso, o artista pode proceder a um estudo teórico da cor, orientando-o em duas direções – seu ponto de vista e suas qualidades de pintor devem então enriquecer e completar as três disciplinas de que falamos.

As duas direções a seguir são:
1. o estudo da cor – *a natureza da cor*, de suas propriedades, de suas possibilidades, de seus efeitos, sem referência à aplicação prática –, isto é, o estudo científico desinteressado;
2. o estudo da cor vista sob o ângulo da *necessidade prática* (objetivo imediato) e a pesquisa sistemática, que requererá trabalhos pessoais consideráveis.

Esses dois estudos estão intimamente ligados e o segundo supõe a existência do primeiro. O *método* utilizado para essas pesquisas deve ser analítico e sintético. Os dois métodos estão estreitamente ligados e o segundo supõe a existência do primeiro. Os métodos deverão permitir responder a três questões essenciais, organicamente ligadas a três outras questões essenciais. Essas seis questões englobam o conjunto das questões particulares que se podem colocar nos dois estudos.

São elas:
1. o *estudo* da cor como tal, de sua natureza e de suas propriedades:

a) cor isolada
cor justaposta à outra } valor relativo e absoluto

Começa-se aqui pelo estudo da cor tomada no sentido mais abstrato do termo – ideia da cor –, para passar às cores que se encontram aparentemente na natureza (primeiro, as cores do espectro) e chegar à cor sob sua forma de pigmento;
2. a *justaposição* das cores pela edificação de um conjunto – construção da cor;
3. a *subordinação* da cor (elemento isolado) e das justaposições de cor (construção) ao conteúdo artístico da obra (composição da cor). A essas três questões correspondem três questões ligadas ao problema da forma tomada em seu sentido restrito (na verdade, a cor não pode dispensar a forma):
   a) justaposição orgânica da cor isolada e da forma primária que lhe corresponde (*elementos* pictóricos);
   b) edificação de um conjunto fundo-forma (construção da *forma* acabada);
   c) subordinação dos dois elementos justapostos na *composição* da obra.

Como na Bauhaus a questão da cor é inseparável dos objetivos visados pelos diferentes ateliês e da solução de questões particulares diversas, é preciso aqui levar em conta as seguintes necessidades:
1. as exigências das formas – superfícies e volumes;
2. as propriedades do material utilizado;
3. o papel atribuído ao objeto dado e à tarefa concreta.

Importa descobrir, entre esses diferentes elementos, vínculos regidos por leis. As diversas utilizações da cor exigem um estudo particular: estudo da natureza orgânica da cor, de sua força, de sua duração, das possibilidades de ligá-la a outras por meio de aglutinantes (segundo o caso concreto), da técnica que a isso se liga necessariamente (dependendo do caso e do material dado), da adjunção do pigmento corante a outros materiais coloridos: estuque, madeira, vidro, metal etc.

Esses trabalhos requerem o emprego de meios e, em particular, de medidas tão precisos quanto possível. Estão ligados a ensaios precisos (método experimental) que, partindo de formas tão simples quanto possível, devem passar, segundo uma ordem metódica, a formas cada vez mais complicadas. Nessas experiências, deve--se utilizar também os métodos analítico e sintético: análise apropriada das formas dadas – construção sistemática e metódica.

Para efetuar esses trabalhos científicos se recorrerá:
1. às exposições do professor;
2. às exposições de alunos, propondo sua solução pessoal para um problema específico;
3. à colaboração dos alunos com o mestre, num trabalho metodicamente estabelecido: observações comuns, conclusões, determinação das tarefas individuais, exame das soluções propostas e desenvolvimento posterior do programa de trabalho (seminário).

Serão enfatizadas, em particular, as exigências impostas pela arquitetura – elementos exteriores e interiores da arquitetura, que se conceberão como a base sintética desses trabalhos.

Ontem, hoje, amanhã

Em 1923, Paul Westhein solicitou novamente a colaboração de Kandinsky em seus Künstler Bekenntnisse. *A contribuição do artista foi publicada no livro, em 1925 (Berlim, Propyläen Verlag).*

Nela Kandinsky definiu de maneira concisa as direções de pesquisa da arte, num vocabulário em que se sentem os esforços de clareza e de coerência que lhe eram peculiares na época da Bauhaus.

Desse modo ele traça um verdadeiro quadro da dinâmica da criação pictórica a partir de dois pares de movimentos evolutivos opostos. No nível dos meios, distinguem-se o movimento analítico, que consiste em isolar os diferentes materiais – essencialmente as cores e as formas –, e o movimento sintético, que aborda o problema da combinação harmônica desses meios: a composição pictórica. No nível da demanda, opõem-se o movimento materialista, "que atinge aparentemente suas últimas consequências", e o movimento espiritual, destinado a substituí-lo.

Um terceiro par se acrescenta aos anteriores, unindo o procedimento lógico, ligado ao problema da materialização do conteúdo, e o procedimento intuitivo, ligado ao próprio conteúdo.

Mas todas essas oposições convergem, e tal convergência constitui a riqueza da criação artística, que se fortifica graças à dinâmica das mesmas.

As consequências são muito importantes. Ligadas ao conteúdo, primeiro elas engendram uma arte sintética, fundada na unicidade da emoção que o artista deve transmitir. Ligadas à forma, em seguida, elas anunciam uma verdadeira ciência estética, *cujo papel será determinar todas as condições do trabalho dos novos artistas "espiritualistas".*

Dois movimentos de sentidos opostos convergem para um *único e mesmo* objetivo. Ambos nasceram ontem e tomam hoje seu maior impulso para atingir sua meta amanhã.
São eles:
1. o movimento *analítico,* que chega às suas últimas consequências e parece tê-las atingido;
2. o movimento *sintético,* que se prepara para o amanhã e parece sonhar seus primeiros sonhos.

Esses dois movimentos opostos se combinam com um segundo par de movimentos, igualmente de sentidos opostos, e convergem igualmente para um *único e mesmo* objetivo. Ambos nasceram igualmente ontem e tomam hoje seu maior impulso para atingir amanhã sua meta.
São eles:
1. o movimento *materialista,* que atinge aparentemente suas últimas consequências;
2. o movimento *espiritual,* que se fortifica em seu desenvolvimento.

No que concerne à arte, a esses dois pares se associa o terceiro par de movimentos de sentidos opostos e conducentes a um *único e mesmo* objetivo.
São eles:
1. o método *intuitivo* de edificação da obra, que decorre do segundo ponto do segundo par;
2. o método *teórico* de edificação da obra, que decorre do primeiro ponto do segundo par.

Esses dois métodos conduzem igualmente a um *único e mesmo* objetivo. Este último par se combina com os dois primeiros, mas cada movimento quer permanecer exclusivo.

É sob esse aspecto exteriormente confuso e interiormente homogêneo que se apresenta a fase atual, enraizada no passado e visando ao futuro.

Tal evolução comporta numerosas consequências, que podemos pressentir atualmente e das quais as mais importantes são, ao que tudo indica:
1. no domínio prático, a *arte sintética*, "monumental", arte que em parte é nova e em parte renasce de suas próprias cinzas;
2. no domínio teórico, a *ciência estética*, em parte ressuscitada e em parte nova.

Todas as direções que parecem antitéticas confluem para esses dois objetivos para fundir-se em seguida *num só*.

Assim, as palavras gastas de ontem, "ou – ou", são substituídas já hoje por uma palavra de amanhã, uma só palavra: "e".

Weimar,
abril de 1923.

O FUTURO DA PINTURA

Arte abstrata

Publicado em Der Cicerone *n. 13, em 1925, este artigo acompanhava-se de dez reproduções de obras de Kandinsky, executadas entre 1913 e 1924, assim como de uma xilogravura.*

Neste texto é abordado o aspecto capital da contribuição teórica definida por Kandinsky: a conversão dos valores, que se faz no sentido da interioriade. O ponto de vista se desloca do exterior para o interior, do material para o espiritual. Nesse "recurso ao sujeito", verdadeira revolução copernicana da arte, encontra-se a chave da abstração.

A arte abstrata foi preparada por uma análise metódica do material exterior *da arte: o impressionismo, o neorrealismo e o cubismo. Doravante, pode-se fazer a análise do valor* interior *desses meios da arte. Tal é a tarefa da arte abstrata.*

Os grandes problemas da nossa época, que são também os da nova arte, *serão resolvidos por um estudo preciso dos meios exteriores e de seu valor interior: são os problemas da arte sintética e da ciência estética, do conteúdo e da forma.*

Uma vez operado esse estudo, se poderá chegar a uma definição do conteúdo geral de todas as artes: "O conteúdo é o complexo dos efeitos organizados segundo uma finalidade interior". Essa definição se aplica perfeitamente à arte "abstrata" (sem objeto), onde os elementos puramente pictóricos dominam e desenvolvem livremente suas repercussões interiores. A arte figurativa, em contrapartida, que não recusa nem a anedota, nem o objeto, vê-se obrigada a admitir meios de expressão acidentais, que não procedem de uma finalidade estritamente interior, mas são exigidos pelo próprio caráter da figuração: perspectiva, verossimilhança do tema e das cores etc. Tal é o conteúdo literário *e não puramente* pictórico[1] *de uma obra.*

O objetivo de Kandinsky é desenvolver um verdadeiro programa de estudo dos meios exteriores de acordo com seu valor interior (ressonância espiritual). Tal programa deve comportar:

1. *uma análise dos elementos em si e em suas relações profundas com seus* efeitos *exteriores e interiores;*
2. *uma aplicação* experimental *desses elementos, permitindo discernir a especificidade dos diferentes mundos artísticos e, ao mesmo tempo, suas afinidades profundas;*
3. *a descoberta de um mundo desconhecido, o da pulsação misteriosa, que fará de uma construção exata, mas morta, uma obra de arte viva.*

O artista, o teórico da arte e o erudito devem trabalhar juntos para reencontrar, sob os invólucros exteriores multiformes, a unidade fundamental hoje perdida.

O importante nesse texto é que o autor pratica um exame da própria forma *a partir do* interior. *Assim, não há diferença de natureza entre a arte "figurativa" e a arte "abstrata", mas uma "diferença dos meios de expressão escolhidos" para exprimir um conteúdo*[2]*, que é o mesmo.*

De um modo geral, o momento atual pode ser caracterizado pelos seguintes fenômenos:

---

1. Cf. "*Sobre a questão da forma*", onde o conteúdo e os meios puramente pictóricos são definidos como "escapando totalmente à finalidade prática". Assim são os desenhos das crianças, por exemplo.
2. A palavra conteúdo é empregada aqui, por Kandinsky, em dois sentidos diferentes:
   a) conteúdo ditado pela intuição, pela "necessidade interior", ao artista;
   b) conteúdo formal da obra, visto que as formas têm uma espécie de vida interior.
   Essa dualidade do sentido decorre sem dúvida da impossibilidade, para o autor, de isolar perfeitamente os meios pictóricos puros (forma), que permanecem, para ele, sempre carregados do sentido de sua ressonância interior. Não se trata portanto, na arte abstrata, de combinar meios puros, mas de compor meios de exprimir a "emoção" do artista, que são eles próprios carregados de emoção.

1. deslocamentos dos fenômenos e fatos *materiais*. Tais deslocamentos podem ser constantemente observados enquanto movimentos superficiais;
2. deslocamentos dos fenômenos e fatos *espirituais*. Tais deslocamentos estão ligados aos primeiros de uma maneira ora clara, ora confusa; enquanto movimentos que mergulham nas profundezas, eles só podem ser observados raramente e em fenômenos isolados;
3. deslocamento do ponto de onde se opera a avaliação, fenômeno ligado aos dois processos precedentes e que se realiza com uma lentidão particular. Nessa *mudança de avaliação*, o espírito abandona lentamente o exterior para se voltar muito lentamente para o interior.

Tal processo, observável somente em casos muito isolados, constitui o prelúdio natural de uma das maiores épocas espirituais. Esta deslocará, entre outras coisas, o centro de gravidade do material para o espiritual – o que é de importância capital notadamente no que concerne à arte abstrata –, conservando o material, porém, o significado que lhe compete. Se a arte não se desenvolver, por um lado, como uma atividade puramente prática e utilitária e, por outro, como uma "arte pela arte" gratuita, suas relações com os demais domínios espirituais e, finalmente, com a totalidade da "vida" no sentido mais geral adquirirão cada vez mais vigor. A arte agirá então com tamanha clareza como poder criador de vida, que as dúvidas que levantamos hoje quanto à sua significação e legitimidade aparecerão como o resultado de uma misteriosa cegueira.

É bem possível que, entre as diversas evoluções de nossos dias, assistamos também a um deslocamento do centro da arte, o que significa, em última análise, a transição do princípio latino para o princípio eslavo – do Oeste para o Leste.

A avaliação interior, o valor relativo do exterior, que só encontra sua avaliação no interior, constitui o fundamento dos "tribunais camponeses" russos, que se desenvolveram livremente, sem influência ocidental (direito romano), e se mantiveram e evoluíram até a revolução e depois dela, a despeito da influência ocidental, mesmo nos júris das camadas cultas da sociedade russa[3].

É aqui que nasce a ruptura mais profunda que separa, nos movimentos artísticos, as tendências latinas das tendências eslavas e germânicas – divórcio que aparece nitidamente na atualidade.

É aqui que se deve procurar o começo da arte abstrata, cuja existência se legitima pela *avaliação interior dos elementos da arte*, se pusermos de lado o problema exterior da forma (tal como é considerado, antes de tudo, no "construtivismo").

Essa afirmação é capital: a impossibilidade, a incapacidade espiritual de conformar-se a ela exclui qualquer passagem ao mundo novo.

Se avaliarmos de maneira puramente *exterior* e fria o elemento formal na arte (e na "vida"), as obras de arte abstratas são obras mortas.

A avaliação interior do elemento formal no sentido mais lato – avaliação que se junta à primeira e exerce uma influência calorosa – vivifica as obras de arte abstratas.

Considerado do ponto em que nos encontramos hoje, o século XIX constitui uma preparação lógica, poderosa e cada vez mais acelerada do ponto de vista de que acabo de falar, portanto da arte abstrata. A *avaliação exterior* devia realizar primeiro seu trabalho preparatório, razão pela qual o povo francês, eminentemente dotado para a forma, devia assumir o papel de instrumento mais apto. Essa missão inconscientemente realizada levou tão bem ao primeiro plano a arte francesa, até então pouco influente, que a pintura francesa foi subitamente reconhecida como modelo universal por todos os outros países.

Era sensato e econômico: 1º acumular, 2º decompor o material artístico exterior e submetê-lo à *análise exterior*.

Essas tarefas foram executadas metódica e exatamente pelo impressionismo, pelo neoimpressionismo e pelo cubismo[4].

---

3. Muitos anos atrás observei esse fundamento, para grande surpresa minha, nos inquéritos dos tribunais camponeses russos e, mais tarde, reencontrei seus efeitos, frequentemente ocultos, em diferentes aspectos da vida russa. A grande influência de Dostoiévski na Europa Ocidental se prende, a meu ver, ao mesmo fundamento.
4. As tentativas marginais e inconscientes para chegar à avaliação abstrata, como o "purismo", deviam permanecer sem importância. Por isso malograram.

Uma vez executada tal tarefa, e como lhe era impossível tirar as consequências interiores do que tinha sido alcançado, a pintura francesa devia abandonar esse caminho e voltar-se novamente para o corporal, como se vê hoje em dia. Não é difícil compreender que, se a arte francesa permanecer fiel ao princípio latino, puramente exterior, haverá de retroceder aquém das ideias estéticas que a puseram em evidência há cerca de um século[5].

As manifestações da psique germânica, que se revelaram desde antes da guerra em alguns casos isolados, são altamente características. Viu-se nascer primeiro um entusiasmo geral pela literatura russa, o qual – coisa digna de nota – se dirigiu ordinariamente a Dostoiévski em primeiro lugar e depois se estendeu ao teatro, à dança, à música e finalmente à poesia russa. Em geral, o alemão decerto não está em condições de perceber com nitidez o elemento puramente russo naquilo que é exteriormente russo, posto que a Rússia, também ela, é obrigada a atravessar a última fase da evolução exteriormente materialista; eis por que os próprios russos não podem, via de regra, julgar tais diferenças.

Mas essas ressalvas não impedem que se possa fazer calar, hoje, o triplo acorde do gênio latino, do gênio germânico e do gênio eslavo.

O destino da arte abstrata está ligado à ressonância das três notas desse acorde.

As maiores questões do nosso tempo acham-se naturalmente em estreita relação com o problema geral da "arte abstrata":
1. problema do *conteúdo* e da *forma*;
2. problema da *análise* e da *síntese*;
3. problema necessariamente conjunto da *ciência estética*;
4. problema da *arte sintética*.

Tais problemas tornam-se mais evidentes quando se começa a considerar com clareza os meios exteriores e seus valores interiores.

---

5. É assim que se deve compreender a atual "reação" que se manifesta na França, acompanhada pelos seguidores da pintura francesa em outros países.

As dúvidas e as dissensões sobre a questão do conteúdo na pintura, por exemplo, conduzirão sem dúvida a respostas mal definidas enquanto não se tiver examinado com precisão os domínios das diferentes artes no tocante aos seus *meios de expressão* (método analítico) e enquanto esses meios de expressão não tiverem sido claramente distinguidos uns dos outros.

Uma vez operada tal distinção, a confusão ainda frequente entre o *conteúdo* puramente *pictórico* e o *conteúdo literário* cairá por si mesma.

As afinidades gerais – de certo modo subterrâneas – das artes, que no fim das contas brotam de uma única raiz, se revelam (método sintético) no *conteúdo* geral de *todas as artes*, que no entanto permanecem nitidamente distintas em suas flores terrestres, o que é preciso nunca esquecer.

Esse ponto de vista autoriza uma definição geral do *conteúdo*, definição que vale tanto para a arte tomada em seu conjunto quanto para cada arte em particular.

O conteúdo é o complexo dos efeitos organizados segundo uma finalidade interior.

Nele se unem as noções de construção e de composição, que infelizmente são muitas vezes confundidas.

A diferença entre a arte dita "objetiva" e a arte "sem objeto"[6] reside, pois, em ambos os casos, na diferença entre os meios de expressão escolhidos para exprimir o conteúdo.

No primeiro caso, o pintor recorre, por exemplo, a elementos naturais *fora* dos meios puramente pictóricos, de modo que a ressonância total de sua obra se compõe de dois aspectos distintos – poderíamos dizer *fundamentalmente distintos*.

No segundo caso, o conteúdo de sua obra é exclusivamente o produto dos meios *puramente pictóricos*.

Pode-se caracterizar o último período do desenvolvimento da pintura pós-impressionista – fazendo-se abstração de outros

---

6. *Gegenständliche Kunst – gegenstandslose Kunst.* Traduzimos literalmente as expressões de Kandinsky. Na terminologia francesa, fala-se de arte figurativa e de arte não figurativa. (N. T. Fr.)

aspectos importantes – pelo recuo mais ou menos consciente, mas sempre metódico, da ressonância objetiva. A derradeira consequência de tal processo consiste na eliminação completa dessa ressonância, o que permite aos elementos puramente pictóricos desenvolverem sem entraves, vale dizer, clara e puramente, suas repercussões interiores.

Na medida em que a origem das artes pode ser conhecida e adivinhada, e esquematizando-se fortemente a sua história, pode-se afirmar com certeza o seguinte:

O movimento geral da história das artes – excetuados desvios mais ou menos numerosos – consiste num lento processo que tem, em seu ponto de partida, causas puramente exteriores-práticas-racionais. O elemento "puramente artístico" só se observa, em princípio, sob uma forma embrionária e, depois, se desenvolve por um crescimento constante até uma forma completa dele se desprender.

O período intermediário, que terminou no curso dos últimos decênios, deve ser caracterizado pelo equilíbrio mais ou menos perfeito das duas esferas – a do mundo natural e a do mundo estético –, que se superpõem de modo a constituir um puro acorde duplo.

Encontramo-nos hoje no início do terceiro período da arte, que podemos denominar, por convenção, *período abstrato*.

A condição necessária para o desenvolvimento desse período reside na *avaliação interior dos meios exteriores*.

Daí pode nascer a *organização interiormente adequada* dos meios de expressão, que suscitam, segundo leis específicas, os efeitos que lhes são próprios.

O programa de pesquisa que submeti há cerca de três anos à Academia Russa de Ciências Estéticas, fundada em Moscou no verão de 1921, tem por base o ponto de vista que acabo de expor, o qual permite tratar de maneira científica os "problemas da arte".

Tal programa consiste em três pontos sucessivos, mas indissoluvelmente interligados:
1. o problema dos *elementos* das diversas artes, onde convém distinguir os elementos fundamentais daqueles que são acessórios;
2. o problema da aplicação desses elementos, podendo esta permanecer meramente experimental, sem levar em conta a pulsação viva da obra – problema da *construção*;
3. o problema da subordinação dos elementos e da *construção* à lei enigmática dessa pulsação – problema da *composição*.

Primeiro problema: tratar, na medida em que isso é possível atualmente, de separar os elementos, isto é, as potencialidades das diferentes artes, considerando-as não só cada uma por si, mas também nas profundas relações que elas mantêm com seus efeitos exteriores e interiores. Ao mesmo tempo, as diferenças mínimas que existem entre as diversas artes acarretarão provavelmente repercussões máximas – *trabalho analítico*. Por outro lado – tanto quanto se pode prever hoje –, o conjunto das artes revelará uma raiz comum – objetivo que deverá ser atingido pelo *método sintético*.

O *segundo problema* engloba, afora o problema da construção na arte, o da construção da natureza "morta" e "viva". Trata-se de separar a especificidade dos diferentes mundos artísticos e, ao mesmo tempo, de fazer aparecer suas afinidades profundas.

O *terceiro problema*, o mais difícil de todos, que consiste numa investigação que nenhuma tradição preparou, conduzirá a descobertas que hoje não podemos pressentir. Trata-se de escolher um caminho ainda não trilhado pela ciência e que tem como ponto de partida a seguinte questão: qual é, reduzido à sua expressão mais simples, o fator secreto, hoje invisível e que se subtrai à observação, dotado do poder insondável de tornar viva, num relâmpago, uma obra de construção correta, exata, porém morta? Encontram-se aqui provavelmente os problemas da alma estética (*Kunstseele*) e da alma universal (*Weltseele*), à qual pertence também a alma humana. Também aqui se podem descobrir diferenças mínimas? Uma raiz comum se manifesta igualmente nesse domínio?

A base bastante ampla desse programa de pesquisas exige absolutamente um trabalho comum do artista, do teórico da arte e do cientista (ciências positivas e ciências do espírito). A composição da Academia Russa de Ciências Estéticas repousa nessa base.

Para mim, é perfeitamente claro que só poderemos apreender as afinidades interiores (resultados sintéticos, portanto, também, arte sintética) no momento em que distinguirmos esses mundos particulares da maneira mais rigorosa possível. Nesse caso, os elementos fundamentais devem ser libertados, não só na prática como também na teoria, de todas as ressonâncias secundárias que os acompanham, a fim de podermos experimentar sua ressonância absoluta, seu valor absoluto, e verificar o seu efeito.

Enquanto na pintura, por exemplo, os elementos pictóricos estiverem subordinados ao arcabouço das formas naturais, será impossível evitar a ressonância secundária e, por conseguinte, descobrir a lei pura da construção pictórica. O problema da composição se vê então envolto em trevas ainda mais espessas e o caminho que conduz ao *nervus rerum* permanece impraticável.

A manipulação consequente dos elementos fundamentais, associada à experimentação e à aplicação de suas potencialidades interiores – portanto, de maneira geral, o *ponto de vista interior* –, constitui a primeira e inelutável condição da arte abstrata.

Quer-me parecer que as ciências positivas também sairiam ganhando, hoje, se adotassem tal atitude com relação à "natureza" e ao "homem", na medida em que ele faz parte da "natureza". O caminho do *valor interior* permitiria evitar muitos impasses.

Seguindo esse caminho, a arte e a ciência se afastarão da especialização unilateral que acarretaria uma dispersão fatal (século XIX) e que já assumiu proporções alarmantes; a arte e a ciência recobrirão a *unidade* de suas forças internas sob a diversidade dos invólucros exteriores. A harmonia perdida do elemento interior que reside em todos os mundos e a explosão desses mundos se metamorfosearão em sua fusão – diferenças exteriores, unidades interiores.

A arte enveredou pelo caminho dos pioneiros, e tudo leva a crer que o grande período da arte abstrata, que acaba de começar, a revolução fundamental que subverte a história da arte, se conta entre as primícias mais importantes da revolução espiritual que chamei, faz pouco tempo, de Época dos Grandes Espirituais.

Análise dos elementos primeiros da pintura

Publicado no número 4 dos Cahiers de Belgique, *em maio de 1928. A revista continha também um artigo elogioso sobre a Exposição Kandinsky que se realizava na Galerie de l'Époque, em Bruxelas.*

Este texto tem o mérito de apresentar uma síntese das ideias do artista numa época em que ele se acha em plena posse de seus meios. Reafirma-se aí a dupla essência da criação artística: intuição e reflexão. Foi a pintura "abstrata" que permitiu clarificar a pesquisa teórica ao revelar o "caráter objetivo dos processos pictóricos". "Desse modo, a teoria pictórica enveredou por um caminho científico." Ela deve estabelecer o vocabulário e a gramática da linguagem da pintura.

Precisar o vocabulário, definir os elementos primeiros da pintura, tal é a parte analítica do trabalho. Estabelecer a gramática, isto é, determinar as "leis a que esses elementos obedecem numa obra", constitui sua parte sintética.

Kandinsky expõe os resultados de suas pesquisas nesse sentido e termina com um paralelo entre a criação artística e as obras da natureza: há uma equivalência entre as leis de construção da natureza e as da arte.

Não me é possível, neste curto ensaio, abordar a fundo um tema tão vasto. As ideias que aqui resumo terão um caráter inevitavelmente esquemático. Tal esquema nada mais é que uma raiz da qual estão necessariamente excluídos os variados desenvolvimentos ideológicos.

Hoje, no estado "caótico" de nossa época, percebem-se diferentes aparecimentos da ordem em diversos domínios, na arte em geral e na pintura em particular.

Tal ordem se manifesta especialmente na pintura graças a renovadas tentativas de edificar *de novo* uma teoria pictórica, começando pelos princípios para desembocar num "tratado de composição".

Verdade é que a propensão para a teoria parece a muitos bastante incerta, se não perigosa e mesmo nefasta. Não só os historiadores, mas os próprios artistas recuam ante a reflexão, ante a "cerebralidade", temendo atentar contra a pura "invenção", perigo que teria por consequência natural o fim de toda arte.

Por outro lado, alguns artistas estão de tal modo persuadidos da importância do procedimento teórico que acabam recusando sua fase intuitiva.

Ainda aqui, o estado anormal do pensamento moderno rompeu o equilíbrio das duas fases: intuição e reflexão.

Pode-se admitir com toda certeza que os grandes períodos artísticos tiveram teorias de arte inteiramente desenvolvidas das quais ainda hoje se percebem alguns resquícios. O período "acadêmico" anterior ao expressionismo detinha seguramente os raros fragmentos de um tratado de composição transmitido pelo passado, mas dele fez apenas uma aplicação mecânica que já não podia resultar em organismos plásticos realmente vivos.

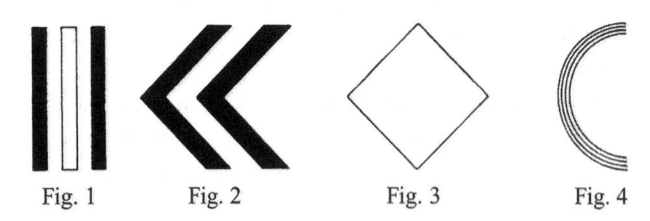

Fig. 1   Fig. 2   Fig. 3   Fig. 4

Fig. 1. Repetição de uma linha reta com mudança de peso
Fig. 2. Repetição de um ângulo
Fig. 3. Repetição oposta de um ângulo, criação de superfície
Fig. 4. Repetição de uma curva

ANÁLISE DOS ELEMENTOS PRIMEIROS DA PINTURA   217

Foi de maneira mais ou menos inconsciente que se colocou a primeira pedra da teoria, ainda jovem em nossos dias, dos impressionistas. O princípio foi desenvolvido pelos neoimpressionistas (Signac publicou o primeiro livro teórico sobre a matéria) e a evolução prosseguiu com o expressionismo, o cubismo e outros *ismos*. A pintura abstrata seria chamada a dar a essas primeiras teorias uma base muito clara e um método de criação e de realização particularmente nítido.

Foi pela consideração do caráter objetivo dos processos pictóricos que a teoria chegou a essa clareza indispensável na base e na teoria. Hoje já é lícito supor que a teoria pictórica enveredou por um caminho científico para desembocar, sem dúvida nenhuma, num ensino preciso.

A teoria deverá:
1. estabelecer um vocabulário organizado de todas as palavras atualmente esparsas e desorbitadas;
2. fundar uma gramática que conterá regras de construção.

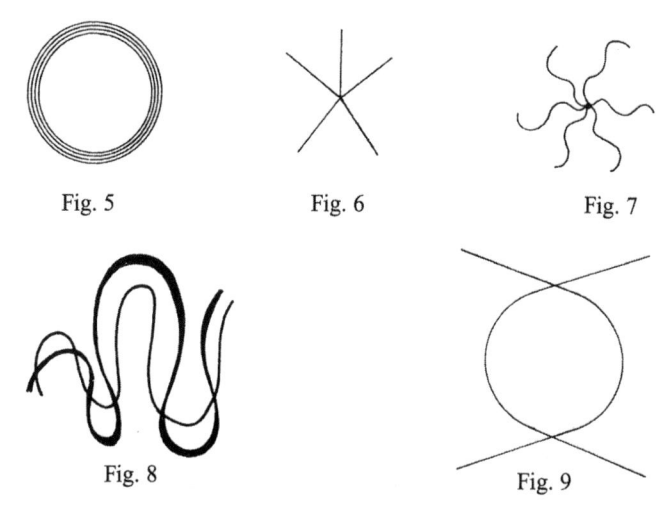

Fig. 5   Fig. 6   Fig. 7

Fig. 8   Fig. 9

Fig. 5. Repetição de curvas opostas, nova criação de superfície
Fig. 6. Repetição "central-rítmica" de uma reta
Fig. 7. Repetição "central-rítmica" de uma curva
Fig. 8. Repetição de uma curva cindida por uma acompanhante
Fig. 9. Repetição oposta de uma curva

Como as palavras na língua, os elementos plásticos serão reconhecidos e definidos.
Assim como na gramática, serão estabelecidas leis de construção. Na pintura, o tratado de composição corresponde à gramática.
A pintura abstrata busca, portanto, agrupar esses elementos, ou seja:
1. precisar os elementos primeiros e denominar os que deles emanam, mais diversos e mais complicados – parte analítica;
2. as leis possíveis da organização desses elementos numa obra – parte sintética.

O elemento primeiro da forma desenhada é o *ponto*, que é indivisível. *Todas* as linhas emanam organicamente desse ponto.

A. Linhas:
I. – *Retas*:
   a) horizontais;
   b) verticais;
   c) diagonais;
   d) retas.
II. – *Angulares ou quadradas*:
   a) geométricas;
   b) livres – nas direções horizontais, verticais etc.
III. – *Curvas:*
   a) geométricas;
   b) livres – nas direções do caso II.

B. Superfícies:
   1. – Triângulo;
   2. – Quadrado;
   3. – Círculo;
   4. – Formas mais livres dessas três fundamentais;
   5. – Superfícies livres que já não emanam da geometria.

Insisto no caráter relativo da expressão "desenho"[1], que empreguei a propósito dessas formas: a forma "do traço"[2] é, *em última análise*, plástica, visto que o "contorno" e a "cor" são, em pintura, elementos iguais. Teoricamente, as duas maneiras devem ser distinguidas.

Os elementos do desenho e os elementos plásticos guardam entre si uma relação orgânica permanente.

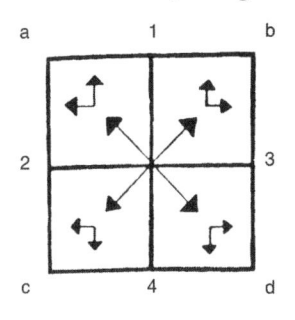

Tensões vindas do centro

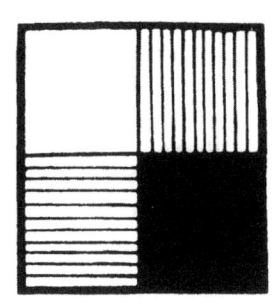

Distribuição do peso

Reconhece-se tal relação nessas tensões que nada mais são que as *forças internas* dos elementos.

Essas forças internas, a que chamo de *tensões*, são exclusivamente atuantes, tanto na teoria quanto na prática.

Num elemento tão isolado quanto possível, a tensão deve ser considerada como absoluta.

Na associação de dois ou mais elementos, as tensões absolutas subsistem, mas adquirem então um valor relativo.

Esses valores relativos pertencem exclusivamente aos meios de expressão da composição, ou seja, servem ao sujeito como meio único e o levam à expressão.

Limito-me aqui a alguns exemplos das relações orgânicas entre a forma pintada e a forma desenhada, sem estabelecer suas razões[3].

1. Não posso aqui sistematizar mais exatamente.
2. *Zeichnerisch*, quase intraduzível. (N. T. Fr.)
3. O leitor poderá encontrar em meu livro *Ponto-linha-plano* desenvolvimentos mais ponderados.

Ângulo	∠	⌐	⌐	
Superfície	△	□	○	
Cor	amarelo	vermelho	azul	

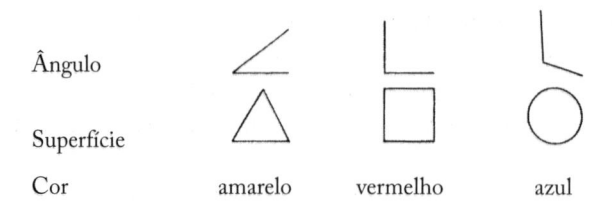

Faço observar expressamente que tais relações, em princípio inalteráveis, devem ser consideradas de maneira apenas teórica.

Na prática, as formas plásticas e as formas desenhadas podem ser combinadas de outro modo, e de todas as maneiras possíveis, e isso resulta em consequências importantes.

Teoricamente, o triângulo é sempre amarelo. Na prática, essa associação resulta em:

1. (valor absoluto do triângulo) + (valor absoluto do amarelo) = 2.

Um triângulo azul resultará em:

1. (triângulo) + 1 (amarelo) + 1 (valor acessório da "inarmônica") = 3

A primeira combinação é, por assim dizer, intimamente tingida de "lirismo" e a segunda, de "dramático". Ambas são possíveis na prática, mas, dando resultados diferentes, devem ser empregadas com conhecimento de causa, de acordo com a natureza do conteúdo.

O conteúdo nada mais é que a soma das tensões organizadas. Desse ponto de vista, descobre-se a identidade originária das leis de composição nas diferentes artes, dado que estas só podem materializar o seu tema mediante tensões organizadas.

Encontram-se aí a solução e a porta da obra "sintética" do futuro. Desse ponto de vista, descobre-se a correspondência profunda e íntima entre a arte e a natureza: a exemplo da arte, a natureza "trabalha" com seus próprios meios (o elemento primeiro na natureza é também o ponto) e já hoje se pode admitir com a inteira certeza que a raiz profunda das leis da composição é idêntica para a arte e para a natureza.

A relação entre a arte e a natureza (ou, como se diz hoje, o "objeto") não está no fato de que a pintura jamais conseguirá evitar a representação da natureza ou do objeto. Mas ambos os "domínios" realizam sua obra segundo um modo semelhante ou idêntico, e as duas obras, que desabrocham simultaneamente e têm vida independente, devem ser consideradas tais e quais.

Dessau,
março de 1928.

Reflexões sobre a arte abstrata

Em 1931, Christian Zervos solicitou a Kandinsky que respondesse a uma pesquisa dos Cahiers d'Art *a respeito da arte abstrata, acusada:*
"1. de ser involuntariamente inexpressiva e demasiado cerebral, portanto de estar em contradição com a própria natureza da verdadeira arte, que seria essencialmente de ordem sensual e emotiva;
2. de ter substituído voluntariamente a emoção oriunda das longínquas profundezas do inconsciente por um exercício mais ou menos hábil e sutil, mas sempre objetivo, de tons puros e de desenhos geométricos;
3. de ter restringido as possibilidades que se ofereciam à pintura e à escultura, até reduzir a obra de arte a um simples jogo de cores inscritas em formas de um racionalismo plástico muito restritivo, que podiam, quando muito, convir ao cartaz e ao catálogo de publicidade, mas não às obras que se prevalecem do domínio artístico;
4. de ter, por severidade técnica e despojamento total, colocado a arte num impasse de ter assim suprimido todas as suas possibilidades de evolução e de desenvolvimento."
A resposta de Kandinsky constitui o último artigo que ele escreveu para a Bauhaus de Dessau, que as circunstâncias logo o forçariam a abandonar.
Depois de descartar essas quatro acusações, Kandinsky afirma de maneira definitiva sua crença na intuição e no sentimento e toma distância em relação a uma arte puramente racional ou puramente "materializada", como a dos construtivistas.

Para ele a arte abstrata é significante no mais alto nível. Ela é linguagem, e tal linguagem pode falar mais alto que a da figuração da natureza: "Hoje, às vezes um ponto diz mais em pintura que uma figura humana. Uma vertical associada a uma horizontal produz um som quase dramático. O contato do ângulo agudo de um triângulo com o círculo não tem um efeito menor que o do dedo de Deus com o dedo de Adão em Michelangelo".

Ele vê mesmo, na arte abstrata, uma progressão no domínio do conhecimento da natureza: trata-se de tocar, sob a "pele" da natureza, sua "essência", seu "conteúdo": "Com o tempo se demonstrará nitidamente que a arte abstrata não exclui a ligação com a natureza, mas que, ao contrário, essa ligação é maior e mais íntima do que vem ocorrendo nos últimos tempos".

Kandinsky toma assim claramente partido por uma missão mediadora da arte pictórica que, dominando os seus meios (cor e forma), se torna apta a revelar-nos a essência oculta das coisas. Doravante, essa missão é ainda mais importante, na medida em que só a arte nos pode permitir atingir a ordem cósmica, da qual a ciência e a filosofia nos separam irremediavelmente (*cf.* Do espiritual na arte).

Os pintores "abstratos" estão sendo acusados, por isso precisam defender-se. Cabe-lhes provar que a pintura sem "objeto" é a verdadeira pintura e tem direito de existir ao lado da outra.

Este modo de colocar a questão é inexato e injusto.

Sinto-me tentado a inverter a questão e a pedir aos partidários exclusivos da pintura de objeto que provem ser a sua pintura a única verdadeira.

Em outros termos: que os partidários da pintura de objeto *provem* que o objeto é tão indispensável na pintura quanto a cor e a forma (no sentido restrito), sem as quais não se poderia imaginar a pintura.

A experiência de diferentes épocas produziu pinturas que não recorreram à representação e que, destarte, aumentaram particularmente o valor dos elementos indispensáveis: forma e cor.

Algumas das nossas pinturas "abstratas" atuais são, no melhor sentido da palavra, dotadas de vida artística: têm a pulsação, a radiação da vida e exercem uma ação sobre o interior do homem por intermédio dos olhos, *de maneira pictórica*. Do mesmo modo, não há entre as inumeráveis pinturas atuais sem objeto senão algumas dotadas de vida artística, no melhor sentido da palavra.

Gostaria de observar brevemente que a etiqueta "abstrato" induz em erro e é prejudicial quando tomada ao pé da letra. Mas, que eu saiba, a etiqueta "impressionismo" foi, em seu tempo, imaginada e empregada para ridicularizar esse movimento. O termo "cubismo", tomado literalmente, é uma banalização nociva de tudo o que há de novo no cubismo.

As críticas dirigidas à pintura "abstrata" são-me conhecidas de longa data.

Ela seria um impasse: os impressionistas, os cubistas, os expressionistas e os pós-impressionistas não devem ter ouvido exatamente as mesmas profecias? Todas essas "tendências" – é assim que se costuma chamar as revelações – foram consideradas pela imprensa, pelo público e pelos próprios artistas como "anárquicas" (ainda não existia o bolchevismo), ameaçando e destruindo o princípio "eterno" da pintura. Como consolo, dizia-se que elas conduzem a um impasse.

Afirmou-se que os impressionistas rebaixam a arte por seu amor à paisagem e que esse amor corresponde a uma redução catastrófica da força criadora. Não se falava somente de impasse, mas de morte da pintura etc., etc. Quanto a exemplos, não é difícil encontrá-los na história da arte.

A natureza da arte permanece imutável para sempre, trata-se da pintura ou da música, por exemplo. Seria possível encontrar um homem capaz de sustentar que só a *Lied* ou a ópera corresponderiam à verdadeira essência da música e que a música sinfônica pura seria intelectual e artificial e resultasse num impasse? Pois houve tempo em que se ouviam tais afirmações.

Só leva a impasses aquilo que volta as costas ao espírito, enquanto o que nasce do espírito e lhe serve supera todos os impasses e conduz à liberdade.

Trabalho intelectual – É sempre um pouco perigoso apoiar-se apenas no passado. É perigoso pretender que as novidades seriam erros porque ainda nunca existiram. E é por essa razão que o nosso conhecimento do passado é tão deficiente. Pode-se, com efeito, encontrar com muita frequência, no passado, fenômenos intimamente aparentados pelo menos com os fenômenos "mais recentes" e que nunca existiram – pensemos, por exemplo, em Frobenius e em suas descobertas dos últimos tempos.

No tocante ao trabalho intelectual, temos o direito de afirmar que houve na história da arte períodos nos quais a colaboração da razão (trabalho intelectual) desempenhou um papel não só importante como decisivo. Seria, pois, inegável que o trabalho intelectual tivesse constituído por vezes uma força de *colaboração* necessária.

Podemos, por outro lado, sustentar com igual legitimidade que, até o presente, o trabalho intelectual por si só, isto é, sem elemento intuitivo, nunca deu origem a obras vivas.

Mas não se pode, ademais, senão estar "convencido", "acreditar firmemente", profetizar que nunca foi de outra maneira pela razão de que não *pode* ser de outra maneira.

Esta é também minha "convicção" pessoal, mas sem que eu possa prová-la de um modo puramente teórico. Só posso falar por experiência pessoal: minhas poucas tentativas para proceder de maneira exclusivamente "razoável" do princípio ao fim nunca levaram a uma verdadeira solução. Eu desenhava, por exemplo, a imagem projetada sobre uma superfície calculada segundo proporções matemáticas, porém a cor modificava as proporções do desenho tão profundamente que não era possível confiar unicamente na "matemática".

Disso sabe todo artista, para quem os elementos são coisas vivas. Além do mais, na cor isolada (fazendo abstração, na medida do possível, da forma), a matemática "matemática" e a matemática "pictórica" são domínios totalmente distintos. Quando a uma maçã se acrescenta um número sempre crescente de maçãs, o número das maçãs aumenta e pode-se contá-las. Mas, quando a um amarelo se acrescenta sempre mais amarelo, o amarelo não aumentará, mas diminuirá (o que temos no começo e o que resta no fim não pode ser contado).

Ai de quem confia unicamente na matemática – e na razão!

A lei fundamental que rege o método de trabalho e as energias do pintor "com objeto" e do pintor "sem objeto" é absolutamente a mesma.

As obras *"normais"* da pintura abstrata brotam da fonte comum a todas as artes: a intuição.

A razão desempenha em todos os casos o mesmo papel: ela colabora, quer se trate de obras que copiam objetos, quer não, mas sempre como fator secundário.

Os artistas que se dizem "puros construtivistas" fizeram tentativas diversas para construir sobre uma base puramente materialista. Procuraram eliminar o sentimento "ultrapassado" (intuição) para servir ao tempo presente "racional" por meios que lhe fossem adaptados. Esqueciam que há duas matemáticas. E, de mais a mais, nunca conseguiram estabelecer uma fórmula nítida que respondesse a todas as proporções do quadro. Desse modo, se viam forçados ou a pintar quadros ruins, ou a corrigir a razão pela intuição "ultrapassada".

Henri Rousseau afirmou um dia que seus quadros eram particularmente bem-sucedidos quando ele ouvia em si mesmo, de maneira particularmente nítida, "a voz de sua finada mulher". Do mesmo modo, aconselho a meus alunos que aprendam a pensar, mas que só pintem *quadros* quando ouvirem a "voz de sua finada mulher".

Geometria – Por que uma pintura na qual se reconhecem formas "geométricas" é dita "geométrica" enquanto uma pintura em que se reconhecem formas vegetais não é dita "botânica"?

Ou, então, pode-se chamar de "musical" uma pintura na qual se pode distinguir numa tela um violão ou um violino?

Criticam-se alguns pintores "abstratos" por se interessarem pela geometria. Quando eu tinha de estudar anatomia na escola de pintura (pela qual não tinha muito gosto, pois o ensino do professor de anatomia era ruim), meu mestre Anton Azbe me dizia: "Você *precisa* conhecer anatomia, mas diante de seu cavalete *precisa* esquecê-la".

Após o período da paisagem, quando esta foi "admitida", a imprensa, o público e os próprios artistas foram tomados de um novo assombro, quando subitamente se começou a pintar cada vez mais "naturezas-mortas". A paisagem, pelo menos, é uma coisa viva (natureza-viva), afirma-se então, e não é sem motivo que essa "natureza" é chamada "morta".

Mas o pintor tinha necessidade de objetos discretos, silenciosos, quase insignificantes. Como uma maçã é silenciosa ao lado do Laocoonte!

Um círculo é ainda mais silencioso! Mais ainda que uma maçã. Nossa época não é ideal, mas entre as raras "novidades" importantes ou as novas qualidades do homem é preciso saber apreciar essa crescente faculdade de ouvir um som no silêncio. E foi assim que o homem ruidoso se viu substituído pela paisagem mais silenciosa e a própria paisagem pela natureza-morta, ainda mais silenciosa.

Deu-se mais um passo. Hoje, um ponto às vezes diz mais na pintura que uma figura humana.

Uma vertical associada a uma horizontal produz um som quase dramático. O contato do ângulo agudo de um triângulo com um círculo não tem efeito menor que o do dedo de Deus com o dedo de Adão em Michelangelo.

E, se os dedos não são os da anatomia ou da fisiologia, porém muito mais, a saber, meios pictóricos, o triângulo e o círculo não são os da geometria, porém muito mais: meios pictóricos. Sucede também que, às vezes, o silêncio fala mais alto do que o barulho, que o mutismo adquire uma nítida eloquência.

Naturalmente, a pintura abstrata pode, além das formas ditas geométricas, muito rigorosas, fazer uso de um número ilimitado de formas ditas livres, e ao lado das cores primárias empregar uma quantidade ilimitada de tonalidades inexauríveis – sempre de acordo com a finalidade da imagem dada.

Quanto a saber por que essa faculdade aparentemente nova começa a se desenvolver entre os homens, trata-se de uma questão complexa que nos levaria longe demais. Basta-nos aqui dizer que ela está ligada a essa faculdade aparentemente nova que permite ao homem chegar, sob a *pele* da *natureza*, à sua essência, ao seu conteúdo.

Com o tempo, será demonstrado nitidamente que a arte "abstrata" não exclui a ligação com a natureza, mas, ao contrário, essa ligação é maior e mais íntima do que vem acontecendo nos últimos tempos.

Os espíritos que à vista de alguns triângulos num quadro ficam prisioneiros desses triângulos e que, assim, são incapazes de ver a pintura são os mesmos que mandaram colocar uma folha de videira sobre todas as estátuas masculinas da Antiguidade.

Creio, porém, que nem a folha de videira tinha o poder de descerrar-lhes os olhos para a forma plástica da Antiguidade.

Aliás, não esqueçamos que, como diz em sua história do teatro russo um grande homem de teatro, Nelidoff, nada é tão encarniçadamente combatido como uma nova forma em arte.

A forma inabitual mascara o fundo: assim é para a maioria dos homens.

Só o tempo pode mudar esse estado de coisas.

Pintura abstrata

Publicado em 1935, no número 6 de Kronick van Hedengaagse Kunst en Kultuur. *Fugindo da Alemanha nazista em 1933, Kandinsky encontrara refúgio em Paris. Vir a Paris era para ele um sonho já antigo, que a necessidade o obrigou a realizar. Mas aqui ele se sentiria muito isolado: "Nesse momento", escreve Miró, testemunha da época, "os mestres se recusavam polidamente a recebê-lo, os críticos chamavam-no de professor de escola e colavam a etiqueta de trabalhos manuais de senhoras em seus quadros".*

Grande foi a decepção para Kandinsky, que já em 1912 tivera de sofrer os mais ferozes ataques contra suas teorias na Alemanha. Este texto testemunha sua necessidade de justificar-se e de explicar ainda uma vez o que ele criou.

Trata-se, portanto, de um artigo essencialmente polêmico, no qual o autor se faz advogado da arte abstrata.

Nele encontramos, primeiro, uma reflexão sobre as diferentes denominações da arte abstrata: o termo "não figurativo" exclui o objeto sem substituí-lo; "absoluto" não melhorava muito as coisas. O melhor termo é arte "real", visto que essa arte cria um mundo espiritual que só pode ser engendrado pela própria arte. Em todo o caso, o fato de esta arte não ter ainda uma etiqueta definitiva prova que ela está bem viva.

A melhor demonstração de seu vigor é fornecida pelos incessantes ataques de que ela é objeto. Tais ataques provêm de uma época materialista apegada à Forma do passado, mas não ao seu Espírito.
Quanto aos diferentes argumentos dirigidos contra ela, é possível respondê-los ponto por ponto:
– argumento fundado na impossibilidade de um juízo. Resposta: a relatividade do juízo de gosto existe para toda forma de arte, passada ou presente;
– limites dos meios da arte abstrata, que utiliza sempre os mesmos motivos. Resposta: Michelangelo também. A música abstrata também possui meios limitados;
– a ausência de objeto mata a cor. Resposta: todo mau pintor, abstrato ou realista, mata a cor;
– ausência de intuição, pois ela vem da natureza, que o pintor abstrato afeta ignorar. Resposta: a natureza e a alma são também a fonte da arte abstrata.
A importância que se atribui à questão da forma é grande demais. "Seria preciso deixar o artista livre para escolher sua forma". O que conta é a síntese interior, e a boa forma é a que melhor convier para essa síntese: a forma não figurativa.
"A questão da forma não existe em princípio."

A expressão "pintura abstrata" não é muito apreciada. E com justiça, pois não significa grande coisa, ou, pelo menos, se presta à confusão. Eis por que os pintores e escultores abstratos de Paris tentaram criar uma expressão nova: falam de arte "não figurativa", equivalente à expressão alemã *gegenstandslose Kunst*.

Os elementos negativos de tais expressões (não e "los" [livre de, sem]) não são muito felizes: excluem o objeto sem nada colocar em seu lugar. Já há algum tempo, tentou-se substituir (o que fiz antes da guerra) abstrato por absoluto. Na verdade, isso não melhorava muito as coisas. A meu ver, o melhor termo seria arte *"real" (reale Kunst)*, pois essa arte justapõe ao mundo exterior um novo mundo da arte, de natureza espiritual. Um mundo que só pode ser engendrado pela arte. Um mundo real. Mas a velha denominação de arte abstrata já tem foros de cidadania.

A meu ver, as palavras "impressionismo" e "cubismo" não têm mais sentido e se prestam à confusão. Mas já adquiriram um caráter histórico, têm seu lugar numa classificação bem estabelecida e, por isso mesmo, fazem parte das realidades indiscutíveis.

É curioso constatar que o cubismo é tão velho (ou jovem) quanto a pintura abstrata; não obstante, já se tornou "histórico" e indiscutível. Ninguém contesta, hoje, nem o termo cubismo, nem o movimento. Um crítico de arte "progressista", em particular, jamais teria a coragem de atacá-lo. Isso, talvez, porque o cubismo, em sua forma mais pura, durou pouco, esgotou-se tão rapidamente, e porque *de mortuis aut bene aut nihil*.

Quantas vezes não se tentou enterrar também a arte abstrata, quantas vezes não se profetizou sua morte definitiva! Para grande assombro dos profetas, existe hoje uma nova geração de pintores abstratos em muitos países. No entanto, permito-me lembrar que pintei meu primeiro quadro abstrato em 1911, portanto há 24 anos. Foi mais ou menos esse ano de 1911 que também viu nascer o cubismo. Tal época foi o começo de muitas "explosões" na arte – pense-se nos inumeráveis *ismos* que não tardaram a desaparecer e a cair no esquecimento (dadaísmo, purismo, expressionismo, suprematismo, maquinismo etc., etc.). Quanto aos outros, colou-se-lhes, como eu disse, uma etiqueta.

Assim, a arte abstrata é uma arte atual, viva, que escapou à classificação, à etiquetagem – ainda bem!

Os ataques de que essa arte não cessou de ser objeto (ataques não raro carregados de ódio) são a melhor prova de sua vitalidade e de sua importância. Estou certo de que essa vitalidade e essa importância são, por sua vez, a melhor prova de que a arte abstrata é não apenas a arte do presente como também a do futuro. Talvez mais a arte do futuro do que a arte do presente. No momento presente, a grande massa é extremamente materialista e formalista. Por conseguinte, reacionária. Os reacionários não podem ter o sentido da arte espiritual do futuro. Não lhes resta outro recurso, senão o de apegar-se ao passado. Seu erro eterno é o de imaginar que permanecem fiéis ao espírito do passado, quando na verdade são fiéis não ao *espírito*, mas *à forma*. Donde a errônea conclusão:

não houve até aqui forma abstrata em arte, portanto não poderá haver no futuro. Tal é a famosa prova "histórica" utilizada contra a arte abstrata. Também se "provou", outrora, que não podia haver aviões. Se se dessem ouvidos a profetas desse gênero, o homem ainda estaria vivendo em cavernas.

Além do argumento "histórico", existem muitos outros cujo fim é refutar a possibilidade de uma arte abstrata.

Alguns teóricos (muito ingênuos, na verdade) pretendem que não haveria nenhum meio de medir a qualidade da arte abstrata, nenhum meio de distinguir a boa arte abstrata da má. Tal afirmação é exata. Mas exata no que concerne não apenas à arte abstrata, porém à arte em geral. Todo mundo sabe que grandes artistas muitas vezes passaram fome, morreram esquecidos e pobres, enquanto pintores, escultores, poetas e músicos muito medíocres (que em alemão são chamados de *Kitscher* e em francês de *pompiers*), que frequentemente foram "artistas" e não Artistas (e isso continua a ser verdadeiro em nossos dias), desfrutaram da glória e da admiração geral e ganharam muito dinheiro. Por outro lado, para falar de artistas que têm seu valor reconhecido em toda parte e cuja fama é justificada, é comum ver alguns especialistas preferirem suas obras da "juventude" às obras mais "tardias", enquanto outros *experts* são de parecer contrário. É igualmente impossível definir como "boas" ou "melhores" não só obras isoladas como também "períodos" inteiros de criação, que se compõem de numerosas obras isoladas e cuja qualidade nenhum instrumento ainda permite medir. Com frequência um artista é *rejeitado* durante anos, ou mesmo ridicularizado, e bruscamente reconhecido no fim de sua vida, levado ao pináculo (Henri Rousseau, por exemplo, para citar um caso recente e que todos nós vivemos). A avaliação da qualidade conhece estranhos avatares: às vezes um artista só vem a ser "redescoberto" depois de vários séculos (El Greco, por exemplo). Pode também acontecer que o título de "maior pintor de todos os tempos" seja concedido hoje a um artista, amanhã a outro (por exemplo, Rafael, Giotto, Grünewald etc.). E ocorre igualmente que um "período áureo" seja bruscamente rebaixado ao nível de "período de decadência" (por exemplo, o período "clássico" da plástica grega).

Jamais existiu "termômetro" capaz de medir o nível atingido pela arte, e jamais existirá.

Com demasiada frequência (embora isso ocorra cada vez mais raramente na atualidade), continua-se a propalar que a arte abstrata dispõe de meios muito limitados, o que a obriga a utilizar sempre os mesmos "motivos" ou "elementos", e que, por conseguinte, ela se "exaure" com demasiada rapidez. Adotar esse ponto de vista levaria a rejeitar muitos grandes artistas, a recusar-lhes o nome de artistas, já que eles não cessam de "repetir-se" e são, portanto, maçantes e pobres. Como apreciar, por exemplo, Michelangelo, que durante sua longa vida utilizou exclusivamente o corpo humano e se limitava sempre à representação da musculatura (que ele desenvolve, segundo alguns, de maneira "exagerada" e "desnatural")? Não se deveria catalogá-lo como o escultor "mais maçante e mais pobre" de todos os tempos? Desse ponto de vista, dever-se-ia indubitavelmente colocar Michelangelo na célebre série de estátuas da Liege-Allee de Berlim[1].

E a pobre música! Como seus meios são "perigosamente" limitados! Sempre e sempre os mesmos instrumentos de cordas e de sopro, e só um pouquinho de percussão. Como, então, distinguir Bach de Johann Strauss?

Ser "formalista" (ou, para falar alemão, "superficial") é um perigo que leva inevitavelmente a um impasse. Outro "canhão" dirigido contra a arte abstrata, mais exatamente contra a pintura abstrata: a cor só pode viver ligada a um "objeto"; sem objeto ela ficaria "morta". Em apoio a essa afirmação não se poderia fornecer outras provas além de uma "palavra de honra", pois nenhum outro argumento seria capaz de demonstrá-la. Creio mesmo que a cor "em si" é sempre viva e que só os maus pintores têm o dom de "matá-la".

Finalmente, importa não desdenhar a última objeção contra a arte abstrata, objeção que seus adversários quase nunca deixam de formular e que consideram "acabrunhante".

---

1. Trinta e duas estátuas de mármore dos últimos anos do século XIX, representando as lembranças do Brandemburgo e da Prússia, orlavam essa avenida de Berlim hoje desaparecida. (N. E. Fr.)

Poderíamos apresentá-la sob a forma de raciocínio lógico:
1. Só a natureza (à qual se integram, obviamente, objetos saídos da mão do homem ou da máquina, tudo o que se utiliza para a "natureza-morta") é capaz de impulsionar o pintor e despertar-lhe a intuição.
2. O pintor abstrato não utiliza a natureza (ou "natureza") e pretende dispensá-la. Portanto:
3. A pintura abstrata exclui a intuição e torna-se, assim, uma pintura "cerebral".

Respondi em poucas palavras, como convinha, a essa falsa conclusão. Permito-me citá-las tal como as escrevi para os *Cahiers d'art* a pedido do senhor Ch. Zervos:

> Toda a natureza, a vida e o mundo inteiro que circundam o artista, e a vida de sua alma, são a fonte única de cada arte. É muito perigoso suprimir uma parte dessa fonte (vida exterior em torno do artista) ou outra (sua vida interior), mais perigoso mesmo que cortar uma perna de um homem, porque esta pode ser substituída por outra perna artificial. Aqui, corta-se mais que a perna. Corta-se a vida à sua própria criação. O pintor "nutre-se" de impressões exteriores (vida exterior) e as transforma em sua alma (vida interior), a realidade e o sonho! Sem o saber. O resultado é uma obra.
>
> Tal é a lei geral de sua criação. A diferença só se mostra nos meios de expressão (vida interior). E pouco mais adiante: Assim como existe, há já bastante tempo, uma música com palavras (falo de maneira geral), a canção e a ópera, e uma música sem palavras, a música puramente sinfônica, ou a música "pura", também existe, de vinte anos para cá, uma pintura com e sem objeto.

A pintura dita "naturalista" consiste, para o pintor, em ter sob os olhos um pedaço de natureza (paisagem, ser humano, flores etc.) para criar um ser pictórico que se chama imagem. O "realista" copia exatamente esse pedaço de natureza (como se fosse possível reproduzir exatamente o que quer que seja). O "naturalista" modifica-o "de acordo com o seu temperamento". Segundo a importância dessa modificação, será classificado como "impressionista", "expressionista" ou, enfim, "cubista". A "especialização" geral, típica do século XIX, ocasionou também, no domínio da pintura, uma especialização particular e muito circunscrita. Assim é que as divisões que existiam outrora entre os pintores se acentuaram, dando origem a verdadeiras "castas", separadas por sólidas paredes: retratistas, paisagistas, pintores de marinhas, pintores de naturezas-mortas etc.

Essa divisão estrita é típica da atitude espiritual do século passado e predomina ainda hoje: ela repousa na análise.

Na arte abstrata a análise serve para adquirir o conhecimento do "ofício", enquanto a força criadora tem por base a síntese. Tratar aqui mais detalhadamente esse ponto de importância capital nos levaria longe demais. Limito-me a mencionar este único fato, que vem apoiar minha afirmação: o pintor abstrato não recebe sua "impulsão" de um pedaço qualquer de natureza, mas de natureza inteira, em seus aspectos mais diversos, que nele vêm adicionar-se para levá-lo a criar uma obra. Essa síntese procura a forma de expressão que melhor lhe convém, isto é, a forma não figurativa. A forma abstrata é mais ampla, mais livre que a forma figurativa; seu conteúdo é mais rico.

Tocamos aqui no cerne de toda a "questão". Seria preciso deixar o pintor livre para escolher sua forma, seria preciso ser menos apegado à forma.

Mas, infelizmente, o materialismo nos acostumou demais a confundir o aspecto exterior das coisas com sua realidade interior, e por isso mesmo a não sentir o conteúdo por trás da forma. Eis por que a questão da forma foi objeto de tantas meditações, discussões, escritos – também eu escrevi, já em 1912, no *Blaue Reiter*, um artigo tratando "da questão da forma" e ali afirmei:

"A questão da forma não existe em princípio".

A arte atual está mais viva que nunca

Em 1935, Christian Zervos publica um número especial dos Cahiers d'Art destinado a mostrar que "a arte atual está mais viva que nunca", para atender às inquietações dos jovens.

A resposta de Kandinsky às questões submetidas a diferentes artistas é uma lição de sabedoria.

Não há receitas a transmitir aos jovens. A única receita seria referir-se não a formas herdadas, mas ao espírito da época, ao "conteúdo" das obras de arte. Só conta a honestidade do artista, e de todo modo o gosto do público não deve guiar este último, se ele estiver seguro da autenticidade de seu procedimento.

O artista deve levar em conta o conteúdo das formas de arte do passado, mas também do mundo ambiente, que ele, de resto, não é obrigado a representar literalmente. A natureza, a vida, o mundo, a alma são a fonte única da arte. As diferenças se situam no nível dos meios de expressão, tendo a expressão abstrata a vantagem de provocar vibrações puras, emoções mais livres e mais elásticas que a expressão objetiva (assim a música com palavras ou sem palavras, abstrata).

A forma não passa da exteriorização de uma vida interior; ela própria nutrida por impressões exteriores que ela transformou. Portanto, a forma é sempre pessoal e relativa, e a forma empregada mecanicamente mata a vida interior.

Esse enfoque visa, bem entendido, ao construtivismo, que o autor rejeita radicalmente. Para os construtivistas, as impressões e emoções recebidas de fora são restos de sentimentalidade burguesa e devem ser substituídas por um processo mecânico calculado. Isto, segundo Kandinsky, é o erro da "arte pela arte" levado ao seu extremo limite: os construtivistas são "mecânicos que produzem locomotivas que não se movem".

O autor defende aqui a arte abstrata contra aquilo que lhe parece ser uma perversão da mesma. Empregar meios abstratos não significa, para ele, ser um artista abstrato, nem sequer (que é mais grave) simplesmente um artista.

Um verdadeiro artista ama a forma (como ama seus pincéis ou sua terebintina), porque ela é um meio de expressar um conteúdo. Uma forma sem conteúdo é uma forma morta.

Todas as questões levantadas por esta pesquisa são filhas legítimas da crise. Não da momentosa crise econômica, que não passa de uma consequência de uma crise mais profunda, mas da crise do espírito.

Essa crise do espírito é ela própria um resultado de duas forças que se combatem hoje em dia: o materialismo que, desde o século XIX, se estende em todas as direções, e a síntese.

Escrevia eu em 1910: "O pesadelo das ideias materialistas que fazem da vida cósmica um jogo perverso e desprovido de finalidade ainda não terminou. Os sentimentos grosseiros, como o medo, a alegria, a tristeza etc., não atrairão mais o interesse do artista. Este procurará despertar sentimentos mais finos e inexprimíveis. Trata-se, com efeito, de emoções sutilíssimas que a nossa linguagem não saberia explicar. Cada arte tem suas raízes em seu tempo, mas a arte superior não é apenas um eco e um espelho dessa época: ela possui, além disso, uma força profética que se estende longe e muito profundamente no futuro".

O drama a que assistimos de algum tempo para cá entre o materialismo agonizante e os começos de uma síntese que busca redescobrir as relações esquecidas entre os pequenos fenômenos e entre esses fenômenos e os grandes princípios nos levará, em definitivo, ao sentimento do cósmico, "à música das esferas".

O caminho da ciência contemporânea é consciente ou inconscientemente sintético. Dia a dia vão caindo as mais sólidas barreiras entre ciências aparentemente diferentes.

Também para a arte tal caminho é inevitável. Há já longos anos, tentei mostrar o começo de uma síntese entre as artes. Se o exame aprofundado das artes nos mostra que cada uma delas usa de meios próprios para se expressar, ele nos mostra ao mesmo tempo o parentesco entre todas as artes no que se refere às suas intenções primordiais. Cada arte possui forças pessoais, e é impossível aplicar os meios de uma arte a outra – a pintura e a música, por exemplo. Mas, se aplicarmos numa mesma obra meios diversos pertencentes a artes diferentes, chegaremos a uma arte monumental.

Jamais se deve propor à juventude "receitas impecáveis", nem administrá-las violentamente a ela. Semelhantes receitas levam exclusivamente a contrafações. A juventude tem necessidade de uma educação no sentido sintético. Se ela conseguir ouvir, ainda que baixinho, a "música das esferas", nenhuma receita mais poderá ser perigosa para ela.

Entre as diversas vozes da música das esferas surpreendem-se as vozes dos tempos passados, sobretudo das grandes épocas. A juventude deveria aprofundar o espírito dessas épocas e pôr de lado suas formas, porque estas eram necessárias e inevitáveis outrora, enquanto meios de expressão do espírito de uma época. Nas mãos da juventude de hoje, elas são vazias de conteúdo.

Há moderno e "moderno". O homem moderno (melhor dizendo, o homem de espírito são) trabalha para a criação da síntese. O homem "moderno", por falta de intuição e graças à sua inteligência, permanece apegado ao lado exterior da vida. Mantém-se com os dois pés sobre a base da vida real. Daí seu desespero e a necessidade de tornar-se surdo. Cabe aos artistas adaptarem-se a esse homem "moderno", ou a este ir ao encontro deles?

Se ele pedir para "compreender" com a cabeça o que só é acessível pelo sentimento, deve pôr todas as coisas de pernas para o ar. Se um homem "simples" (operário ou camponês) diz: "Não entendo nada dessa arte, sinto-me como numa igreja", prova com isso que sua cabeça ainda não foi subvertida. Ele não compreende, sente.

Dizia certa vez um operário: "Não queremos arte fabricada especialmente para nós, mas uma arte verdadeira, livre – a grande arte".

Para o artista, não há com efeito senão uma única receita: a honestidade.

O homem não pode prescindir do mundo ambiente, mas pode libertar-se do objeto. Esta é uma questão sobre a qual permitirei estender-me, já que ela é capital para a pintura de hoje e do futuro.

A afirmação de que a escolha do objeto não tem nenhum papel na pintura ("o objeto considerado como pretexto para pintar") assenta num erro. Um cavalo branco ou um ganso branco provocam emoções totalmente diversas. Temos nesse caso: branco + cavalo ou branco + ganso.

O branco "isolado" provoca uma emoção, um "som interior". Do mesmo modo o cavalo e o ganso. Mas estas duas últimas emoções são inteiramente distintas. Nuvem branca. Luva branca. Borboleta branca. Dente branco. Parede branca. Pedra branca. Você vê que o branco é, em todos esses casos, um elemento secundário. Ele pode ser, para o pintor, um elemento principal enquanto cor, mas em todos esses casos tem a colori-lo o "som interior" do objeto. O objeto fala em todos esses casos com uma voz precisa que não se deve suprimir. Não foi por acaso que os pintores cubistas empregaram com persistência instrumentos e objetos musicais: violão, bandolim, piano, notas etc. Tal escolha, por certo inconsciente, era ditada pela aproximação entre a música e a pintura.

Tampouco foi por acaso que se começou ao mesmo tempo a falar do "colorido" de uma obra musical e da "musicalidade" de uma pintura.

É um erro afirmar que um único tom musical ou uma única cor não provocam emoções. Mas essas emoções são demasiado limitadas, ou demasiado "simples", ou demasiado "pobres" – enfim, demasiado passageiras.

Esse é um fato estatístico. O momento dinâmico começa com a justaposição de pelo menos duas emoções: elementos, cores, linhas, sons, movimentos etc. (o "contraste"!). "Dois sons interiores." É aqui que se deve procurar a raiz da composição.

A questão é mais complicada na pintura que na música. Na música, o som puro (criado pela eletricidade), isto é, o som não colorido por um instrumento e, mesmo, um som de determinado instrumento (piano, trompa, violino) são "limitados" por si mesmos. O mesmo som pode ser forte ou fraco, longo ou breve, mas não exige limites como os exigidos pelas cores sobre a superfície.

Se não houvesse sons interiores do objeto, não haveria a questão dos limites abstratos ou dos limites dados por um objeto. Ao meu ver, um limite dito geométrico deixa à cor maior possibilidade de provocar uma vibração pura do que os limites de um objeto qualquer, que falam sempre mais forte e estreitamente ao provocar uma vibração que lhe é própria (cavalo, ganso, nuvem). Os limites "geométricos" ou "livres", não ligados a um objeto, provocam, assim como as cores, emoções, porém menos precisas que o objeto, mais livres, mais elásticas – enfim, "abstratas". Essa forma abstrata não tem nem uma barriga como um cavalo, nem um bico como um ganso. Se você quiser subordinar um objeto à sua ideia plástica, deve em geral mudar ou modificar os limites naturais que ele lhe apresenta. Para alongar um cavalo, deve puxá-lo pela cabeça ou pela cauda. Era o que eu fazia antes de encontrar em mim a possibilidade de libertar-me do objeto.

Mas, assim como um músico pode exprimir suas impressões-emoções do nascer do sol sem aplicar os sons do galo cantando, o pintor tem meios puramente pictóricos para "vestir" suas impressões da manhã sem pintar um galo.

Essa manhã, ou, digamos, toda a natureza, a vida e o mundo inteiro que circundam o artista, e a vida de sua alma, são a fonte única de cada arte. É muito perigoso suprimir uma parte dessa fonte (vida exterior em torno do artista) ou outra (sua vida interior), mais perigoso mesmo do que cortar uma perna de um homem, porque esta pode ser substituída por uma perna artificial. Nesse caso, corta-se mais que a perna. Corta-se vida à sua própria criação. O pintor "nutre-se" de impressões exteriores (vida exterior), transforma-as em sua alma (vida interior), a realidade e o sonho! Sem o saber. O resultado é uma obra.

Esta é a lei geral da criação. A diferença só se mostra nos meios de expressão (vida interior) da "narrativa", com ou sem galo.

Em geral, todos os Artistas (e não "artistas") se assemelham na primeira parte da raiz (emoção da vida exterior) – não existem regras sem exceções, bem entendido. Eles diferem entre si na segunda parte (vida interior) e, portanto, nas maneiras de expressão. Por que pois eu, pintor "abstrato", grito: "Viva o galo!", e o partido adverso grita: "Morte ao triângulo!"?

Assim como existe, há já bastante tempo, uma música com palavras (falo de maneira geral) – a canção e a ópera – e uma música sem palavras, a música puramente sinfônica, ou a música "pura", existe também, de 25 anos para cá, uma pintura com e sem objeto.

A meu ver, atribui-se demasiada importância à questão da forma. Escrevi há uns vinte anos: "Em princípio, a questão da forma não existe" (*Der Blaue Reiter*).

A meu ver, a questão da forma é sempre pessoal, portanto relativa. Bem entendido, o homem está ligado ao passado, ao presente e... ao futuro. Só alguns "construtivistas" é que proclamaram que "não existe nem ontem, nem amanhã, somente hoje". Em boa hora!

E não é a forma que constitui a nossa ligação natural com o passado, mas o parentesco de certos aspectos do espírito de hoje com o espírito de certas épocas passadas.

Um triângulo provoca uma emoção viva porque ele próprio é um ser vivo. É o artista que a mata quando o aplica mecanicamente, sem o *ditame interior*. É o mesmo artista que mata o galo. Mas, assim como uma cor "isolada", o triângulo "isolado" não basta para uma obra de arte. É a mesma lei do contraste. Não se deve, porém, esquecer a força desse modesto triângulo. É sabido que, quando se faz um triângulo com linhas, mesmo finas, num pedaço de papel branco, o branco no triângulo e o branco em torno dele se tornam diferentes, recebem *cores* diferentes sem que se tenha aplicado qualquer cor. Trata-se de um fato ao mesmo tempo físico e psicológico. E, com essa mudança da cor, muda o "som interior".

Se acrescentarmos então uma cor a esse triângulo, a soma das emoções aumentará numa proporção geométrica – já não se trata de uma adição, mas de uma multiplicação.

Certa vez pintei um quadro composto de um único triângulo vermelho cercado, muito modestamente, de cores sem "limites" (formas muito pouco precisas). Tenho observado frequentemente que essa "pobre" composição provoca no espectador emoções vivas e complicadas, mesmo no espectador que "não entende a pintura vanguardista". Sem dúvida, nem sempre esses meios muito limitados me bastariam, e agradam-me também as composições complicadas e "ricas". Tudo depende do objetivo de uma dada composição.

Para evitar mal-entendidos, acrescento que, a meu ver, o pintor nunca se preocupa com esse objetivo, ou, melhor dizendo, não o conhece quando faz uma tela. Seu interesse está voltado exclusivamente para a forma. O objetivo permanece no subconsciente e guia a mão. Ao fazer uma tela, o pintor sempre "ouve" uma "voz" que lhe diz simplesmente: "Certo!" ou "Errado!". Se a voz se torna demasiado indistinta, o artista deve pôr seus pincéis de lado e aguardar.

Nessa lei geral da igualdade da fonte de cada arte (em torno de mim e em mim), há uma exceção que provocou mal-entendidos e "misturas" perniciosas. Falo dos "construtivistas", a maioria dos quais afirma que as impressões-emoções recebidas de fora pelo artista não apenas são inúteis como devem ser combatidas. Elas são, de acordo com esses artistas, "restos da sentimentalidade burguesa" e devem ser substituídas pela intenção pura do processo mecânico.

Tais artistas procuram fazer "construções calculadas" e querem suprimir o sentimento não só neles mesmos, mas também no espectador, para libertá-lo da psicologia burguesa e fazer dele "um homem da atualidade".

São, na verdade, mecânicos (portanto, filhos espiritualmente limitados do nosso "século da máquina"), mas só produzem mecanismos privados de movimento, locomotivas que não se movem ou aviões que não voam. É a "arte pela arte", porém levada ao último limite e mesmo além. Eis por que a maioria dos "construtivistas" logo deixou de pintar. (Um deles proclamou que a pintura não passa de uma ponte para chegar à arquitetura. Esqueceu-se de que existem grandes arquitetos de extrema vanguarda que não param de praticar ao mesmo tempo a pintura.) Quando o homem começa a fazer coisas sem finalidade, acaba por perecer (pelo menos interiormente), ou produz coisas condenadas à morte.

Enfim, é por essa razão que um pintor "abstrato" pode pertencer à lei geral da arte (fonte comum e única), ou constituir exceção a essa lei. É um defeito de nossa terminologia não distinguir entre esses dois tipos de artistas "abstratos" e, já que é impossível evitar as etiquetas (que são úteis para a gente se fazer entender e perniciosas quando se fica apegado a elas, sem se poder discernir o que está escondido por trás da etiqueta), seria preciso construir uma terminologia mais exata e não classificar os fatos de acordo com as semelhanças exteriores, mas de acordo com o parentesco interior. Nesse caso, seria preciso fazer duas etiquetas em vez de apenas uma e distingui-las cuidadosamente uma da outra.

Ei-las:
1. artista abstrato;
2. artista construtivista (ou, se preferir, "sem finalista").

Se um artista emprega meios "abstratos", isso ainda não indica que ele seja um "abstrato". Isso não indica sequer que ele seja um artista. E, assim como existem suficientes triângulos mortos (sejam eles brancos ou verdes), não existem menos galos mortos, cavalos mortos, violões mortos. Do mesmo modo, pode-se finalmente ser um *pompier* realista ou um *pompier* abstrato.

A forma sem conteúdo não é uma mão, mas uma luva vazia, cheia de ar.

O artista ama a forma apaixonadamente, assim como ama seus instrumentos e o cheiro da terebintina, porque são meios poderosos de evocar o conteúdo.

Mas esse conteúdo não é, obviamente, uma narrativa literária (que em geral pode fazer parte de um quadro ou não), senão a soma das emoções provocadas pelos meios puramente pictóricos.

(Um meio a reconhecer: se a narrativa literária prevalece sobre os meios pictóricos, uma reprodução em branco e preto não leva a observar dolorosamente a falta de cores. Se, ao contrário, o conteúdo é puramente pictórico, essa falta torna-se dolorosa.)

Por fim, a arte nunca provém apenas do cérebro. Conhecemos grandes pinturas que nasceram unicamente do coração. Em geral, o equilíbrio entre o cérebro (momento consciente) e o coração (momento inconsciente, intuição) é uma das leis da criação, uma lei tão antiga quanto a humanidade.

Tela vazia

Publicado no número 5-6 dos Cahiers d'Art *em 1935. Esse número da revista era dedicado quase exclusivamente aos surrealistas. Kandinsky inseriu-se nele muito naturalmente em razão de numerosos contatos que os surrealistas tiveram com ele desde sua chegada a Paris, em 1933. Convém sublinhar, a propósito, que Kandinsky é o único pintor abstrato de quem André Breton falou bem desde 1938[1].*

Aqui, de maneira quase fenomenológica, o autor nos informa sobre sua criação. Trata-se de uma tentativa, conforme os objetivos gerais de Kandinsky, de aproximar de maneira interior *os meios e o conteúdo de sua arte.*

O resultado é uma expressão literária que retoma inclusive certas passagens de seus poemas e que nos mostra o pintor em contato com os meios da criação pictórica. Kandinsky define os três períodos de seu encontro com esses meios ao longo de 25 anos.

Antes da Primeira Guerra Mundial, é o "diapasão dramático".

"Explosões, manchas que se chocam violentamente, linhas desesperadas, erupções, ribombos, estouros-catástrofes."

Em seguida, a necessidade da "tranquilidade meio fria", isto é, a necessidade de rigor que o leva a refrear "cores ardentes por formas duras, frias, insignificantes". É o período da Bauhaus, durante o qual, porém, "corria água fervente sob o gelo".

---

1. André Breton, *Le surréalisme et la peinture*, Paris, 1965, p. 286.

Enfim, o período do "conto de fadas puramente pictórico", no qual se tem a impressão de que o artista, tendo elaborado sua linguagem (vocabulário e gramática), começa a falar para exprimir sua "tranquilidade inquieta".

Em seguida, ele retoma a noção de "espaço ilusório", persuadido da importância na criação não somente dos meios conscientes e racionais que permitem a colocação em forma, mas também, e sobretudo, dessa espécie de subconsciente que guia sua mão e que coincide com a voz intuitiva da necessidade interior.

Assim a linguagem poética do começo é destinada a fornecer-nos uma equivalência da ressonância interior das formas abstratas definidas em Ponto-linha-plano *e que se acrescenta e se combina com muitas outras ressonâncias para que, finalmente, o quadro se torne um só "aqui estou".*

Tela vazia. Na aparência: vazia mesmo, guardando o silêncio, indiferente. Quase imbecil. Na realidade: cheia de tensões, com mil vozes baixas, plenas de expectativa. Um tanto assustada, pois que se pode violá-la. Mas dócil. Um tanto assustada, pois que se quer algo dela, ela só pede graça. Pode sustentar tudo, mas não pode suportar tudo. Fortalece o verdadeiro, mas também o falso. Devora sem piedade o rosto do falso. Amplifica a voz do falso até ao urro agudo – impossível suportar.

Maravilhosa é a tela vazia – mais bela que certos quadros. *Os mais simples elementos.* Linha reta, superfície reta e estreita: dura, inabalável, mantendo-se sem deferências, aparentemente "evidenciando-se por si mesma" – como o destino já vivido. Assim e não de outro modo. Curvada, "livre", vibrante, que evita, que cede, "elástica", aparentemente "indeterminada" – como o destino que nos espera. Poderia ser de outro modo, mas não o será. Duro e mole. As combinações de ambos – possibilidades infinitas.

Cada linha diz "aqui estou!" Ela se mantém, mostra seu rosto eloquente – "escute! escute o meu segredo!".

Maravilhosa é uma linha.

Um pontinho. Uma porção de pontinhos que ainda estão um pouco por aqui, um pouco menores, e um pouco por ali, um pouco maiores. Todos se alojaram lá dentro, mas permanecem móveis – muitas pequenas tensões que repetem sem cessar em coro "escute!", pequenas mensagens que se reforçam em coro até o grande "sim".

Círculo preto – trovoada distante, um mundo para si que parece não se preocupar com nada, um recolher-se-em-si-mesmo, uma conclusão no mesmo lugar, um "aqui estou" dito vagarosa e um pouco friamente.

Círculo vermelho – mantém-se firme, conserva o seu lugar, aprofundado em si mesmo. Mas, ao mesmo tempo, caminha, pois gostaria de ter para si todos os outros lugares – assim, ele se irradia acima de qualquer obstáculo até o canto mais afastado. Relâmpago e trovão ao mesmo tempo. Um "aqui estou" apaixonado.

Maravilhoso é o círculo.

Porém o mais maravilhoso é isto: somar todas essas vozes a muitas, muitas outras (existem realmente, além dessas formas simples, muitas formas e cores), num único quadro – todo o quadro tornou-se um só AQUI ESTOU.

Restrição, "avareza", riqueza insensata, "prodigalidade", ribombar de trovão, zumbido de mosquitos. Tudo o que há entre isso. Milênios não passavam de um lapso de tempo bem apertado para se chegar ao fundo, aos limites extremos das possibilidades. O fundo, em suma, não existe.

Há uns 25 anos venho me entretendo com essas coisas "abstratas". Já antes da guerra apreciei e utilizei o ribombar do trovão e o zumbido dos mosquitos. Mas o diapasão era o "dramático". Explosões, manchas que se chocam violentamente, linhas desesperadas, erupções, ribombos, estouros – catástrofes. Os elementos como linhas-cores, a construção, a maneira de espalhar a cor, a própria maneira técnica – o conjunto de tudo era e devia ser "dramático", subordinado a esse objetivo. Equilíbrio perdido, mas não aniquilamento. Em toda parte, pressentimento da ressurreição até a tranquilidade fria.

A partir do começo de 1914, eu sentia o desejo da "tranquilidade meio fria". Não queria nada de rígido, mas de frio, bastante frio. Às vezes até frio glacial. Por assim dizer, doces chineses revirados que são de um calor ardente e escondem gelo no interior. Eu queria o bolo revirado (e gosto dele ainda hoje) – num cálice glacial o "recheio" ardente.

Velar. Há miríades de maneiras de velar.

Já em 1910 eu velei a *Composição n. 2* "dramática" com cores "amáveis". Dá-se inconscientemente que se oponha a um brilho "amargo" algo de "doce", ao "quente" o "frio", que se deixem cair no positivo algumas gotas do negativo.

Em meu período "frio", refreei com muita frequência cores ardentes por meio de formas duras, mas "insignificantes". Às vezes, uma água fervente corre sob o gelo – a natureza "trabalha" por contrastes, sem os quais ela seria morta e chata. O mesmo ocorre com a arte, que não só é parente da natureza, mas se submete alegremente às suas leis. Submeter-se às suas leis, adivinhar sua mensagem prenhe de sabedoria – tal é a maior alegria do artista.

Submeter-se quer dizer ter respeito. Cada nova mancha de cor que surge na tela durante o trabalho se submete às manchas anteriores – mesmo em sua contradição ela é uma pedrinha que se acrescenta à grande elevação AQUI ESTOU.

Em suma, é-se com muito mais frequência "mal compreendido" do que "compreendido". Isso me aconteceu frequentemente, mas nunca de maneira tão evidente como no tempo de meu período "frio", no qual até mesmo amigos me voltavam as costas. Mas eu sabia que o gelo (não o de meus quadros, mas o do mal-entendido) haveria de derreter-se um dia. Talvez já esteja meio derretido hoje. O tempo arrasta os homens – mas o que impele depressa demais seca ainda mais depressa –, sem profundidade não há altitude.

Depois desse salto (que é preciso ver em câmera lenta em mim) de uma "extravagância" para outra, meu desejo mudava outra vez, isto é, o sentido da força interior que me impulsiona para a frente. Mas o que desejo hoje não se expõe tão facilmente quanto os desejos anteriores (se é que se expunham tão facilmente). Em verdade a gente não muda. Isto quer dizer que a mudança no caso feliz é esta: aprendemos cada vez melhor a subir e a descer ao mesmo tempo – ao mesmo tempo para "cima" (para a altura) e para "baixo" (para a profundidade).

Esse poder tem indubitavelmente como consequência natural a extensão, uma tranquilidade solene. Crescemos de todos os lados.
Meu desejo atual é, em todo o caso: "mais largo! mais largo!"[2]. Polifonia, como diz o músico. Ao mesmo tempo: ligação de "conto de fadas" com "realidade". Não a realidade exterior – cachorro, vaso, mulher nua –, mas a realidade "material" dos meios pictóricos, das ferramentas, o que requer a mudança completa de *todos* os meios de expressão e da própria maneira técnica. Um quadro é a unidade sintética de todas as partes. Para realizar um "sonho", não há necessidade de um conto das "Botas de sete léguas" ou da "Bela adormecida", nem sequer dos fantasmas tirados de um objeto qualquer, mas exclusivamente de um conto de fadas puramente pictórico, que saiba "contar" única e exclusivamente a pintura – por sua "realidade". Coesão no interior por divergência exterior, junção por dissolução e dilaceramento. Na inquietação a tranquilidade, na tranquilidade a inquietação. "A ação" no quadro não deve ocorrer na superfície da tela material, mas "em algum lugar" no espaço "ilusório". Da "mentira" (abstração) deve falar a verdade. Verdade cheia de saúde que se chama AQUI ESTOU.

Olho através de minha janela. Chaminés de fábricas frias erguem-se silenciosas. São inflexíveis. De repente, a fumaça sobe de uma delas. O vento a encurva e ela muda de cor a cada instante. O mundo inteiro mudou.

---

2. Alusão a um poema que o autor publicara. (N. E. Fr.)

Arte concreta

Publicado em março de 1938 no número 1 de XXe *siècle.*
Kandinsky retorna à ideia de que todas as artes têm uma única e mesma raiz e de que só diferem os meios de expressão. Mas esta própria diferença entre os meios de expressão é destruída pelas leis enigmáticas da composição, que são as mesmas para todas as artes.
Assim, fica evidente o parentesco entre a música e a pintura. A música organiza os seus meios no tempo e a pintura no plano, mas o tempo e o plano se medem exatamente pela mesma intuição. A diferença entre tempo e plano, aliás, parece exagerada.
Num tom muito próximo de Do espiritual na arte, *Kandinsky desenvolve esse parentesco que sabemos ter sido para ele a fonte da invenção da arte abstrata. Se há identidade entre as* impulsões *criadoras, há também correspondência dos* efeitos *artísticos. Lembrem-se das correspondências entre sons e cores definidas em* Do espiritual na arte. *Tais efeitos se correspondem porque a pintura não se recebe exclusivamente pelos olhos, nem a música exclusivamente pelos ouvidos, mas ambas as artes se dirigem aos cinco sentidos (tato: impressão de picotamento ou de suavidade; olfato: o violeta tem um "cheiro" diferente do amarelo; paladar: pintura saborosa...). A arte produz também efeitos psicológicos: fala-se de pintura "fria", de música "glacial", os tons e os sons podem ser "quentes".*
Isso ocorre porque, como Kandinsky já disse, os elementos da forma são seres vivos que agem sobre o espírito do espectador. O ponto

corretamente colocado expressa nesse coro das formas um som necessário, para satisfação do espectador; enquanto esse mesmo ponto, mal colocado, cria uma impressão de "podridão" (cf. Ponto-linha-plano).
A presença ou a ausência do objeto é uma questão secundária, já que os elementos essenciais, inevitáveis, são a forma e a cor.
Trata-se efetivamente de uma revocação dos temas essenciais das duas primeiras obras teóricas, na época mal conhecidas na França.

Todas as artes provêm da mesma e única raiz. Logo, todas as artes são idênticas.

Mas o misterioso e o precioso é que os "frutos" provenientes da mesma cepa são diferentes.

A diferença se manifesta pelos meios de cada arte singular – pelos meios da expressão.

Isto é bem simples num primeiro momento. A música se exprime pelo som, a pintura pela cor etc. Coisas geralmente sabidas.

Mas a diferença não para aí. A música, por exemplo, organiza seus meios (os sons) no tempo, e a pintura os seus (as cores) no plano. O tempo e o plano devem ser exatamente "medidos" e o som e a cor devem ser exatamente "limitados" – tais "limites" são a base da "balança" e, portanto, da composição.

Leis enigmáticas, mas precisas, da composição destroem as diferenças, já que são as mesmas em todas as artes.

Gostaria de sublinhar de passagem que a diferença orgânica entre o tempo e o plano é geralmente exagerada. O compositor toma o ouvinte pela mão, o faz penetrar em sua obra musical, guia-o passo a passo e o abandona tão logo o "trecho" termina. A exatidão é perfeita. Ela é imperfeita na pintura. Mas!... O pintor não é desprovido desse poder de "guia" – pode, se quiser, forçar o espectador a começar por aqui, a seguir um caminho exato em sua obra pictórica, e a "sair" por ali. Trata-se de questões excessivamente complicadas, ainda muito pouco conhecidas e, sobretudo, pouco resolvidas.

Gostaria apenas de dizer que o parentesco entre a pintura e a música é evidente. Mas ele se manifesta de maneira ainda mais profunda. Você conhece, naturalmente, a questão das "associações" provocadas pelos meios de que se servem as diferentes artes. Alguns cientistas (sobretudo os físicos) e alguns artistas (sobretudo os músicos) observaram de há muito que, por exemplo, um som musical provoca a associação com uma cor específica (ver, por exemplo, as correspondências fixadas por Scriabin). Em outras palavras: "ouvimos" a cor e "vemos" o som.

Há trinta anos publiquei um livrinho que tratava dessa mesma questão. O AMARELO, por exemplo, tem a propriedade especial de "subir" cada vez mais alto e atingir alturas insuportáveis para os olhos e o espírito – o som de um trompete tocado cada vez mais alto, tornando-se cada vez mais "pontiagudo", dói no ouvido e no espírito. O AZUL com seu poder totalmente oposto, de "descer" nas profundezas infinitas, desenvolve os sons da flauta (quando o AZUL é claro), do violoncelo ("descendo"), do contrabaixo com seus sons magníficos e profundos, e nas profundezas do órgão "vemos" profundidades azuis. O VERDE bem balanceado corresponde aos sons médios e extensos do violino. Bem aplicado, o VERMELHO (vermelhão) pode dar a impressão de fortes toques de tambor etc.[1]

As vibrações do ar (o som) e da luz (a cor) formam seguramente a base desse parentesco físico.

Mas esta não é a única base. Há ainda outra: a base psicológica. Problemas do "espírito".

Você já ouviu expressões, ou já as aplicou pessoalmente, como "oh, que música fria!" ou "oh, que pintura glacial!"? Você tem a impressão do ar glacial entrando por uma janela aberta no inverno. E todo o seu corpo se sente desconfortável.

Mas uma hábil aplicação dos "tons" e dos "sons" "quentes" fornece ao pintor e ao compositor a magnífica possibilidade de criar obras calorosas. Ela abrasa diretamente você.

Desculpe-me, mas é realmente a pintura e a música que dão (muito raramente, porém) dor de barriga.

Ao ter a impressão de passear o dedo por algumas combinações de sons ou cores, você já deve ter experimentado a sensação de

---

1. Cf. *Do espiritual na arte*, cap. VI, "A linguagem das formas e das cores".

tê-lo "espetado" como que por espinhos. Mas às vezes seu "dedo" passeia pela pintura ou pela música como pela seda ou veludo.

Enfim, será que o VIOLETA não tem um "cheiro" diferente do AMARELO, por exemplo? E do LARANJA? E do VERDE--AZUL claro?

E, como "paladar", não serão essas cores diferentes? Que pintura saborosa! É a língua que começa a participar da obra de arte, no espectador ou no ouvinte.

Ei-los, os cinco sentidos conhecidos do homem.

Não se engane, não pense que "recebe" a pintura apenas pelos olhos. Não, sem saber, você a recebe pelos cinco sentidos.

Acha que poderia ser diferente?

O que se entende na pintura pela palavra "forma" não é a cor sozinha. O que se chama "desenho" é outra parte inevitável dos meios de expressão pictórica.

A começar pelo "ponto", que está na origem de todas as outras formas, cujo número é ilimitado. Esse pontinho é um ser vivo que exerce inúmeras influências sobre o espírito do homem. Se o artista colocá-lo bem na tela, o pontinho fica satisfeito e contenta o espectador. Ele diz: "sim, sou eu mesmo – está ouvindo o meu pequeno som, necessário no grande 'coro' da obra?".

E como é penoso ver esse pontinho num lugar onde ele não deveria estar! Você tem a impressão de comer um merengue e sentir pimenta na língua. Uma flor com cheiro de podridão.

A podridão – esta a palavra! A composição se transforma em decomposição. É a morte.

Já percebeu que, ao falar bastante longamente da pintura e de seus meios de expressão, eu não disse uma única palavra sobre o "objeto"? A explicação é bem simples: falei dos meios pictóricos essenciais, isto é, inevitáveis.

Jamais haverá possibilidade de fazer a pintura sem "cores" e "desenhos", mas a pintura sem objeto existe em nosso século há mais de 25 anos.

Quanto ao objeto, pode ser *introduzido* numa pintura ou não. Quando penso em todos os debates em torno desse "não", debates que começaram há quase trinta anos e que ainda não terminaram completamente, vejo a força imensa do "hábito" e, ao mesmo tempo, a força imensa da pintura dita "abstrata" ou não figurativa" e que prefiro chamar de "concreta".

Essa arte é um "problema" que muitas vezes se gostaria de "enterrar", que dizia definitivamente resolvido (no sentido negativo, é claro), mas que não se deixa enterrar.

Ele está bem vivo.

Já não existe problema nem do impressionismo, nem do expressionismo (*os fauves*), nem do cubismo. Todos esses "ismos" estão distribuídos em diferentes compartimentos da história da arte. Os compartimentos são numerados e trazem etiquetas correspondentes ao seu conteúdo. E assim os debates se acabaram.

Coisas do passado.

Mas os debates em torno da arte "concreta" ainda não deixam entrever o seu fim. Em boa hora! A arte "concreta" está em pleno desenvolvimento, sobretudo nos países livres, e o número de jovens artistas partidários desse "movimento" aumenta nesses mesmos países.

O futuro!

Paris,
janeiro de 1938.

O valor de uma obra concreta

Publicado em 1938 no número 5-6 de XXe *siècle, este artigo comportava uma continuação publicada no número seguinte. Trata-se de um texto escrito para o catálogo da Galeria Guggenheim.*

Nele Kandinsky se interroga sobre o papel da razão nas questões de arte. Pode-se tomá-la por base para emitir um juízo referente a uma obra?

A resposta é não: "Desconfie da razão pura na arte e não tente compreender a arte seguindo o perigoso caminho da lógica". Esse conselho retoma os temas de "Da compreensão da arte", mas o ponto de vista é diferente, visto tratar-se aqui do problema dos critérios de julgamento da obra de arte.

A arte é o domínio do irracional, o único que resta aos homens num mundo esmagado pelo império da razão. Esse irracional existe também na arte figurativa, sendo o objeto o ponto que permite ao artista penetrar na pintura pura, mas ele tem muito mais liberdade na arte abstrata, onde a supressão do objeto libera e multiplica ao infinito os meios de expressão.

No entanto, como os meios pictóricos puros se tornaram os únicos responsáveis pelo conteúdo, surge a necessidade de uma exatidão perfeita da composição.

A questão se torna então: como medir essa exatidão? Em outras palavras: existem regras constantes que permitam julgar o valor de uma obra?

A harmonia da obra poderia servir de critério, mas a harmonia das cores é totalmente relativa; quanto à harmonia das formas, não é possível avaliá-la matematicamente, já que as proporções ópticas destroem as proporções matemáticas. Sabe-se, desde Ponto-linha-plano, *que as dimensões e as formas variam segundo as condições nas quais se acham colocadas: por exemplo, "um quadrado preto sobre branco dá a impressão de ser menor do que um quadrado branco sobre preto". A proporção geral jamais decide; o que decide são os detalhes, e estes só podem ser medidos pela intuição, essa "voz misteriosa" que guia o pincel e "mede o desenho e a cor".*

A arte está subordinada às leis cósmicas reveladas pela intuição do artista. Por conseguinte, é impossível fundar um juízo artístico em indícios exteriores (formais).

Em que então fundá-lo, nestas condições? Cada época possui um conteúdo espiritual que lhe é próprio. Para trazer um elemento de valor à arte, o pintor deve, portanto, exprimir o conteúdo espiritual de sua época – ou da época futura –, que será necessariamente diferente e, por conseguinte, se traduzirá numa forma necessariamente diferente das já existentes. Mas esse conteúdo novo deve ser expresso por formas "convincentes".

Ainda bem, acrescenta Kandinsky, que não se pode medir cientificamente o valor de uma obra, pois a razão substituiria o "sentimento", que é a força criadora no artista e "guia" necessário para que o espectador possa adentrar na obra.

"Ouçam atentamente a música, abram os olhos para a pintura.

E... não pensem!

Examinem a si mesmos, se quiserem, depois *de terem* ouvido *e* depois *de terem* visto.

Perguntem. Se quiserem, se tal obra os fez 'passear' por um mundo antes desconhecido.

Se fez, que mais podem querer?"

Coloque uma maçã ao lado de outra maçã e terá duas maçãs. Por esta simples adição chega-se às centenas, aos milhares de maçãs, o aumento não acaba mais. Processo aritmético.

A adição em arte é enigmática. Amarelo + amarelo = amarelo. Progressão aritmética.

Amarelo + amarelo + amarelo + amarelo... = cinza. Os olhos se fatigam com excesso de amarelo: limite fisiológico.

Assim, o aumento torna-se diminuição e resulta em zero. É o "Irracional", o "Irrazoável".

Desconfie da razão pura em arte, não tente "compreender" a arte seguindo o perigoso caminho da lógica.

Nem a razão nem a lógica devem ser expulsas das questões de arte, mas correções perpétuas do "Irracional" são indispensáveis. É o "sentimento" que corrige o "cérebro".

Tal afirmação se aplica à arte em geral – sem distinção entre arte "figurativa" e arte "concreta". A esse respeito, os dois gêneros não apresentam nenhuma diferença.

Mas ela existe em outra parte.

A pintura figurativa: o artista não pode prescindir do objeto (ou imagina não podê-lo).

Ele utiliza o objeto como "pretexto" para a pintura pura, que para ele é sempre mais essencial que o objeto.

O espectador não pode prescindir do objeto (ou imagina não podê-lo) para "entender" a pintura.

A pintura concreta: o artista se liberta do objeto porque este o impede de exprimir-se exclusivamente por meios apenas pictóricos.

O espectador se vê privado da "ponte" que lhe oferece a possibilidade de penetrar na pintura pura, e se for privado ao mesmo tempo do sentimento necessário ficará desconcertado. Imaginará não haver mais "medida" para apreciar a arte.

O resultado dessa diferença?

A pintura figurativa se apoia num conteúdo mais ou menos "literário", visto que o objeto (mesmo o mais modesto e silencioso) "fala" ao lado da pintura pura. (Veja um paralelo que, em verdade, é bastante radical, mas compreensível: uma canção popular cuja composição é uma narrativa bem simples vestida de uma forma musical assaz primitiva se torna, desprovida das palavras, monótona e finalmente impossível. Assim, a pintura figurativa "vestida" de formas pictóricas monótonas só se torna possível contanto que se faça variar constantemente o objeto.)

A pintura concreta apresenta uma espécie de paralelo com a música sinfônica, oferecendo um "conteúdo" puramente artístico. Os meios puramente pictóricos são os únicos responsáveis por esse conteúdo.

Dessa *responsabilidade exclusiva* resulta a necessidade de uma *exatidão perfeita* da composição com seu equilíbrio (valores, pesos das "formas" e das "manchas" etc.), com a exatidão "desvelada" de todas as partes da composição, *até o último ponto*.

Daí resulta a possibilidade e a necessidade, para a fantasia do pintor, do "pretexto" de se desenvolver livremente e de comunicar constantemente novas "descobertas".

Essas possibilidades são ilimitadas.

Assim como vimos que o aumento na arte se converte facilmente em diminuição, vemos agora o caso contrário, ou seja, uma diminuição convertendo-se em aumento. O objeto suprimido não diminui os meios de expressão, mas multiplica-os ao infinito.

É a matemática artística – contrária à matemática da ciência.

Mas... a quantidade não é ainda qualidade. Essa riqueza dos meios de expressão da pintura concreta há de ter por base – repito – uma exatidão *irrepreensível*.

Como medi-la? Ou seja, qual o método capaz de fixar o *valor de uma obra?*

Chega-se facilmente à ideia de que esse valor poderia ser fixado:
1. pelo conhecimento das regras constantes da pintura, obrigatórias para o artista, e
2. pelo grau de aplicação de tais regras em sua obra.

Vamos ver se essas regras obrigatórias existem ou existiam outrora e se é, ou se era outrora, possível descobrir a sua realização numa obra qualquer.

Eis alguns exemplos – bastante impressionantes, a meu ver. As antigas receitas italianas ordenavam exata e estritamente:

"Se queres pintar um peixe dentro d'água, tua primeira camada na tela deve ser esta ou aquela... A segunda esta ou aquela..." "Se queres pintar um velho na sombra, tua primeira camada..."

Desse modo, o pintor, ao que parece, atingia facilmente o nível de uma obra de valor e o "perito" tinha plena possibilidade de constatá-lo. Camadas erradas = pintura sem valor.

Mais tarde, após a descoberta da perspectiva, as camadas perderam o seu crédito. Chegou-se a esta nova fórmula: perspectiva errada = pintura sem valor.

A ciência entrava na arte. E, já que o tema preferido da "alta" pintura era o corpo humano, o estudo da anatomia tornava-se indispensável – construção da ossatura, especialmente do crânio, do nariz, das narinas, formas e funções dos músculos etc. O desenho torna-se uma ciência e as academias prescrevem quatro anos de estudo do desenho, seguidos de mais quatro anos de ensino da pintura propriamente dita.

Excelente método que muito ajudou na produção dos *pompiers*.

E estava-se plenamente persuadido (como ainda acontece em nossos dias) de que esses estudos "consequentes" garantiam ao jovem pintor o valor de suas telas. Um ponto de vista bastante dramático para o "perito", que em geral não tinha a menor ideia da anatomia.

Eis, pois, um resultado assaz enigmático!

Entre os milhares – poderíamos mesmo dizer sem receio: entre as centenas de milhares – de telas irrepreensíveis do ponto de vista da anatomia e da perspectiva, encontra-se geralmente uma "qualidade irrisória" de telas que deixam uma marca profunda na memória do espectador.

Essas telas corretas são esquecidas com a mesma facilidade com que esquecemos uma música, executada segundo todas as regras do conservatório, no momento em que saímos da sala de concerto. Ou com que fechamos um livro escrito segundo todas as regras da etimologia e da sintaxe sem sentir saudade de uma única vírgula.

Por quê?

Não seria possível esclarecer esse mistério pela análise da *harmonia* da obra? Porque "a pintura será bela se for harmônica".

Tal questão abrange dois aspectos da pintura – o das cores e o da forma estritamente dita (desenho).

A *harmonia das cores*. Leonardo da Vinci inventou (segundo um relato autêntico) um sistema de pequenas colheres de diferentes grandezas para medir exatamente as quantidades de cores empregadas numa tela – uma proporção "exata" de azul, violeta, branco etc.

Tais colheres viviam cheias de poeira na casa do mestre – ele nunca fazia uso de sua invenção.

Outro sistema mais sedutor e por vezes adotado ainda em nossos dias consiste na adição de uma cor qualquer (um "bocadinho"!) em todas as cores necessárias numa tela em andamento – um pouco de verde, ou de vermelho, ou de outra cor, serve de "ponte" entre todas as cores aplicadas e garante seguramente a harmonia, a harmonia completa. Como se pode ver, tal sistema exclui as cores puras, de que falarei logo a seguir. Quanto a esse sistema da "ponte" com plena garantia da harmonia perfeita, não seria perigoso empregá-la sempre e sem exceção? Não se correria o risco terrível de produzir um número ilimitado de obras desesperadamente monótonas e enfadonhas?

Para enriquecer as possibilidades, não seria proveitoso admitir igualmente o contrário do sistema da "ponte", vale dizer, o das cores puras? O arco-íris é harmônico. As possibilidades de variações seriam muito limitadas, mas a harmonia estaria assegurada. Ela seria assegurada se pudéssemos identificar nossa paleta com a do arco-íris. Mas o pintor recebe suas cores não do céu, mas das fábricas – cada uma dessas cores "puras" é suplementada por um "grão" de branco ou de preto. Assim, por exemplo, os vermelhões de diferentes fábricas nunca são o mesmo vermelhão. As cores puras – um belo sonho irrealizável.

Os meios "absolutos" não existem na pintura. Só há meios relativos.

Este é um fato positivo e alvissareiro, pois é da relatividade que procedem os meios ilimitados e a riqueza inexaurível da pintura.

Sim, a harmonia! Eis uma questão bem complicada, de fazer perder a cabeça. O contrário da harmonia é a desarmonia. E, ao longo de toda a história da pintura, a desarmonia de ontem torna-se a harmonia de hoje. A arte é um fenômeno complicado.

Gostaria de não tornar-me enfadonho com demasiados "detalhes", mas como prescindir de alguns exemplos? Vou enunciá-los brevemente: o papel das dimensões das "manchas" de cores, da proximidade das demais cores, com suas dimensões, a influência recíproca de todas as partes da tela etc. Uma pequena forma pode receber uma "ênfase" tão forte que mude completamente a grandeza, a intensidade e a importância das formas grandes. E, como uma sirene que cobre todos os ruídos da cidade, torna as ruas mais estreitas e diminui os edifícios. Não posso furtar-me a dizer uma palavra sobre a importância do lugar ocupado por uma forma na tela. Tentei fazer em um de meus livros uma análise das "tensões" da tela vazia, isto é, inclusive das forças latentes, e creio ter chegado a algumas definições justas das tensões de "cima" e de "baixo", da "direita" e da "esquerda", essencialmente distintas[1].

Um círculo azul colocado no alto e à esquerda da tela já não é o mesmo se for colocado embaixo e à direita; o "peso", a grandeza, a intensidade e a expressão diferem. Exemplo do papel imenso dos "detalhes".

A tela se divide em partes grandes e pequenas. As dimensões dessas partes produzem a "proporção". A proporção decide o valor da obra – a *harmonia das formas* do desenho.

Como encontrar a proporção justa? Pode-se calculá-la?

Uma experiência simples: coloca-se num pedaço de papel de 20 x 40 dois retângulos – um de 2 x 4, outro de 4 x 8. Esquematicamente, chega-se assim à harmonia pela proporção justa. Uma "composição" não muito formidável, mas pelo menos de valor garantido.

Eis, porém, um novo obstáculo: as cores mudam as dimensões.

Um exemplo bem simples: um quadrado preto sobre branco dá a impressão de ser menor que um quadrado branco sobre preto.

São proporções ópticas que destroem as proporções matemáticas e as substituem.

O efeito de uma pintura é – infeliz ou felizmente – de natureza *óptica*.

---

1. Alusão a *Ponto-linha-plano*. (N. E. Fr.)

Que resta da "justa proporção"?
(Será ela justa no pardal ou no avestruz? Na girafa ou na toupeira?)
Ora, vamos!
Conhecemos exemplos de obras calculadas. É certo que ora esse "cálculo" se faz pela subsconciência, ora matematicamente. Ele "salta aos olhos" ou requer, para ser percebido, uma mensuração.

Um músico russo, Chenchin, empreendeu há mais de vinte anos uma análise impressionante.

Ele mediu dois trechos dos *Anos de peregrinação* de Liszt, inspirados, um pelo *Pensieroso* de Michelangelo, outro pelo *Sposalizio* de Rafael. Penso que, nesse caso, temos duas espécies de cálculo. Se se pode admitir que as duas obras plásticas eram calculadas diretamente, isto é, com a ajuda de um método matemático, é fora de dúvida que Liszt adivinhou as duas fórmulas com a ajuda de seu subconsciente. "Traduziu" as obras plásticas em fórmulas idênticas sem conhecê-las.

Ora, vamos! Será pernicioso depositar toda a nossa fé nos cálculos. Com os números, vá lá (mas não esqueçamos o quadrado branco e o quadrado preto) – 2, 4, 6, 8... A cor não se deixa medir e muda as dimensões do desenho. Mas, sem falar da cor, o próprio desenho não se deixa medir até os últimos detalhes, até as menores diferenças, que só podem ser encontradas pelo "sentimento", vale dizer, pela intuição.

Ora, o que faz a "música" são justamente os detalhes.

Se você encontrar duas pessoas exatamente da mesma estatura, da mesma largura de ombros e de quadris, com braços, mãos, pernas e pés de dimensões iguais, você nunca dirá que essas duas pessoas são idênticas.

A "proporção geral" nunca decide, o que decide são os detalhes, as pálpebras, a unha do dedo mínimo esquerdo etc. Os mais íntimos detalhes.

O mesmo sucede na pintura: as mais "insignificantes" diferenças, por vezes "invisíveis", costumam ser de maior importância na tela do que a "proporção geral" e decidem o valor da obra. Não existem outros meios para se chegar à "proporção óptica".

Será possível não amar infinitamente a fé pura de Henri Rousseau, que estava perfeitamente persuadido a pintar sob o "ditame" de sua finada mulher?

Os artistas conhecem bem essa "voz misteriosa" que lhes guia o pincel e "mede" o desenho e a cor.

A arte está subordinada às leis cósmicas reveladas pela intuição do artista em proveito de sua obra e em proveito do espectador, que tantas vezes se regozija, sem o saber, com a ação de tais leis.

É um processo enigmático.

Não é triste deparar assim com enigmas?

Comecei com uma pergunta e coloquei um ponto de interrogação no fim da última frase – um "círculo vicioso".

Não obstante, imagino ter dito duas coisas muito importantes. Sublinhei energicamente o papel decisivo do *detalhe*. E espero ter provocado certa desconfiança em relação à "crítica de arte" fundada em indícios "exteriores": critério "técnico" da pintura, medidas "objetivas" do valor, indícios "científicos" em geral.

Respostas mais propriamente negativas.

Resta-me a tentativa de remediar esse negativo com um "suplementar" positivo. É fato assaz conhecido que cada "época artística" possui uma "fisionomia" especial que a diferencia do passado e do futuro. Cada época apresenta um novo "conteúdo" espiritual que expressa mediante formas exatas e convincentes. São formas novas, inesperadas, surpreendentes e por isso mesmo irritantes: em geral, se resiste a essas formas irritantes porque elas exprimem um novo espírito, hostil à tradição, convertida em hábito cômodo. Só lentamente a humanidade se acostuma às mudanças do conteúdo espiritual.

Uma dada época, com sua fisionomia pronunciada, nada mais é que a soma das obras completas dos artistas dessa mesma época. E é perfeitamente natural que a obra completa de um artista qualquer dessa época revele, por sua vez, uma fisionomia pronunciada.

Tal fisionomia não passa de uma expressão de um novo mundo antes desconhecido e descoberto pela intuição do dito artista.

Fica, pois, evidente que:

1. é difícil (se não impossível) "julgar" uma obra de arte de um artista qualquer sem lhe conhecer tanto quanto possível a obra completa, e que
2. é necessário – adquirido tal conhecimento – indagar se ele apresenta um novo mundo, antes desconhecido.

O *valor da obra completa* depende da diversidade das formas de expressão ("riqueza" dos conteúdos) e da força (exatidão) dessa expressão. Ao mesmo tempo, apesar dessa diversidade, cada uma das obras isoladas de um artista de valor é tão pronunciada e está tão ligada à sua obra completa que a origem dessa obra isolada se torna evidente – reconhece-se nela a "escrita" do artista.

A meu ver, a força de expressão na diversidade das obras isoladas e, na obra completa, essa "fisionomia" pronunciada de um artista, que apresenta à humanidade um mundo antes desconhecido, é a *"chave" do valor...* de uma obra "figurativa" ou "concreta".

Sim, essa "chave" abre igualmente as portas da pintura com ou sem "objeto".

E é ela que mostra claramente que a diferença entre essas duas pinturas é tratada de maneira bastante exagerada. Um mundo desconhecido pode ser revelado com ou sem objeto.

Por outro lado, porém, há uma diferença pronunciada entre esses dois modos de expressão, ou de revelação.

O objeto! Não é raro que o espectador, ao ver o objeto, imagine ver a pintura. Ele reconhece um cavalo, um vaso, um violino, um cachimbo, mas pode facilmente deixar escapar o conteúdo puramente pictórico. Por outro lado, se o objeto é velado ou tornado incognoscível pelo pintor, o espectador se atém ao título que alude ao objeto. Fica satisfeito e tem a ilusão de desfrutar da própria pintura.

O objeto converte-se às vezes em "ilusão de espírito".

Em semelhante caso, essa "ponte" entre a pintura e o espectador se transforma numa parede.

Ver ao mesmo tempo o objeto e a pintura é uma capacidade que deriva do sentimento inato e do exercício.

O mesmo sucede com a capacidade de ver a pintura concreta. Tenho visto com bastante frequência espectadores que se interessam intensamente pela arte concreta, mesmo sem "entendê-la", e cujos olhos se abrem num momento inesperado. É bonito ver a alegria da "descoberta".

Seja-me permitido dizer umas breves palavras sobre a minha intenção pessoal. Só depois de longos anos é que passei à pintura concreta – não sem esforços consideráveis, já que era necessário substituir o objeto por uma forma puramente pictórica. Cumpria-me esperar o ditame da "voz misteriosa". Ela me era favorável, porque meu amor pela pintura era grande demais para que eu a velasse com objetos. Não se encontram as formas de arte "expressamente", à força, e nada há de mais perigoso na arte do que passar a uma "maneira de expressão" por via de conclusões lógicas.

Meu conselho, portanto, é desconfiar da lógica na arte. E talvez também em outros domínios. Por exemplo, na física, onde certas teorias novas forneceram algumas provas da insuficiência dos métodos "positivos". Já se começa a falar do "caráter simbólico das substâncias físicas". O mundo parece estar submetido à "ação de modelos – símbolos incompreensíveis" etc. Na qualidade de não cientista, mas de artista, talvez me seja lícito colocar a questão: estamos às vésperas da falência dos métodos puramente "positivos"? Não estaríamos a braços com a necessidade de completá-los por métodos desconhecidos (ou esquecidos), por métodos que apelem para a "subconsciência", para o "sentimento", e que são frequentemente chamados de métodos "místicos"? Nessa qualidade de artista irresponsável, permito-me uma afirmação: as "paredes" existentes entre as diferentes artes continuam a desaparecer – SÍNTESE – e a grossa parede entre a arte e a ciência vacila – A GRANDE SÍNTESE.

Não tentemos, pois, aplicar às questões artísticas métodos que começam a perder seu valor no domínio científico.

Quanto a mim, fico feliz em saber que jamais existirão "medidas científicas" do valor na arte. Tais medidas, com efeito, constituiriam um novo obstáculo aos nossos esforços para "compreender" a arte. A razão substituiria o "sentimento", ou seja, a força criadora no artista, e o "guia" necessário ao espectador para que este possa "penetrar" numa obra.

A razão, demasiado respeitada hoje em dia, destruiria o único domínio "irracional" que ainda resta para a pobre humanidade contemporânea.

E, justamente hoje, vemos um número excessivamente grande de coações exercidas sobre a arte para que ela se torne racional. Exemplos humilhantes.

Há tempos, eu costumava dizer aos meus alunos: pensem o quanto quiserem e o quanto puderem – é um excelente hábito! Mas nunca pensem diante do cavalete.

Gostaria de dar o mesmo conselho às pessoas que procuram debalde as "medidas do valor", ouçam atentamente a música, abram os olhos para a pintura.

E... não pensem!

Examinem a si mesmos, se quiserem, *depois* de terem *ouvido* e *depois* de terem *visto*.

Perguntem, se quiserem, se esta obra os fez "passear" por um mundo antes desconhecido.

Se fez, que mais podem querer?

Toda época espiritual

Publicado em xxe *siècle em 1943, um ano antes da morte do autor. As primeiras nove linhas foram retomadas de uma publicação de luxo,* 10 Origin, *editada em 1942 por Max Bill, pela* Allianz Verlag, *de Zurique, que oferecia gravuras em madeira do autor e de vários outros artistas. Kandinsky escrevera a esse respeito uma breve introdução.*

Ele retoma a ideia segundo a qual todos os domínios espirituais de uma época estão ligados por um mesmo conteúdo, que eles tentam exprimir seguindo uma forma perfeitamente adequada. O conteúdo espiritual de nossa época é a luta contra o materialismo puro.

Além disso, a arte possui uma virtude profética que lhe permite exprimir o conteúdo da época de amanhã. Tal conteúdo é o advento da ideia sintética na qual hão de unir espírito e matéria.

O texto é continuado por um amplo trecho de "O valor de uma obra concreta", onde ele associa a obra de um pintor particular a essa fisionomia geral de uma época, ao seu conteúdo atual e futuro.

Acrescentam-se em seguida, sem muita relação com o desenvolvimento, as últimas linhas de "Arte concreta", onde Kandinsky se felicita pelo impulso tomado por essa arte do futuro, adotada por um número cada vez maior de jovens pintores.

Toda época espiritual apresenta seu conteúdo específico expresso sob uma forma exatamente correspondente a tal conteúdo. Toda época recebe assim uma "fisionomia" própria, prenhe de expressão e de força. Assim, "ontem" se transforma em "hoje" em todos os domínios espirituais. Mas a arte possui ainda uma capacidade exclusiva de adivinhar no "hoje" o "amanhã", força criadora e profética.

A mudança fundamental de nossa concepção do mundo, transmutação profunda de que resulta a grande revolução formal das artes, reside na absoluta negação do materialismo puro. O resultado de tal mudança é o advento da ideia sintética, na qual espírito e matéria formam um processo único.

Na arte, o espírito é a fonte, a matéria (forma) é a expressão. As obras "normais" da pintura não figurativa brotam da fonte comum a todas as artes: a intuição. A razão desempenha em todos esses casos o mesmo papel: ela colabora, quer se trate de obras que copiam ou não os objetos, mas sempre como fator secundário.

Uma dada época, com sua fisionomia pronunciada, nada mais é que a soma das obras completas dos artistas dessa mesma época. E é perfeitamente natural que toda obra completa de um artista qualquer desse tempo revele, por sua vez, uma fisionomia pronunciada. Tal fisionomia não passa de uma expressão de um novo mundo, antes desconhecido e descoberto pela intuição do dito artista.

Em consequência, é evidente que:
1. é difícil (se não impossível) "julgar" uma obra de arte de um artista qualquer sem conhecer tanto quanto possível sua obra completa, e que
2. é necessário – adquirido tal conhecimento – indagar se ele apresenta um novo mundo, antes desconhecido.

O *valor da obra completa* vai depender da diversidade das formas de expressão ("riqueza" dos conteúdos) e da força (exatidão) dessa expressão. Ao mesmo tempo, apesar dessa diversidade, cada uma das obras isoladas de um artista de valor é tão pronunciada e está de tal modo ligada à sua obra completa, que a origem dessa obra isolada se torna evidente – reconhece-se nela a "escrita" do artista.

A meu ver, a força de expressão na diversidade das obras isoladas e, na obra completa, essa "fisionomia" pronunciada de um artista que apresenta à humanidade um mundo antes desconhecido é a "chave" do valor de uma obra "figurativa" ou "concreta" (não figurativa).

Sim, essa "chave" abre igualmente as portas da pintura com ou sem objeto .

...

Os debates em torno da arte "concreta" ainda não deixam prever o seu fim. Em boa hora! A arte "concreta" está em pleno desenvolvimento, sobretudo nos países livres, e o número de jovens artistas partidários desse "movimento" aumenta nesses mesmos países.

O futuro!

Anexo   **Alexandre Kojève: Por que concreto?**

Este texto foi publicado em dezembro de 1966 no n. 27 da revista XXe siècle, *que se destinava a celebrar o centenário do nascimento de Kandinsky.*

Tem o mérito de haver sido redigido em 1936, a pedido de Kandinsky, pelo filósofo Alexandre Kojève, seu sobrinho. É fruto de suas discussões da época e o artista, depois de anotá-lo à mão, declarou-se de pleno acordo com o conteúdo.

Encontramos aí um certo número de definições simples que esclarecem seu pensamento:

É a pintura tradicional que é abstrata, já que extrai (portanto abstrai) o Belo encarnado de maneira visível na natureza. A pintura não figurativa, esta sim, é concreta e não abstrata, visto que cria um objeto e, por conseguinte, o Belo não é, nela, abstraído da natureza, mas produzido diretamente por meios que lhe são próprios. A pintura não figurativa é tão concreta e tão objetiva quanto o Belo encarnado na natureza.

Compreende-se então a expressão arte concreta[1], *que reaparece duas vezes sob a pena de Kandinsky nos artigos "Arte concreta" e "O valor de uma obra concreta", escritos dois anos depois deste texto.*

---

1. Notemos que Theo van Doesburg serve-se dessa expressão desde 1930, por também considerar que a expressão "abstrata" é demasiado negativa.

Antes de falar da arte pictórica de Kandinsky, parece indispensável lembrar brevemente o que são a arte em geral e a pintura artística em particular.

A *Arte* é a arte de produzir obras de arte. Uma obra de arte é um objeto material que possui um valor diferente do que tem ou poderia ter o mesmo objeto se não fosse uma obra de arte. O valor artístico, de certo modo adicional, do objeto que é uma obra de arte constitui geralmente a sua beleza (que pode ser bonita ou feia, mas que em geral não é nem uma coisa nem outra). A Beleza é um valor, pois se prefere a sua presença à sua ausência, o que ocorre com todos os valores (positivos). Mas é um valor *sui generis*, já que é mantida indefinidamente na identidade consigo mesma, visto que, ao contrário dos demais valores, pode-se utilizá-la e desfrutá-la sem modificá-la. Assim, por exemplo, se quisermos utilizar o valor nutritivo ou gustativo de uma maçã, deveremos comê-la, isto é, transformá-la ou mesmo destruí-la. Mas, se quisermos aproveitar-lhes a beleza, contentar-nos-emos em contemplá-la sem tocar nela e inclusive nos esforçaremos por conservá-la intacta.

A Arte é, pois, a arte de produzir objetos belos. Se o objeto produzido tem também um valor outro que sua beleza, a arte é uma arte *aplicadas:* o artista "decora", "embeleza" uma coisa (natural ou fabricada). Se a beleza é o único valor do objeto produzido, a arte é autônoma (ou "pura", como se costuma dizer). Desta definição resulta que, se Deus é um Artista, sua arte é necessariamente "decorativa" ou "aplicada", enquanto a arte de Kandinsky é autônoma, visto que os objetos por ela produzidos seriam "sem valor" se não fossem belos (sendo então "negativo" seu valor econômico, já que o produtor teria "malbaratado" telas e cores).

As obras de arte autônomas produzidas por Kandinsky pertencem ao domínio da pintura (no sentido lato, incluindo o desenho etc.). A *pintura* é a arte de produzir objetos (materiais) cuja beleza se revela no que e através do que o olho pode ver numa superfície (plana ou não). Isso distingue a pintura tanto da música, onde a beleza se revela ao ouvido, quanto da escultura e da arquitetura, que produzem objetos de três dimensões que podem ser vistos tanto do exterior quanto do interior. (Esta definição abrange o caso, de modo algum teórico de uns tempos para cá, da pintura monocromática.)

Quando pintou em 1910 sua famosa aquarela "não figurativa", Kandinsky inaugurou um gênero pictórico que não existia antes dele, mas que se propagou largamente em seguida. Vejamos em que esse novo gênero de pintura difere da pintura tradicional.

A pintura tradicional poderia definir-se como a arte de *extrair*, de certo modo, o Belo encarnado de maneira visível na natureza e de reproduzir esse Belo numa superfície monocromática ou policromática. Antes de Kandinsky, portanto, a beleza que se encontrava num desenho ou num quadro era sempre *abstrata*. Quando um pintor desenhava ou pintava uma bela árvore, estava interessado não na própria árvore, mas unicamente na sua beleza. Não se servia da árvore, deixava-a intacta em seu lugar. Contentava-se em extrair-lhe a beleza e reproduzi-la no desenho ou no quadro que ele produzia e levava consigo. Mas a beleza da árvore pintada é diferente da beleza da árvore real. Num caso, trata-se de um objeto de três dimensões situado num determinado ponto do espaço, de uma planta enraizada na terra e estendendo suas folhas no ar e que, além disso, é útil porque dá sombra e pode fornecer a madeira que se utiliza em marcenaria ou para o aquecimento. No outro caso, trata-se de matérias corantes espalhadas sobre uma superfície mais ou menos plana, e que não têm, em si, nenhuma utilidade ou valor. Assim, ao pintar ou desenhar a árvore, o artista *faz abstração* de quase todos os elementos que constituem a árvore real por ele pintada ou desenhada, começando por fazer abstração da terceira dimensão do objeto concreto. Ora, a beleza que resulta de uma abstração deve ser chamada abstrata.

Pode-se, pois, chamar de *abstrata* toda pintura que precedeu a arte pictórica inaugurada por Kandinsky. Mas pode-se também chamá-la de *subjetiva*.

Com efeito, só um *sujeito* pode "fazer abstração" de certos elementos de um objeto. Após a abstração, tais elementos faltam não no objeto, mas na representação que o sujeito abstraente faz desse objeto. Assim, ao reproduzir a beleza abstraída de uma árvore, o artista desenha ou pinta não essa árvore, nem sequer sua beleza, mas a beleza da *impressão subjetiva* que ele tem desta. Ora, conquanto o subjetivo não seja necessariamente abstrato, o abstrato é necessariamente subjetivo. A pintura anterior a Kandinsky era, portanto, subjetiva na medida em que era abstrata, e o era necessariamente pelo simples fato de ser "figurativa".

No entanto, se a pintura do gênero figurativo é inevitavelmente abstrata e subjetiva, os graus de abstração e subjetividade podem variar de um quadro para outro, o que permite distinguir nesse gênero de pinturas quatro espécies principais.

Na espécie de pintura dita *expressionista*, o caráter subjetivo da pintura do gênero "figurativo" é levado ao extremo, enquanto, por isso mesmo, a abstração própria desse gênero se vê reduzida ao mínimo. Porque o artista expressionista quer reproduzir não o objeto e nem mesmo a impressão que tal objeto produz nele, mas unicamente a atitude que ele assume em relação ao objeto. O artista faz, pois, de certo modo, abstração do próprio objeto. Em contrapartida, sua própria atitude é reproduzida tal qual é, sem nada a negligenciar e sem nada a abstrair.

Na pintura dita *impressionista*, o elemento subjetivo é menos pronunciado do que na espécie precedente, enquanto a abstração é mais acentuada. Essa pintura é subjetivista no sentido de que o artista reproduz consciente e voluntariamente não o objeto, mas a impressão por ele causada. Todavia, o que importa agora é, não a impressão produzida *no pintor*, mas a impressão produzida *pelo objeto*. A impressão reproduzida é, portanto, mais objetiva do que subjetiva, e é exatamente por isso que sua reprodução é abstrata, porquanto o objeto só pode ser reproduzido fazendo-se abstração da maior parte de seus elementos.

Uma terceira espécie de pintura é constituída pela pintura que se denomina *realista*. Aqui o artista não quer reproduzir nem a sua atitude em relação a um objeto, nem a impressão produzida nele por esse objeto, mas o próprio objeto. O caráter subjetivista da pintura figurativa se vê portanto sensivelmente reduzido na espécie realista. Mas não está totalmente ausente, já que, por definição, o que se reproduz não é o objeto em si, mas o objeto *visto pelo pintor*. Ora, o grau de abstração aumenta na proporção da objetivação, visto que o artista enxerga no objeto mais elementos do que os que pode reproduzir.

Há, enfim, uma quarta espécie de pintura abstrata e subjetiva que poderíamos denominar *simbólica*. É o caso, por exemplo, das pinturas ditas "primitivas", nas quais um máximo de abstração se acompanha de um mínimo de subjetividade. Considera-se que uma pintura simbólica reproduz não a impressão produzida por um objeto ou mesmo pelo aspecto *visual* desse objeto em sua própria objetividade (que não pode ser *vista* enquanto tal, como não podem ser vistas, por exemplo, as figuras humanas da pintura egípcia, que são representadas em parte de frente e em parte de perfil). Com isso o grau de abstração é levado ao extremo, visto que o artista se limita a reproduzir o que há de mais essencial no objeto, omitindo o resto.

Cada uma das quatro espécies possíveis da pintura abstrata e subjetiva nos é conhecida em casos mais ou menos puros. Mas na maioria dos casos estamos diante de espécies intermediárias ou híbridas[2]. Assim, a pintura figurativa contemporânea (a de Picasso, por exemplo) apresenta-se frequentemente como uma espécie de expressionismo simbólico ou de simbolismo expressionista.

Quanto à pintura não figurativa inaugurada por Kandinsky, ela não é nem uma combinação dessas quatros espécies, nem uma quinta espécie que se lhes poderia coordenar. Enquanto pintura *concreta* e objetiva, essa pintura se opõe ao gênero da pintura *abstrata* e *subjetiva* que as quatro espécies em questão constituem.

A arte pictórica de Kandinsky é concreta, e não abstrata, porque se produz sem reproduzir o que quer que seja. Nada reproduzindo, o artista não tem mais nada de que poderia fazer abstração. Não sendo extraída de nenhum objeto não pictórico, a beleza produzida pela pintura não figurativa não é uma beleza abstrata. Essa beleza nada mais é que a beleza do quadro que a encarna, e esse quadro a encarna, portanto, tal como ela é, sem nada suprimir-lhe.

---

2. Tal como as espécies animais, as espécies pictóricas evoluem no tempo. A evolução histórica ocorre geralmente no sentido de um aumento progressivo do elemento subjetivista, ou mesmo de uma diminuição do grau de abstração: simbolismo → realismo → impressionismo → expressionismo.

A beleza encarnada em e por uma pintura não figurativa é tão *concreta* quanto a beleza que se encarna pela e na natureza, e é, por conseguinte, tão *objetiva* quanto esta última. Em suma, quando produz uma pintura figurativa, o artista reproduz, numa imagem subjetiva e abstrata, a objetividade concreta que não depende dele, enquanto uma pintura não figurativa é um objeto concreto criado pelo próprio artista. Ora, o artista não pode reproduzir senão um fragmento do mundo onde vive: nenhum quadro figurativo pode representar o Universo real em seu conjunto, e os limites espaciais do quadro são sempre um corte arbitrário do mundo representado. Em contrapartida, o quadro não figurativo ("bem-sucedido" do ponto de vista artístico) não é um fragmento, mas um todo: os limites do quadro são os do próprio objeto. A pintura *concreta* e *objetiva* inaugurada por Kandinsky poderia ser definida também como uma pintura *total*, em oposição à pintura *abstrata e subjetiva*, que é necessariamente *fragmentária*.

REFERÊNCIAS BIBLIOGRÁFICAS

Punket und Linie zu Flüche, Beitrag zur Analyse der malerischen Elemente [Ponto-
-linha-plano. Contribuição para a análise dos elementos pictóricos].
Bauhausbücher 9, Verlag Albert Langen, Munique, 1ª ed., 1926; 2ª ed.,
ibid., 1928; 3ª ed., Benteli, Berna-Bumpliz, 1955; 4ª ed., ibid., 1959.
"Über die Formfrage" [Sobre a questão da forma]. *Der Blaue Reiter,* Piper,
Munique, 1912.
"Über Kunstverstehen" [Da compreensão da arte]. *Der Sturm,* 129, Berlin, 1912.
"Malerei ais reine Kunst" [A pintura enquanto arte pura]. *Der Sturm, 178-79,*
Berlin, 1913.
Conferência de Colônia, 1914. In Johannes Eichner, *Wassily Kandinsky und
Gabriele Münter.* Bruckmann, Munique, 1957.
"Ein neuer Naturalisms?" [Um novo naturalismo?] *Das Kunstblatt* 9, Potsdam-
-Berlin, 1922.
"Die Grundelemente der Form" [Os elementos fundamentais da forma]. In
Staatliches Bauhaus in Weimar [1919-1923]. Bauhaus Verlag, Weimar-
-Munique, 1923.
"Farbkurs and Seminar" [Curso e seminário sobre a cor]. *Ibid.*
"Gestern, heute, morgen" [Ontem, hoje, amanhã]. In Paul Westheim, *Künstler
Bekenntnisse.* Propyläen Verlag, Berlin, 1925.
"Abstrakte Kunst" [Arte abstrata]. *Der Cicerone* 13, Leipzig, 1925.
"Analyse des élements premiers de la peinture" [Análise dos elementos primeiros
da pintura]. *Cahiers de Belgique* 4, Bruxelas, 1928.
"Reflexions sur l'art abstraite" [Reflexões sobre a arte abstrata]. *Cahiers d'art*
7-8, Paris, 1931.
"Abstrakte Malerei" [Pintura abstrata]. *Kronick van hedenaagse Kunst en Kultuur*
6, Amsterdam, 1935.

"L'art d'aujourd'hui est plus vivant que jamais" [A arte atual está mais viva que nunca]. *Cahiers d'Art* 1-4, Paris, 1935.

"Toile vid" [Tela vazia]. *Cahiers d'Art* 5-6, Paris, 1935. "Art concret" [Arte concreta]. *XXe siècle* 1, Paris, 1938.

"La valeur d'une oeuvre concrete" [O valor de uma obra concreta]. *XXe siècle* 5-6 e 7-8, Paris, 1943.

"Toute époque spirituelle" [Toda época espiritual]. *XXe siècle* 5-6, Paris, 1943.

"Porquoi concret" [Por que concreto]. *XXe siècle* 27, Paris, 1966.

3ª edição 2015 | **1ª reimpressão** abril de 2023 | **Diagramação** Megaarte Design
Fonte Adobe Caslon | **Papel** Offset 75 g/m²
Impressão e acabamento Imprensa da Fé